칠마선문(七魔仙門) 8

허담 新무협 판타지 소설

초판 1쇄 찍은 날 § 2023년 6월 23일
초판 1쇄 펴낸 날 § 2023년 6월 30일

지은이 § 허담
펴낸이 § 서경석

총괄팀장 § 황창선
편집책임 § 김우진
디자인 § 스튜디오 이너스

펴낸곳 § 도서출판 청어람
등록번호 § 제387-1999-000006호
등록일자 § 1999. 5. 31
어람번호 § 제2-2920호

본사 § 경기도 부천시 부일로 483번길 40 서경B/D 3F (우) 14640
편집부 § 서울특별시 구로구 디지털로 272 한신IT타워 404호 (우) 08389
전화 § 02-6956-0531 팩스 § 02-6956-0532
http://www.chungeoram.com
E-mail § chungeorambook@daum.net

ⓒ 허담, 2022

ISBN 979-11-04-92491-0 04810
ISBN 979-11-04-92472-9 (세트)

도서출판
청어람

허담

新무협 판타지 소설

8

七魔仙門

칠마선문

FANTASTIC ORIENTAL STORY

七魔仙門

칠마선문

목차

제 1장

—

운명의 사슬

　구름 사이로 해가 살짝 얼굴을 보였다가 사라졌다. 잠깐의 햇살
로는 아침 이슬을 말리지 못했다.

　오히려 해를 가린 구름이 두꺼워지자, 이슬은 마치 비처럼 떨어
지며 대지를 적셨다.

　그 으스름한 아침 공기 속에서 만설장의 식솔들은 분주하게 움
직이고 있었다.

　그들이 늦은 밤 노숙지로 정했던 장소는 과거 장성의 일부였던
허물어진 성벽 아래였다.

　지금은 장성 본줄기와 끊겨 오랫동안 버려진 곳으로 몇몇 비탈
에 남아 있는 석재들이 아니면 이곳이 과거 장성의 일부였다는 사
실을 전혀 알 수 없었다.

　만설장주 설우담은 아침 일찍 일어나 과거 성벽으로 쓰였던 돌

무더기 위에 올라 주변을 살펴보고 있었다.

첩첩이 겹쳐 시야를 막는 산 능선들, 인가(人家)를 찾아볼 수 없는 깊은 숲, 왠지 모를 불안감이 감도는 흐린 날씨.

설우담의 아미가 좁아졌다. 문득 이쯤에서 그냥 만설장으로 돌아가고 싶은 유혹이 생겨날 만큼 우울한 아침 풍경이었다.

그때 만설장 무사들을 이끄는 독고검 궁천이 훌쩍 몸을 날려 설우담 뒤쪽으로 올라왔다.

"준비가 끝났습니다."

"……"

"장주님!"

대답 없는 설우담을 궁천이 불렀다. 그러자 설우담이 갑작스레 물었다.

"괜찮을까요?"

"……?"

이번에는 궁천이 대답하지 못했다. 설우담이 한 말의 의미를 알아채지 못했기 때문이었다.

"뭔가… 개운치가 않네요. 오늘 기분이!"

"날씨가 흐려서일 겁니다."

궁천이 대답했다. 평생 유랑 무사로 살아온 그에게 이런 날씨는 별다를 게 없는 것이지만, 설우담 같이 예민한 여인들에게는 불길한 느낌을 줄 수도 있었다.

"그래요. 기분 탓이겠죠. 그도 준비를 마쳤나요?"

설우담이 뒤늦게 고개를 돌려 궁천을 보며 말했다. 그녀가 말한 사람은 상인 장수홍이었다.

장수홍은 설우담을 안내해 자신이 발견한 금맥으로 그녀를 데려가고 있었지만, 노숙을 할 때는 만설장의 문도들과 거리를 둔 곳에 따로 천막을 치고 자기 사람들과 머물렀다.

　물론 거리를 두긴 했어도 만설장 사람들의 눈에서 벗어날 만큼 먼 곳은 아니었다.

　"저기 오는군요."

　궁천이 마침 만설장 문도들의 노숙지로 다가오는 장수홍을 발견하고는 말했다.

　"믿음이 가지 않아요."

　다가오는 장수홍을 보며 설우담이 말했다.

　"저 역시 그런 느낌입니다. 하지만 그렇다고 그가 거짓말을 할 이유가 없지 않습니까?"

　궁천이 물었다.

　"그렇기는 한데… 저 모습을 보세요. 뭔가 불안한 듯 보이잖아요."

　"그러게 말입니다. 이상하군요. 오늘따라 더 불안해하는 것 같군요."

　궁천도 고개를 갸웃했다. 두 사람이 있는 곳으로 다가오는 장수홍이 뭔가 불안한 듯 슬쩍슬쩍 주위를 살피는 것이 눈에 띄게 드러나 보였다.

　그사이 장수홍이 두 사람의 올라 있는 폐성벽 아래까지 다가왔다.

　"오늘은 도착할 수 있나요?"

　성벽 아래로 다가온 상인 장수홍에게 설우담이 물었다.

"…아마도 그럴 겁니다."

"…아마도? 무슨 대답이 그렇죠?"

"아! 아닙니다. 오늘은 분명 도착할 겁니다."

자신이 실수했다는 것을 깨달은 장수홍이 얼른 대답을 바꿨다.

"대인… 혹시 우리에게 숨기는 것이 있소? 만약 그렇다면 그 대가를 치러야 할 거요!"

설우담의 뒤쪽에서 한 걸음 앞으로 나오면서 독고검 궁천이 경고했다.

"내, 내가 누굴 속인다고 그러시오! 그런 것 없소!"

장수홍이 얼른 손을 저었다.

"그런데 왜 그렇게 불안해하시오?"

궁천이 물었다.

"불, 불안하기는 내가 언제 불안해했다는 거요?"

"대인의 지금 모습이 어떤지 정말 모르겠소? 이곳까지 오는 동안 대인은 계속해서 주변을 살피고 있었소. 마치… 사냥꾼에게 쫓기는 사냥감처럼 말이오. 그 이유가 뭐요?"

궁천이 검의 손잡이를 잡아가며 물었다.

순간 궁천과 설우담을 바라보던 장수홍의 동공이 크게 흔들렸다. 그러더니 슬금슬금 뒤로 물러나기 시작했다.

순간 궁천이 땅을 박차고 허공으로 떠올랐다.

"숨기는 것이 뭐냐?"

콰아아!

폐성벽에서 떠오른 궁천이 장수홍을 향해 검을 내리그으며 소리쳤다.

"젠장! 난 여기까지요! 이젠 알아서들 하시오!"

장수홍이 궁천의 공격을 피해 도주하며 큰 소리로 외쳤다.

순간 갑자기 장수홍이 도주하는 방향에서 한 대의 화살이 무서운 속도로 날아왔다.

쐐액!

써늘한 파공음을 만들며 날아온 화살이 정확하게 장수홍을 추격하는 궁천의 이마로 파고들었다.

"흡!"

궁천이 다급한 소리와 함께 몸을 틀며 검을 들어 올렸다.

캉!

화살이 아슬아슬하게 궁천의 검에 튕겨 나갔다.

"웃!"

화살을 막아낸 궁천이 화살에 실린 강한 힘에 놀란 듯 뒤로 서너 걸음 물러났다.

그리고는 재빨리 몸을 한 바퀴 회전해서 중심을 잡은 후 화살이 날아온 방향을 노려보며 소리쳤다.

"누구냐?"

"연경의 대상 중, 만설장주가 가장 흑상들과의 거래에 열심이라지? 그 흑상들은 마련의 악인들과 연결되어 있고! 그렇게 마련에 흘러 들어간 물건들은 정파의 형제들을 죽이는 데 쓰이고 있지. 감히 정파의 땅에서 마련의 악인들을 도와주고 금자를 모으면서도 무사할 거로 생각했느냐?"

화살이 날아온 방향에서 써늘한 살기가 느껴지는 목소리가 들려왔다.

순간 만설장주 설우담의 몸이 크게 흔들렸다.

"설마……."

면사 뒤에서 만설장주의 당혹스러운 음성이 흘러나왔다.

그사이 장수홍과 그 수하들이 노숙했던 숲에서 십여 명의 무인들이 모습을 드러냈다. 그들의 가장 앞쪽에는 월문신룡 백유검이 있었다.

*   *   *

"이놈! 본 장을 속였구나!"

궁천이 영활하게 눈을 굴리며 계속 뒤로 물러나고 있는 장수홍을 노려보며 소리쳤다.

"젠장, 날 원망 마시오. 나도 살려면 어쩔 수 없었으니까. 그리고, 당신들도 살 기회가 있을 거요. 월문신룡께서 살 기회를 주실 것이니 부디 괜한 오기 부리지 말고 대협의 말씀에 고분고분 따르시오!"

장수홍이 미안한 기색을 보이면서도 선심 쓰듯 충고했다.

그러자 백유검 뒤에 서 있던 창천검대 고수 서홍이 장수홍에게 호통을 쳤다.

"쓸데없는 소리 말고 뒤로 물러나 있으시오. 어디서 감히 소문주님의 이름을 거론하는 것이오?"

"아, 알겠습니다. 제가 주제넘게 그만……."

장수홍이 백유검의 분노를 살까 두려운지 얼른 고개를 숙여 보이고 서둘러 뒤로 물러났다.

독고검 궁천은 장수홍이 뒤로 물러나든 말든 그에게 신경 쓸 여력이 없었다.

자신들을 이곳으로 끌어들인 인물이 저 유명한 월문신룡 백유검일 것이라고는 전혀 예상치 못했기 때문이었다.

월문이 몰락했다고는 해도 무림에서 절정 무인 백유검의 명성은 여전했다. 특히 최근 들어 장성 부근에서 마련의 마인들을 주살하거나, 그들에게 협력한 자들을 벌해 온 그의 행적은 더더욱 정파에서 그의 명성을 높여주고 있었다.

그래서 월문신룡 백유검의 등장은 궁천을 두렵게 만들었다. 만설장 역시 마련과 연관된 흑상들과 적지 않은 거래를 하고 있기 때문이었다.

"정말… 월문신룡이오?"

독고검 궁천이 백유검을 보며 조심스럽게 물었다. 아무리 거친 인생을 살아온 궁천이라도 백유검의 명성 앞에서는 조심스러울 수밖에 없었다.

"만설장주와 이야기를 나누고 싶은데……."

백유검이 궁천과는 말을 섞고 싶지 않다는 듯 말했다.

그러자 폐성벽 위에 서서 면사로 얼굴을 가린 채 백유검을 바라보던 설우담이 차갑게 말했다.

"따라오세요!"

얼음장처럼 차가운 말과 함께 설우담이 훌쩍 신형을 날렸다. 그리고는 폐성 위를 날듯이 달려 사람들의 시야에서 사라졌다.

"조용한 대화라… 바라던 바지!"

백유검이 고개를 끄떡이고는 훌쩍 몸을 날렸다. 그러자 그의 몸이 한순간에 폐성벽 위에 올라서는가 싶더니 마치 바람에 밀리듯 설우담이 달려간 방향을 미끄러지듯 이동했다.

"아!"

백유검의 신묘한 신법을 본 만설장의 문도들 사이에서 나직한 탄성이 흘러나왔다. 그가 자신들을 굴복시키기 위해 왔다는 것도 잊은 듯, 감탄과 두려움이 교차하는 탄성들이었다.

"우리는 두 분이 이야기를 마칠 때까지 조용히 기다렸으면 좋겠소이다만. 어떻소?"

설우담과 백유검이 사라지자 서홍이 궁천을 보며 말했다.

"아니면 지금 우리가 달리 뭘 할 수 있겠소. 모두 한곳으로 모여 장주님의 돌아오실 때까지 기다리게!"

궁천이 서홍에게 차갑게 대답하고 난 후 만설장의 무인들에게 명을 내렸다. 그러자 만설장의 무인들이 궁천을 중심으로 모여들어 월문의 무사들과 대치하기 시작했다.

*　　　　　*　　　　　*

백유검은 유려한 움직임으로 숲을 달려와 설우담이 기다리고 있는 커다란 나무 아래에 멈춰 섰다.

면사를 가리고 있는 설우담의 모습은 얼굴이 보이지 않았지만, 서 있는 그 자태만으로 한 폭의 그림처럼 아름다웠다.

백유검은 설우담의 정체를 모른 채 그런 그녀의 분위기에 취했는지 처음과 달리 정중하게 포권을 해보였다.

"장주를 이런 식으로 모시게 된 점 사과드리겠소. 월문의 백유검이라 하오."

"……."

백유검의 사과와 인사에도 설우담은 아무런 대답을 하지 않고 면사 위쪽에 드러난 눈으로 차갑게 백유검을 노려봤다.

그러자 백유검이 가볍게 미소를 지으며 말했다.

"하하, 이거 단단히 화가 난 모양이구려. 하지만 사람들의 이목을 피해 장주를 만나려면 이 방법밖에 없었소이다. 다시 한번 사과드리겠소."

백유검의 어떻게든 설우담의 마음을 풀어보려는 듯 다시 한번 사과의 말을 했다.

그러자 설우담이 차갑게 입을 열었다.

"갑자기 마음이 바뀌셨나요?"

"마음이 바뀌다니 그게 무슨 말씀이신지?"

"장 대인을 이용해 날 유인한 것은 나를 죽이려고 벌인 일일 텐데요. 최근 장성 인근에서 마련과 인연을 맺은 자들을 추살하고 있는 월문신룡의 명성은 연경에도 알려졌지요."

"부인하지 않겠소. 난 마련, 특히 마정궁과 거래하는 자들을 살려둘 생각이 없으니까!"

백유검이 단호하게 말했다.

"그렇군요. 그런데 왜 생각이 바뀌셨나요? 바로 절 죽이시면 되었을 텐데……."

"사람에게 저마다 사정이 있는데 단순히 마련과 거래를 했다고 모든 사람을 죽일 수는 없지 않겠소. 난 마련과 거래한 사람들의 사정을 들어보고 죽일지 말지 결정해왔소."

"변명을 해 보라는 말이군요. 그런데 달리 변명할 말이 있을까요. 이익이 있으면 누구와도 거래를 하는 것은 상인의 습성이죠. 만약 그걸 문제 삼는다면… 십대천문 금가장조차도 자유롭지 못할 거예요. 월문신룡께선 항주 금가장에게도 책임을 물을 용기가 있으신가요?"

설우담이 비난하듯 묻자 백유검의 표정이 살짝 변했다.

"장주, 내가 이야기할 시간을 갖기로 한 것은 장주에 대한 큰 배려임을 알아야 하오. 장주가 말했듯 바로 장주를 벨 수도 있었소."

"뭘 원하죠?"

백유검이 협박하자 설우담이 그를 노려보며 물었다.

"역시 성격이 시원시원하시구려. 여인의 몸으로 단시간에 만설장 같은 큰 상가를 만들어낸 이유를 알겠소. 그렇다면 나도 내 생각을 숨기지 않겠소. 난 만설장이 월문의 보호를 받았으면 하오."

"역시 그동안 장성 인근에서의 활동은 단순히 마도를 추살하기 위한 것만은 아니었군요."

설우담이 짐작하고 있었다는 듯 말했다.

"강호의 사정을 아는 사람이라면 누구나 짐작하는 일인데 숨길 것도 없소. 내 활동은 모두 월문 재건을 위한 것이오."

백유검이 거리낌 없이 대답했다.

"마련과 거래한 상가를 협박해서 금자를 뜯어내고 있다는 건가요?"

"말씀이 지나치구려. 내가 마적도 아니고 금자를 뜯어내다니… 난 다만 많은 상가가 월문과 우호적인 관계를 맺기를 바라는 것뿐이오."

백유검이 더 이상은 봐줄 수 없다는 듯 단호하게 말했다.

"만약 제가 거절한다면요?"

설우담이 물었다. 그러자 백유검이 검을 뽑으며 말했다.

"그렇다면! 아쉽지만 장주를 베어야 할 것 같소."

*   *   *

백유검의 가볍게 검을 휘둘렀다

어떤 기수식도 없이, 날아다니는 파리를 쫓는 것처럼 가벼운 손놀림이다. 하지만 다음 순간 그 가벼운 검의 움직임이 무시무시한 검파를 만들어냈다.

콰아!

설우담은 자신이 거대한 해일 앞에 서 있는 것 같은 착각을 느꼈다.

설우담의 머리카락과 옷자락이 백유검이 만들어낸 검파를 이기지 못하고 사방으로 휘날렸다.

자연스럽게 그녀의 얼굴을 가리고 있던 흰 면사 역시 검풍에 휘날려 펄럭였다.

하지만 설우담은 두려움에 도망가지 않았다. 대신 그녀도 자신의 검을 뽑아 들었다. 그리고는 그녀를 향해 밀려드는 백유검의 검파를 향해 마주 검을 뻗어냈다.

번쩍!

설우담의 검에서 눈부신 검기가 일어나더니 그녀를 향해 밀려드는 백유검의 검파를 좌우로 갈랐다. 그러자 백유검의 검기가 그녀의 몸을 스치며 비껴 나갔다.

"이런 대단한 무공을 가지고 있었나?"

자신의 공격을 막아낸 설우담을 보며 백유검이 놀란 표정을 지었다.

그로서는 전혀 예상치 못한 설우담의 무공이었다. 그는 설우담이 관부와 기산장 장주 한철산의 후원으로 급부상한 상인일 뿐, 이런 무공을 가지고 있을 거라고는 전혀 예상치 못했던 것이다.

하지만 그렇다고 백유검이 설우담의 무공에 부담을 느끼는 것은 아니었다.

상인치고는 대단한 무공이지만, 무공으로는 천하십대고수로 거론되는 자신에 비할 바가 아니기 때문이었다.

"이번 검도 막아낸다면 당신을 살려주겠소!"

백유검이 설우담의 무공에 호감을 느낀 듯 검을 들어 올리며 말했다.

설우담은 아무런 대답 없이 검을 가슴 앞에 세워 백유검의 검을 막아낼 준비를 했다.

순간 백유검이 살짝 아미를 모았다. 설우담이 검을 든 자세가 어딘가 익숙하게 느껴졌기 때문이었다.

하지만 그런 의문은 찰나의 순간에 지나갔다. 검을 든 자는 싸움 자체에 집중해야 한다는 것을 누구보다 잘 알고 있기 때문이었다.

번쩍!

백유검의 검이 다시 허공에서 눈부신 검기를 만들어냈다. 활처럼 휘어지며 설우담을 향해 밀려가는 검기, 백유검이 자랑하는 월문의 만월검이다.

단번에 싸움을 끝내겠다는 백유검의 의지가 극성으로 끌어올린 그의 만월검에 담겨 있었다.

쩌쩌적!

강력한 검기가 백유검과 설우담 사이의 공간을 일그러뜨린다.

그러자 설우담이 몸이 사시나무 떨리듯 떨렸다.

자신을 향해 날아오는 백유검의 검기를 막아서는 그녀의 검은 어린애가 든 나뭇가지보다도 연약해 보였다.

백유검이 마지막 순간 사정을 보아준다 해도 그녀가 이 한 번의 격돌에서 큰 부상을 입을 것은 분명해 보였다.

그런데 백유검의 검기가 설우담을 단번에 휩쓸어버리려는 순간, 오른쪽에서 한 자루 단창(短槍)이 그를 향해 무서운 속도로 날아왔다.

"웃!"

백유검이 예상치 못한 기습에 놀라 허공으로 몸을 띄워 올리며 설우담을 공격하던 검을 거두고 날아오는 창을 향해 벼락처럼 내리쳤다.

캉!

백유검의 검이 아슬아슬하게 자신의 심장을 파고들던 단창을 쳐냈다.

"웬 놈이냐?"

단창을 막아낸 백유검이 대여섯 걸음 뒤로 물러나 진기를 고르며 소리쳤다.

그의 얼굴에선 설우담을 상대할 때의 여유가 더 이상 보이지 않았다. 손을 통해 느껴졌던 창 주인의 공력이 결코 무시할 수 없는 수준이었기 때문이었다.

펄럭!

잠시 싸움이 멈춘 사이 검은 무복을 펄럭이며 설우담과 달리 검은 면사로 얼굴을 가린 소후가 설우담 옆에 내려섰다.

비록 얼굴을 가리고 있지만, 두 사람의 모습은 마치 선남선녀처럼 멋스러워 보였다.

그 모습에 백유검은 묘한 질투심을 느꼈다. 처음 만설장주를 보는 순간부터 그녀의 신비스러운 풍모에 호감을 느꼈던 자신의 마음이 배신당한 것 같은 느낌도 들었다.

그래서 그의 입에서 자신도 모르게 빈정거림이 흘러나왔다.

"이런… 대단한 조력자를 숨겨두고 있었구려. 혹, 소문과 달리 혼인한 것이오?"

하지만 설우담은 백유검의 말에 대꾸조차 하지 않았다. 대신 그는 소후를 보며 나직하게 말했다.

"내가 알아서 해."

"조금 전에 네 팔이 잘려 나갈 뻔했어."

소후가 냉정하게 말했다.

"그래도 내 일이야."

"여섯 번 남았다!"

소후가 설우담의 말을 무시하며 자신이 하고 싶은 말을 했다. 그런 소후를 설우담이 노려보다가 경고하듯 말했다.

"네가 상대할 수 있는 사람이 아니야."

"훗! 날 너무 모르는구나. 하긴 예전에도 날 아주 잘 아는 것은 아니었지."

소후가 가볍게 웃음을 흘렸다.

그런데 그 순간 멀리 떨어져서 두 사람을 지켜보고 있던 백유검의 표정이 서서히 일그러지기 시작했다.

그러고는 한순간 강렬한 살기가 그의 몸에서 터져 나오기 시작했다.

"이… 더러운 년놈들……!"

갑작스러운 백유검의 욕설에 소후와 설우담이 백유검을 바라봤다.

그러자 백유검이 불타는 눈으로 두 사람을 노려보며 이를 갈았다.

"빠드득… 네년이 죽었나 했더니 죽지 않고 살아서 이런 더러운 짓을 하고 있었구나!"

순간 설우담은 백유검이 자신의 정체를 알아챘다는 것을 깨달았다.

"후, 이건 이제 필요 없겠네."

설우담이 거추장스럽다는 듯 얼굴을 가리고 있던 면사를 걷어냈다.

그러자 소후 역시 검은 면사를 풀어내며 중얼거렸다.

"오랜만이군. 유검!"

순간 백유검의 눈썹이 꿈틀거렸다.

"이놈! 감히 누구에게……!"

"아직도 소문주 대접을 받고 싶은 거냐?"

소후가 차갑게 물었다.

"…좋아, 좋아. 마음대로 지껄여라. 어차피 오늘 네년놈을 모두 죽여 버린 후 내 기억에서 지워 버릴 테니까. 퉤!"

백유검이 욕설을 퍼부으며 침을 내뱉었다.

"지금 날 죽이겠다는 건가요?"

설우담이 어이없다는 듯 백유검에게 물었다.

"네년이 월문을 떠나 저놈과 더러운 짓거리를 하고 있을 줄을 생각조차 못 했다. 월문을 배신한 더러운 계집을 죽이지 못할 이유가 없지 않느냐?"

백유검이 질투와 분노가 뒤섞인 감정을 주체하지 못하고 소리 쳤다.

"…어이가 없군요. 내가 당신인 줄 알아요?"

설우담이 차갑게 얼굴을 굳히며 되물었다.

"지금 내 눈앞에서 이 짓거리를 하고 있으면서도 변명을 하겠 다는 거냐?"

"우리가 무슨 짓을 했는데요? 후는 다만 내 일을 도와주고 있 었을 뿐이에요. 당신에게 비난받을 일을 한 적이 없다고요. 그리 고! 설혹 내가 후와 당신이 말하는 그 짓을 했더라도 당신이 날 비 난할 자격이 있어요? 날 불타는 동별당에 버려두고 떠난 사람은 당신이잖아요!"

설우담이 얼음장 같은 냉기를 드러내며 소리쳤다.

그 기세에 백유검이 움찔했다.

"그때는… 그 누구라도 당신을 구할 수 없었어!"

"부부라면 당연히 함께 죽을 각오를 하고 동별당으로 왔어야 죠. 그리고! 내 생사가 알려지지 않았음에도 당신은 이미 새로운 여 자를 부인으로 들였더군요. 그런 당신이 누굴 탓하겠다는 거예요!"

설우담의 추궁에 백유검이 순간 할 말을 잃었다.

그러나 곧이어 그는 다시 자신의 이기적인 일면을 드러냈다.

"젠장! 그 상황에서 누가 널 구할 수 있단 말이냐! 또 내가 오가장의 사위가 된 것은 무너진 월문을 재건하기 위한 어쩔 수 없는 선택이었다. 그런데 넌 월문을 빠져나오고도 날 찾아오지 않았어. 오히려 연경에서 늙은 상인 놈의 후원을 받아 네 살길을 찾고 있었지. 이 년 사이 만월장 같은 상가를 만들어 낸 것을 보면 그 늙은 한가 놈에게 몸이라도 팔았겠지?"

백유검이 이죽거리며 물었다.

자신의 잘못을 절대 인정하지 않고 설우담을 비아냥거리는 백유검의 행동에 설우담이 어이없는 표정을 지었다.

"어쩌면… 후 네 말이 맞을지도 모르겠다."

"뭐가?"

설우담의 맥 빠진 말에 소후가 퉁명스레 되물었다.

"네 말대로 저 인간은 구제 불능이란 뜻이야. 처첩이야 백 명을 두어도 상관없지만, 저런 어린애 같은 고집과 심성으로 과연 월문을 재건할 수 있을지 회의가 드네. 그럼 내가 굳이 애써 만설장을 키울 이유도 없지."

"그러게 내가 뭐랬어. 죽 쒀서 개 줄 일 있냐?"

소후가 퉁명스럽게 대답했다.

순간 두 사람의 말을 듣고 있던 백유검이 더 이상 참지 못하겠다는 듯 검을 머리 위로 들어 올리며 소리쳤다.

"소후! 일단 네놈의 목을 자른 후, 저년을 월문으로 끌고 가겠다. 가서 평생 새로운 월문 안주인의 노예로 쓰겠다."

백유검의 저주 같은 협박에 소후가 백유검을 한 번 노려보고는 고개를 저으며 검을 뽑았다. 그리고는 설우담을 보며 말했다.

"또 한 번 네가 결정해야 할 시간이 온 것 같아. 솔직히 말해서 아직 내 실력으로는 저 개자식을 이길 수 없거든. 하지만 우담 네가 도와준다면 저놈에게 죽지 않을 수는 있지. 어쩔래?"

"그놈 말을 들었다가는 너도 죽을 줄 알아!"

백유검이 설우담에게 소리쳤다.

"노예로 끌고 가겠다는 사람 말을 들을 필요는 없겠지. 좋아. 일단 이곳을 벗어나 보자."

설우담이 검을 잡은 손에 힘을 주며 말했다.

그러자 백유검이 차가운 살소를 흘렸다.

"흐흐흐, 결국 너희 년놈이 그동안 더러운 짓거리를 하고 살았다고 스스로 자백을 하는구나. 그놈이 죽는 것을 막으려는 걸 보니."

"당신 마음대로 생각해요. 하지만 결국 초라해지는 건 당신일 거야."

"초라해진다고? 나 월문신룡 백유검이? 하하! 그런 헛소리를 하는 걸 보니 정말 네가 죽을 때가 된 것 같구나!"

백유검이 분노를 담아 앙천대소했다.

그러자 소후가 고개를 저으며 말했다.

"말이 소용없는 사람이 되어 버렸구나. 우담… 해야 할 일을 알지?"

"걱정 마 내 몫은 할 테니까."

설우담이 남편을 향해 검을 들어야 하는 상황이 비참한지 얼굴을 일그러뜨리며 말했다.

"그 말이 아니라."

"그럼 뭐?"

설우담이 귀찮은 듯 되물었다.

그러자 소후가 백유검이 들을 수 없는 작은 말로 속삭이듯 말했다.

"우리, 지금 도망쳐야 해."

"뭐?"

"우리 둘이 힘을 합쳐도 유검을 이겨낼 수 없어. 그러니까 도주할 수밖에."

소후가 말을 하면서도 동시에 설우담을 잡아끌었다.

순간 설우담이 당황한 표정을 짓다가 이내 소후의 말을 알아듣고 숲을 향해 몸을 날렸다.

"도망을 가겠다고? 후후후, 역시 칠랑답게 살 방법을 잘도 찾았구나. 하지만 도망간다고 과연 내 손에서 벗어날 수 있을 것 같으냐? 너희들은 절대 도망갈 수 없어. 왜냐하면 난 천하십대고수 백유검이니까."

백유검이 아직 이슬이 마르지 않은 땅을 찼다.

그러자 그의 신형의 무서운 속도로 소후와 설우담이 도주한 방향으로 날아갔다.

*   *   *

검은 구름을 잔뜩 이고 있는 숲은 아침이지만 저녁처럼 어두웠다.

그 어둑한 공기를 한 줄기 눈부신 검기가 갈랐다. 마치 만월이 하늘에서 떨어지는 듯한 느낌이다.

쩌적!

아름드리나무가 단번에 잘려 나갔다. 그러고도 검기는 힘이 남아 여러 개의 잡목을 쓰러뜨리며 소후의 등을 파고들었다.

탓!

소후가 작은 바위를 박차고 하늘로 솟구쳤다.

콰앙!

강력한 검기에 적중 된 바위가 반으로 갈라졌다.

"언제까지 도망갈 수 있을 것 같으냐!"

허공으로 치솟은 소후를 향해 재차 검을 뻗어내며 백유검이 소리쳤다.

순간 소후가 허공에서 백유검을 향해 단창(短槍)을 집어 던졌다.

소후의 손을 떠난 단창이 날카로운 파공음을 만들며 백유검의 검기와 충돌했다.

쩡!

백유검의 검기가 단번에 소후의 단창을 반으로 잘라 버렸다. 하지만 단창에 담긴 소후의 공력으로 인해 백유검도 잠시 주춤거렸다.

그렇게 짧은 순간의 여유를 만든 소후가 검을 뽑아 들고 백유검을 향해 달려들었다.

파파팟!

소후가 허공에서 대여섯 번 연이어 검을 휘둘렀다.

그러자 그의 검에서 잘게 일어난 검기들이 화살처럼 백유검을 향해 날아갔다.

"월문의 배신자 놈이 월문의 무공을 쓰다니! 역시 짐승 같은 놈이라 염치가 없구나!"

콰르릉!

백유검이 빈정거림과 함께 휘두른 검에 소후의 검기들이 나뭇가지처럼 잘려져 흩어졌다.

"네놈은 오늘 죽어!"

백유검이 소후의 운명을 예언하며 재차 소후를 향해 뛰어올랐다.

그러자 소후가 재빨리 아름드리나무 뒤로 몸을 숨겼다.

"달리는 재주는 조금 늘었구나!"

백유검이 비웃음을 흘리며 소후가 몸을 숨긴 나무를 단번에 잘라 버렸다.

그런데 백유검의 검기에 쓰러진 나무 뒤에 있어야 할 소후의 모습이 보이지 않았다.

"이, 쥐새끼 같은 놈!"

백유검이 이를 갈았다.

칠랑 시절부터 소후의 보법은 특별했다. 무공을 배우기 전부터 타고났던 소후의 달리는 자질은 경공과 보법을 배우면서 더욱 놀랍게 발전해 칠랑이 수련을 마칠 때쯤에는 그 누구도 소후를 따라잡을 수 없는 경지에 이르러 있었다.

군자의 공천보에 의해 몸이 상하고, 내공이 사라진 팔 년의 시간을 보냈지만 화노에 의해 그 이전보다 더 강한 몸과 공력을 갖게 된 소후의 보법은 백유검의 막강한 공격을 피해 달아나기에 충분했다.

그럼에도 지금까지 소후가 위기를 감수하면서 백유검과 싸운 것은 설우담에게 도주할 시간을 주기 위해서였다.

"네놈이 도주한다면 대신 우담을 죽이겠다!"

백유검이 소후가 사라진 숲을 향해 울부짖었다. 그 목소리에 아침 숲이 뒤흔들렸다.

그리고 정말 백유검은 소후가 도주한 방향이 아닌 다른 방향으로 몸을 날렸다.

*   *   *

"미친놈! 어떻게 감히 나를!"

설우담이 거친 숨소리를 몰아쉬며 백유검에 대해 욕설을 쏟아냈다.

그녀는 지금의 상황을 전혀 이해할 수 없었다. 어떻게 백유검이 자신을 죽이려 할 수 있단 말인가. 비록 자신에 대한 애정이 오래전에 사라졌다 해도, 그동안 백유검이 자신에게 한 짓들을 생각하면 절대 그럴 수 없었다.

그런데 백유검은 자신이 한 짓들은 생각지 않고 단지 소후와 함께 있다는 것만으로 자신을 죽이려 하고 있었다.

그리고 그건 단순한 엄포가 아니었다. 자신을 보는 백유검의 눈에서 지금껏 보지 못했던 살기를 보았기 때문이었다.

그래서 다른 때라면 말싸움이라도 하겠지만 지금은 오직 살기 위해 도주할 수밖에 없었다.

하지만 설우담과 백유검의 무공에는 극복할 수 없는 차이가 있었다.

"우담아, 우담아! 그만 달려라. 넌 절대 내 손에서 벗어날 수 없으니까!"

조롱 섞인 백유검의 목소리가 들리는 순간 한 줄기 빛이 날아와 설우담의 앞쪽 나무를 잘라 버렸다.

쩌적!

아름드리나무가 설우담을 덮치듯 쓰러졌다.

"앗!"

설우담이 자신을 향해 쓰러지는 거대한 나무에 놀라 옆으로 몸을 날렸다.

쿠쿵!

나무가 거인처럼 땅에 쓰러졌다.

가까스로 나무에 깔리는 신세를 면한 설우담이 더 이상 도주할 수 없음을 깨닫고 검을 들어 백유검을 겨누며 숨을 골랐다.

"후욱 후욱!"

"후후, 못 보던 사이에 무공이 제법 늘었군. 그놈이 가르쳐 준 건가? 이렇게 도주하는 법은?"

백유검이 설우담을 향해 다가서며 빈정거렸다.

"모자란 인간……!"

설우담이 경멸하듯 말했다.

"네년 따위가 감히 날 모욕해?"

"겨우 자기 마누라나 죽이겠다고 달려드는 놈이 모욕은 무슨 모욕! 백유검, 넌 칠랑의 희생으로 천년화정을 복용해 지금의 무공을 얻었을 뿐 애초에 자질과 성품으로는 칠랑 발가락도 따라가지 못하는 놈이었어."

설우담이 백유검에게 욕설을 퍼부었다.

"네년이… 정말 죽고 싶은 모양이구나……."

백유검의 눈이 살기로 번들거렸다.

"흥, 죽이든 말든 마음대로 해! 아마 세상이 모두 비웃을 거다. 자기 마누라 하나 건사하지 못하고 죽인 빌어먹을 놈이라고! 월문신룡? 그 별호도 이젠 강호의 조롱거리로 전락하겠지. 죽여봐! 어서!"

설우담이 팔을 벌려 자신의 심장을 백유검에게 고스란히 노출하며 소리쳤다.

그러자 백유검이 부들부들 손을 떨다가 붉은 기운을 눈에서 뿜어내며 설우담을 향해 검을 휘둘렀다.

콰아!

월문 최고의 검법 만월검이 흐린 하늘에 푸른 달을 만들어냈다.

허공에 잠시 멈춘 듯하던 달은 설우담을 향해 무서운 속도로 떨어졌다.

설우담의 몸이 사시나무 떨리듯 떨렸다. 설우담은 죽음을 각오한 듯 피하지 않고 검을 들어 자신을 향해 떨어지는 달을 찔렀다.

백유검이 만든 만월의 검기가 설우담의 검에 미처 닿기도 전에 그녀의 옷이 찢겨 나가고, 그녀의 얼굴을 스친 검기의 기운으로 작은 선혈들이 뺨에 그어졌다.

하지만 설우담은 전혀 뒤로 물러날 생각을 하지 않았다. 그녀는 몸이 터져나갈 것 같은 압력 속에서도 자신의 검을 백유검을 향해 내밀고 있었다.

"그래 죽여주마!"

자신의 검을 피하지 않는 설우담을 향해 백유검이 악에 받친 듯 소리쳤다.

그리고는 설우담의 심장을 향해 마지막 일검을 찔러 넣으려 했다.

그런데 그 순간 소후의 사자후가 들려왔다.

"멈춰!"

쐐애액!

소후의 목소리보다 먼저 그의 검이 백유검의 옆구리를 파고들었다.

"벌레 같은 놈!"

백유검이 날아오는 소후의 검을 보며 검을 횡으로 움직였다.

그러자 설우담을 향해 떨어지던 만월의 검기가 방향을 틀어 소후의 검을 막아냈다.

캉!

백유검의 검기에 닿은 소후의 검이 산산조각이나 허공으로 흩어졌다.

그 순간 소후가 백유검이 아닌 설우담 쪽으로 달려들더니 그녀의 허리를 감싼 채 무성한 숲속으로 사라졌다.

"흐흐흐, 또 도망을 가겠다고?"

백유검의 입에서 차가운 살소가 흘러나왔다. 그리고 다음 순간 벼락처럼 검을 내리그었다콰지직!

백유검의 검에서 떨어져 나온 만월 같은 검기가 수목을 잘라가면서 폭사해 도주하던 설우담과 소후를 한꺼번에 휩쓸었다.

"욱!"

"악!"

소후와 설우담이 동시에 비명을 지르며 땅을 굴렀다.

그런 두 사람을 향해 백유검이 날아들었다.

그러자 그나마 몸 상태가 조금 나은 소후가 설우담 앞을 막아서며 그녀의 검을 뺏어 들고 백유검을 상대했다.

캉!

소후와 백유검의 검이 허공에서 격돌했다. 백유검은 자신의 손끝에서 소후를 베는 느낌을 느끼고 싶은지 검기를 일으키는 대신 검에 공력을 머금은 채 검신으로 소후를 공격했다.

"욱!"

소후가 묵직한 신음을 흘리며 주르륵 뒤로 물러났다. 백유검의 검에 실린 강력한 공력을 버텨내지 못한 것이다.

아무리 화노의 도움이 있었다고 해도 천년화정의 기운을 녹여낸 백유검의 공력을 소후가 감당하기는 힘들었다.

그렇다고 자신의 장기인 보법을 이용해 도주할 수도 없었다. 그랬다가는 설우담이 백유검의 손에 죽을 것이기 때문이었다.

"후욱, 후욱!"

소후가 거칠게 숨을 몰아쉬었다.

그런 소후를 향해 백유검이 느긋하게 다가왔다.

"네놈의 사지를 잘라서 칠랑 놈들에게 보내주겠다."

백유검이 살마로 변한 듯 붉은 안광을 흘리며 중얼거렸다.

"빌어먹을 놈! 사람이 아주 망가져 버렸구나."

소후가 허탈하게 중얼거렸다.

무공은 고강해졌을지 몰라도 지금의 백유검은 정도 최고의 후기지수라는 명성에 전혀 어울리지 않은 심성을 가지고 있었다.

"후후후, 벌레 같은 놈이 감히 누구에게… 난 여전히 무림십대 고수이며 정파 최고의 후기지수다. 이제 월문이 재건되면 언젠가는 무림제일인의 자리도 내 차지가 될 것이다. 너 같은 놈이 감히 나에 대해 이러쿵저러쿵 말할 처지가 못 된다는 거지."

"무공이… 인간의 가치를 결정하지는 않아. 너 같이 사악한 인성을 지닌 놈은 인간이라 부르지 않아. 짐승이라고 부르지. 짐승들에게 미안하지만."

"…짐승이라고? 좋아. 짐승이라고 해두자. 그런데 짐승에게 물어뜯기는 기분을 네가 아는지 모르겠구나. 기대해라!"

백유검이 다시 붉은 안광을 토해내며 살기를 끌어 올렸다.

그리고는 거침없이 소후를 향해 검을 휘둘렀다.

"핫!"

소후가 마지막 힘을 다해 백유검의 검을 막았다.

캉!

다시 한번 허공에서 두 사람의 검이 격돌했다.

순간 백유검의 막강한 공력에 소후의 검이 손잡이만 남고 부러져 버렸다.

주룩!

소후가 다시 뒤로 밀려났다.

그러자 백유검의 소후를 따라붙으며 소리쳤다.

"먼저 네놈이 가장 아끼는 다리를 자르겠다!"

번쩍!

백유검의 말이 끝나는 순간 그의 검이 눈에 보이지 않을 정도로 빠르게 허공을 갈랐다.

서걱!

한순간 소름 끼치는 절단음이 일더니 소후의 왼쪽 다리가 아래위로 분리됐다.

"악!"

소후의 입에서 날카로운 비명 소리가 흘러나왔다.

"나머지 하나도 잘라주마!"

백유검이 다시 소후를 향해 달려들었다.

순간 설우담이 소후와 백유검 사이로 뛰어들었다.

제 2장

—

붉은 아침

푹!

백유검의 검기가 소후를 지키기 위해 뛰어든 설우담의 등을 찔렀다.

"악!"

"윽!"

설우담의 비명에 뒤를 이어 소후의 신음 소리가 흘러나왔다. 설우담의 등을 관통한 백유검의 검이 소후의 가슴 부위를 파고든 것이다.

"이런 망할 계집!"

백유검이 소후를 지키기 위해 몸을 던진 설우담의 행동에 분노해 욕설을 퍼부었다.

"오냐, 네년도 함께 죽여주마!"

백유검이 소후와 설우담을 동시에 찌른 검을 빼냈다. 그러자 설우담의 등에서 주루룩 피가 흘러내렸다.

"그래… 차라리 죽여줘. 그게 낫겠어. 그렇지?"

설우담이 백유검에게는 고개도 돌리지 않고 소후를 보며 물었다.

"그래. 이렇게 같이 가는 것도 나쁘지 않지."

소후가 붉은 피를 뒤집어쓴 채 미소를 지었다.

"미안해……."

"됐어. 미안할 필요 없어. 이제라도 내게 돌아왔으면 된 거야."

"…다시 태어난다면 그때는 정말 널 위해 살 거야."

설우담이 힘겹게 손을 들어 소후의 얼굴을 쓰다듬으며 말했다.

"후후… 그럼 꼭 다시 태어나야겠다."

소후가 빙그레 미소를 지었다.

"이것들이… 좋아. 사지를 잘라 들짐승의 밥이 되게 해주겠다. 서로 짐승들에게 찢기는 모습을 보며 죽게 될 거다. 감히 나 월문 신룡을 모욕한 대가로!"

백유검이 잔혹한 눈빛을 흘리며 검을 들어 올렸다. 그러고는 소후를 안고 있는 설우담을 향해 검을 내려치려는 순간, 갑자기 숲 저쪽에서 한 대의 화살이 무서운 속도로 백유검을 향해 날아왔다.

쿠오오!

화살은 마치 주변의 모든 공기를 빨아들이는 듯 기이한 소음을 만들어내며 백유검의 등을 파고들었다.

"흡!"

갑작스러운 화살 공격에 놀란 백유검이 급히 몸을 날리며 검을 휘둘렀다.

지잉!

백유검의 검에 닿은 화살이 마지막까지 백유검을 밀어내며 강렬한 마찰음을 일으켰다.

"핫!"

백유검의 입에서 기합성이 터져 나왔다.

캉!

그제야 화살이 날카로운 파열음을 내며 부러졌다. 부러진 화살은 쇠로 만들어진 철시(鐵矢)였다.

순간 백유검이 놀라며 화살이 날아온 방향을 바라봤다. 이런 철시를 쓰는 사람을 알고 있기 때문이었다.

그리고 그가 예상했던 사람의 목소리가 숲 저쪽에서 들려왔다.

"백유검, 이 개자식아! 오늘 널 반드시 죽여 버리겠다."

슈슈슉!

욕설에 뒤를 이어 다시 세 대의 화살이 날아왔다.

"부리! 네놈도 왔구나!"

화살의 주인공이 부리임을 확인한 백유검이 화살이 날아오는 방향을 향해 달려 나가며 검을 휘둘렀다.

카카캉!

기습을 당했을 때는 몰라도 알고 난 이후에는 화살에 당할 백유검이 아니었다.

그가 휘두른 검에 부리가 쏜 세 대의 화살이 허공에서 부러져 나갔다.

"네놈들은 결코 내 상대가 될 수 없어! 어서 와라! 모두 죽여 주마!"

화살을 잘라 버린 백유검의 포효하듯 소리쳤다.

순간 그의 머리 위에서 한 줄기 빛이 폭사했다.

"소문주, 나도 왔소!"

쩌저적!

백유검의 머리 위에 있던 나뭇가지들이 잘려 나가면서 강력한 검기가 그를 향해 떨어졌다.

"헉!"

백유검의 입에서 다급성이 흘러 나왔다.

단언컨대 그가 검을 든 이후 가장 위험한 순간이었다.

팟!

백유검이 급히 몸을 날려 땅을 굴렀다.

쾅!

허공에서 떨어진 검기가 백유검이 있던 자리에 큰 구덩이를 만들었다.

"시월, 이놈!"

서너 번 땅을 굴러 아슬아슬하게 몸을 피한 백유검이 훌쩍 허공으로 떠오르며 나무 위에서 떨어져 내린 시월을 향해 반격을 가했다.

콰아!

시월의 무공을 알고 있는 백유검은 처음부터 자신이 가진 가장 모든 힘을 쏟아냈다.

투두툭!

만월검이 만들어내는 눈부신 검기에 스친 나뭇가지들이 거침없이 잘려 나갔다.

시월이 자신을 향해 날아드는 백유검의 만월검을 바라보다가 슬쩍 걸음을 옮겼다.

콰앙!

백유검의 검기가 시월을 지나쳐 아름드리나무를 잘라 버렸다.

우지직!

수백 년은 자랐을 거대한 나무가 잡목들을 부러뜨리며 쓰러졌다.

"이놈! 오늘 반드시 네놈을 죽이겠다."

회심의 일격을 가볍게 피한 시월을 향해 백유검이 살기를 폭발시켰다.

그러자 시월이 고개를 끄떡였다.

"사양치 않겠소. 나도 오늘은 소문주를 죽일 생각이오. 소후 사형을 저 지경으로 만든 당신을 결코 살려둘 수는 없으니까!"

시월 역시 차가운 살기를 일으켰다. 과거 초원을 종횡할 때 가지고 있던 늑대의 눈빛이 시월의 눈에 일렁였다.

"죽어랏!"

백유검이 시월을 향해 다시 한번 만월검을 펼쳤다.

쿠오오!

자신의 거의 모든 힘을 쏟아 낸 듯 만월검이 만들어내는 검기가 앞서보다 더 눈부셨다.

이번에는 시월도 몸을 피하지 않았다.

대신 그는 가볍게 한 발을 앞으로 내디뎌 몸의 중심을 단단히 한 후 검을 머리 위로 들어 올렸다. 그리고 만월검이 만든 검기가 일 장 안으로 들어왔을 때 가볍게 검을 내리그었다.

삭!

시월의 검에서 칼로 물을 베는 듯한 미세한 소리가 일어났다. 그리고 잠시 후 모두가 예상치 못한 일이 벌어졌다.

"악!"

시월을 향해 자신의 모든 힘을 쏟아내던 백유검의 입에서 단말마의 비명이 터져 나왔다.

그와 동시에 그 강력하고 눈부시던 만월검의 기운이 순식간에 사라졌다. 그리고 백유검이 주르륵 뒤로 밀려 나가더니 아름드리 나무에 부딪혀 겨우 몸을 세웠다.

쿵!

"커억!"

백유검이 신음 소리와 함께 붉은 피를 토했다. 그런 백유검을 향해 시월이 공간을 격하며 다가들어 검을 휘둘렀다.

"소후 사형의 빚을 받겠소!"

서걱!

시월이 반항조차 시도하지 못하는 백유검의 오른쪽 다리를 베었다.

"악!"

백유검의 입에서 다시 비명이 터져 나왔다. 한쪽 다리를 잘린 백유검이 그대로 땅 위에 주저앉았다.

"사, 살려줘!"

한쪽 다리를 잘리고도 목숨을 지키고 싶은지 백유검이 애원했다.

"우리의 악연은 오늘 끝냅시다. 당신이 살아있으면 언젠가는 또다시 이런 일이 일어날 테니까!"

시월이 백유검의 목숨을 끊기 위해 검을 들어 올렸다.

그런데 그 순간 설우담의 다급한 목소리가 들렸다.

"시월, 그 사람을 살려줘!"

순간 시월의 얼굴이 일그러졌다. 그리고 도저히 이해할 수 없다는 눈빛으로 설우담을 돌아봤다.

"살려주라고요?"

"그래! 죽이지는 말아줘."

설우담이 애원하듯 말했다.

"…왜요?"

시월이 차갑게 물었다.

"알아. 죽여야 하는 게 맞지. 그가 한 일들을 생각하면 그래도… 그래도 한 번만 살려줘."

설우담이 떼를 쓰듯 말했다.

"…설마 다시 소문주를 따라가려는 거예요?"

"그건 아니야."

설우담이 고개를 저었다.

"그런데 왜요?"

"그냥… 이것으로 끝내게. 오늘 내가 그의 목숨을 한 번 구해줄 수 있다면! 그것으로 그와의 인연을 완전히 끝낼 수 있을 것 같아서!"

설우담의 대답에 시월이 물끄러미 그녀를 바라봤다. 그로서는 설우담의 말이 궤변처럼 느껴졌다. 하지만 설우담의 눈빛에는 간절함이 있었다.

백유검을 살려주면 그녀가 월문의 굴레에서 자유로워질 수 있을 것 같다는 간절함이었다.

"알았어요. 누님의 말에 동의하는 것은 아니지만 살려주죠."

"고, 고마워!"

"하지만 이자는 받아야겠어요."

"……"

"내게 소후 사형의 다리는 그의 목숨 열 개보다 비싸죠. 그러니 그의 한쪽 다리로는 만족할 수 없어요."

번쩍!

말을 하던 시월이 말릴 사이도 없이 몸을 돌리며 번개처럼 검을 휘둘렀다.

"악!"

백유검의 입에서 비명이 터져 나왔다.

툭!

비명과 함께 그의 오른팔이 몸에서 떨어져 나갔다.

"내상이 깊으니 다시 한번 천년화정을 구하지 못하는 한 지금의 무공을 회복할 수는 없을 거요. 무공을 완전히 폐하지 않는 것은 그나마 남은 내공이 소문주의 목숨을 지탱할 수 있게 해줄 것이기 때문이오. 살려는 주지만 다시는 내 눈에 띄지 마시오. 다시 만나면 당신을 죽이는데 망설일 이유가 없으니까."

시월이 백유검에게 협박을 한 후 몸을 돌려 소후가 있는 곳으로 달려왔다.

"어때요?"

시월이 소후의 부상을 살피고 있는 부리에게 물었다.

"피를 많이 흘려서 정신을 잃었어."

"일단 이곳을 벗어나요."

"음, 그렇게 하자. 내가 업을게."

부리가 정신을 잃은 소후를 업었다.

그러자 시월은 역시 등을 찔려 깊은 부상을 입은 설우담에게 말했다.

"업혀요."

"걸을 수 있어."

"알아요. 하지만 빨리 걷지는 못하잖아요."

"…만설장의 사람들은 어쩌지?"

설우담이 물었다.

그녀와 함께 이곳으로 온 만설장의 문도들은 여전히 월문의 무인들과 함께 있었다.

"일단 그곳으로 가서 모두 연경으로 돌려보내요."

"알았어. 그럼 부탁할게."

설우담이 더이상 망설이지 않고 시월의 등에 업혔다.

"사형, 가요!"

시월이 소리치자 부리가 고개를 끄떡이고는 소후를 업고 숲으로 몸을 날렸다.

시월이 말한 대로 일행은 일단 만설장 문도들이 기다리는 폐성으로 갔다.

그곳에서 설우담은 남아 있는 모든 공력을 모아 스스로 걸어서 사람들 앞에 모습을 드러낸 후 만설장 식솔들에게 연경으로 돌아갈 것을 명했다.

그리고 어리둥절해하는 월문의 문도들에게 백유검이 있는 곳을 알려주고는 다시 숲으로 돌아와 시월의 등에 쓰러지듯 업혔다.

그 잠깐 동안 그녀가 모아 쓴 공력이 그녀의 상태를 무척 위중하게 만들었다.

시월은 설우담의 상태가 심상치 않음을 깨닫고 서둘러 소후와 설우담을 치료할 장소를 찾아 숲을 달리기 시작했다.

이각 여를 달린 끝에 작은 동굴을 발견한 시월과 부리는 그곳에서 두 사람을 치료하기 시작했다.

*   *   *

동굴 안이 붉은 열기로 가득하다. 시월은 소후의 등에 손을 대고 계속해서 진기를 소후에게 밀어 넣고 있었다.

시월의 몸에서 흘러나온 붉은 기운들이 시월과 소후를 휘어 감고도 모자라 동굴 전체를 가득 채우고 있었다.

일단 잘려 나간 오른쪽 다리를 지혈하는 데는 성공했지만, 피를 많이 흘린데다 백유검이 마지막에 설우담을 관통하며 찔렀던 가슴의 상처는 오히려 잘려 나간 다리보다도 더 위험했다.

심장 가까이 파고든 백유검의 검에 기혈의 맥이 잘리고 막혀 생명까지 위험한 부상을 입은 것이다.

화노에게서 받아 지니고 있던 신단으로도 겨우 목숨을 잠시 돌려놓는 것이 전부였다.

그래서 시월이 선택한 방법은 자신의 진기를 소진해 소후를 회복시키는 것이었다.

반면 설우담은 벌써 치료가 끝나 있었다. 백유검의 검이 등을 관통했지만, 장기가 다치지 않고 깔끔하게 몸을 관통한 덕에 부리가 지니고 있던 금창약과 신단으로 충분히 치료할 수 있었기 때문이었다.

검에 관통당한 것치고는 내상도 거의 입지 않아서 오히려 신기할 정도였다.

"저러다 시월까지 상하겠다."

부리가 걱정스럽게 말했다.

벌써 반 시진 이상 시월은 소후에게 진기를 쏟아붓고 있었다. 아무리 대단한 고수라도 반 시진 이상 진기를 뽑아내는 것은 위험한 일이었다.

"…다 나 때문이야."

설우담이 입술을 깨물며 자책했다.

"이제 와서 그런 말은 뭐 하려 해."

부리가 퉁명스럽게 말했다.

"내 욕심만 아니었으면……."

"젠장, 뭐 너라고 이렇게 될 줄 알았겠어? 그리고 넌 다만 네 인생을 네가 원하는 대로 살아보려 한 것뿐인 거야. 실질적으로 우리에게 준 피해도 없잖아. 소후가 저리된 것도 소후 스스로 자신이 원해서 널 돕다 일어난 일이니까 네 탓은 아니야."

부리가 단호하게 말했다.

"이 멍청한 놈아. 내가 지금 이 상황에 그렇게 생각할 수 있겠어?"

설우담이 부리에게 욕설을 내뱉었다.

"하긴 그 정도 미안함은 있어야 사람이지."

"나쁜 놈!"

"비난받고 싶어 하는 것 같아서 한 말이야. 욕이라도 먹으면 네 마음이 좀 편해질 테니까. 더 해줘?"

"됐어. 그만해!"

설우담이 퉁명스럽게 대답했다.

"알았어. 그만둘 테니까. 너도 너무 괴로워하지 마. 보기 싫으니까."

부리의 말에 설우담이 묵묵부답 대답하지 않았다. 대신 소후를 치료하고 있는 시월에게 다시 시선을 돌렸다.

시월과 소후를 휘감고 있던 붉은 기운이 서서히 옅어지기 시작했다. 그러다 그 기운들이 모두 두 사람의 몸으로 흡수된 뒤에야 시월이 소후의 등에서 손을 뗐다.

"후우!"

시월이 입에서 긴 숨이 흘러나왔다. 시월은 거의 두어 시진 동안 소후를 치료했다.

그냥 앉아만 있기도 힘든 시간, 그 시간 동안 시월이 소비한 진기는 그를 탈진 상태로 만들었다.

하지만 시월은 자신이 지친 것을 애써 드러내지 않으면서 정신을 차린 소후에게 물었다.

"사형, 기분이 어때요?"

시월의 물음에 소후가 파리한 안색에도 희미하게 미소를 지으며 대답했다.

"죽지는 않겠다."

"…공력을 회복하는 일은 제 능력 밖인 것 같아요. 노력은 했는데 역시 진기를 불어 넣는 것만으로는 어렵더군요. 화노 어르신을 뵈어야 가능한 일일 것 같아요."

시월이 미안한 듯 말했다.

"됐어. 그까짓 공력 없어도 그만이야. 그리고 내가 생각할 때 화노 어르신도 내 공력을 회복시키지는 못할 것 같아."

"그런 말씀 마세요. 기맥이 여러 곳 막히기는 했지만 화노 어르신의 의술이라면 분명히 고칠 수 있을 거예요."

"뭐, 그럴 수도 있겠지만, 사실 이젠 내게 공력을 회복하는 게 그리 필요한 일인 것 같지 않다."

"그게 무슨 말씀이세요?"

기껏 살려 놓았더니 무슨 소리냐는 듯 시월이 정색을 하며 물었다.

"만화도로 돌아가면 더 이상 강호에 나오지 않으려고."

"왜요?"

"이 다리로 어딜 돌아다니겠어. 목발을 짚고 세상 사람들 앞에 나서고 싶지는 않아. 그러니 굳이 공력을 회복할 필요가 있겠어?"

소후가 웃으며 말했다.

그러자 듣고 있던 부리가 버럭 소리쳤다.

"이놈아! 그러니까 더 공력을 회복해야지. 한 다리로 살아가려면 공력이라도 있어야 할 것 아냐? 공력만 회복하면 한 다리로도 보통 사람보다 나을 거야. 넌 본래 다리가 튼튼하니까."

"위로하는 거냐?"

소후가 웃으며 물었다.

"위로가 아니라 현실을 말하는 거야. 괜히 한쪽 다리 없다고 빌빌대면서 나 귀찮게 하지 말고 공력 회복할 생각이나 해!"

"후후, 빌어먹을 놈! 널 귀찮게 하는 일은 없을 테니 안심해라."

"아이구, 우리 사형제 중에 너 시중들 사람이 나 말고 누가 있는데? 그 일을 사제들에게 시킬 거야, 사형에게 부탁할 거야? 결국 내 몫이지."

부리가 인상을 쓰며 말했다.

"그 일은… 우담 네가 할래?"

소후가 굳은 표정으로 말없이 앉아 있던 설우담에게 물었다.

순간 설우담이 예상치 못한 소후의 질문에 당황한 채 그를 멀뚱히 바라봤다, 그러다 결국 고개를 끄떡이며 대답했다.

"…알았어, 빚은 갚아야겠지."

"빚이라… 그래 뭐, 그렇게 생각하는 게 마음 편할 수도 있지. 그 빚, 평생 갚아라."

소후가 빙글거리며 말했다.

"넌 그 지경이 되고도 웃음이 나오니?"

우담이 드디어 화를 냈다. 화를 낸다는 것은 그녀의 긴장이 풀렸다는 뜻이기도 했다.

"나쁘지 않잖아? 이제 평생 널 부려 먹을 수 있는데!"

"…정말 생명에는 지장이 없는 거야?"

우담이 정색을 하며 물었다.

"음! 죽을 걱정은 하지 않아도 돼. 공력은 거의 사라졌지만. 그런데 사제, 정말 괜찮은 거야? 너무 많은 진기를 소모한 것 같은데……."

소후가 걱정스러운 표정으로 시월을 돌아보며 물었다.

그러자 시월이 가볍게 미소를 지으며 대답했다.

"제 걱정은 마세요. 제가 수련한 이 불사적공이라는 신공은 정말 알아갈수록 더욱 신기한 것 같아요. 화수분은 아니지만, 소진한 공력을 회복하는 속도가 엄청나요. 벌써 힘이 나기 시작하는걸요."

"빈말 아니지?"

부리가 물었다.

"빈말할 이유가 있나요. 아마도 그래서 구서령이 이 신공을 불사적공이라고 이름 붙였나 봐요."

"하긴 그 역시 삼십육마로 활동하던 시절 마르지 않은 공력으로 불괴라 불렸다고 했으니까. 그러고 보면 문주를 만난 게 꼭 악연만은 아니야."

부리가 중얼거리다가 소후와 설우담의 화난 시선을 느끼고는 흠칫 입을 막았다.

"이 지경에서 그런 말이 나오냐?"

소후가 부리에게 소리를 질렀다.

"아, 미안! 내 말은 그런 뜻이 아니고."

부리가 황급히 손을 저으며 변명하려는데, 설우담이 손을 들어 부리의 말을 막으며 소후에게 물었다.

"됐고. 후, 내일은 움직일 수 있어?"

"몸 상태는 괜찮은데 한 다리로 움직이는 것은 아무래도 쉽지 않을 것 같아. 목발을 준비해도 익숙해지기 전에는……."

소후가 말꼬리를 흐렸다.

"제가 업고 가면 되죠."

시월이 말했다.

"그건 내가 할게. 넌 공력을 많이 썼으니까."

부리가 말했다.

"두 사람이 있으니까 오늘은 쉬고 내일 아침 일찍 출발하자."

설우담이 말했다.

"추격하는 자들은 없을 거야."

부리가 그렇게 서둘 일이 뭐냐는 듯 말했다.

"서둘러 만설장에 가야 하니까."

설우담이 서두는 이유를 말했다.

순간 부리가 벌떡 자리를 박차고 일어났다.

"너! 다시 만설장으로 가겠다고?"

이 상태에서도 만설장에 미련을 두는 설우담에게 화가 난 부리가 따지듯 소리쳤다.

"걱정 마. 만설장을 정리하러 가는 거니까. 만설장의 식솔들은 모두 내가 불러들인 사람들이야. 떠날 때 떠나더라도 그 사람들 호구책은 만들어주고 가야지."

"어떻게 하려고? 어쩌면 문주가 달려올 수도 있어."

소후가 걱정스럽게 말했다.

충분히 가능한 일이었다. 월문 몰락 이후 백문보의 희망은 오직 백유검뿐이었다.

여전히 월문신룡 백유검의 무공은 무림십대고수로 거론되고 있었고, 오가장이라는 쓸만한 문파의 유일한 사위였다.

월문이 부활한다면 그건 오직 백유검에 의해서일 거라는 건 누구나 알고 있는 일이었다.

그런데 그 백유검이 팔다리가 잘린 폐인이 되었으니 백문보가 어떤 일을 벌일지 알 수 없었다.

어쩌면 그나마 남은 모든 인맥을 동원해 칠선문을 공격하려 할 수도 있었다. 물론 그에 호응하는 문파는 거의 없을 테지만.

지난 몇 년간 월문이 큰 몰락을 겪는 사이 칠선문의 명성은 점점 높아지고 있었다.

특히 칠선문과 사돈의 인연을 맺은 문파가 요동의 이가검문과 십대천문 항주 금가장이었기에, 지금에 와서는 세상에 모습을 드러내지 않는 칠선문의 명성이 오가장에 빌붙듯 살아가는 월문을 훨씬 능가한다고 해도 과언이 아니었다.

하지만 그럼에도 걱정할 수밖에 없는 것은 시월 등이 월문주 백문보의 독심을 그 누구보다 잘 알고 있기 때문이었다.

그가 독계를 쓰면 언제라도 칠선문의 사형제들이 큰 위험에 빠질 수 있었다.

"나도 알아. 그래서 서둘러 연경으로 가려는 거야. 하루빨리 만설장을 정리하려고."

"만설장은 어떻게 할 건데?"

부리가 물었다.

"궁 대협에게 맡길까 싶어. 만설장을 맡을 수 있는 능력을 가진 사람은 궁 대협 밖에 없으니까. 다만, 그분은 평생 유랑 무인으로 살아온 사람이라 상가의 번거로운 일을 맡으려 할지 모르겠어."

"궁 대협이면 믿을 만하지."

소후가 고개를 끄덕였다.

어둠 속에서 설우담을 도우며 지낸 지난 몇 달 동안 그가 지켜본 독고검 궁천은 신뢰할 수 있는 사람이었다.

"그가 거절하면?"

부리가 다시 물었다.

"그때는 역시 한 대인께 부탁해야겠지. 그분이라면 만설장 식솔들을 잘 돌봐주실 거야. 만설장 자체도 큰 이득이 될 거고."

"그렇군. 아무튼 그럼 만설장으로 간 후 하루면 일이 정리되겠군."

"하루면 충분해."

설우담이 대답했다.

"좋아. 그럼 내일 아침 일찍 떠나자. 일단 가까운 마을을 찾아서 마차부터 구하자고. 아휴. 이제 좀 쉬자. 하루 종일 고생했더니 몸이 찌뿌둥하다!"

부리가 동굴 맨바닥에 벌렁 누우며 앓는 소리를 해댔다.

*　　　　　*　　　　　*

동굴을 떠날 때 소후는 시월의 등에 업혔다. 소후를 치료하느라 공력을 많이 소진했던 시월이지만, 그의 말대로 구서령의 불사적공의 회복은 놀라울 정도였다.

그래서 아침이 되자 시월은 너끈하게 소후를 업고 숲을 달릴 만큼 기력이 회복되어 있었다.

산에서 내려온 후에는 부리가 가까운 마을에 들려 마차를 구해 왔다.

그 이후부터 일행은 소후와 설우담을 마차에 태우고 연경을 향해 움직였다.

그렇다고 급한 마음에 마음껏 속도를 내 마차를 몰 수는 없었다.

소후와 설우담이 목숨에는 지장 없다고 해도 큰 움직임에는 통증을 느끼기 때문이었다.

또한 장시간 마차를 타고 이동할 수도 없었다. 한 시진 정도 이동하면 이각 정도는 휴식을 취했고, 해가 질 즈음에는 일찍 노숙지를 정해 두 사람을 충분히 쉴 수 있게 했다.

그래서 마차를 탔음에도 불구하고 네 사람은 동굴을 떠난 지나흘째 되던 날에야 연경에 도착할 수 있었다.

연경에 도착한 후에는 시월이 먼저 만설장에 숨어 들어가 장원의 상황을 살폈다.

다행히 만설장은 장주 설우담의 늦은 귀환을 걱정하는 것 말고는 특별한 일은 없는 듯 보였다.

그렇게 시월이 만설장의 안전을 확인한 후 설우담과 소후가 만설장으로 들어갔다.

*　　　*　　　*

시월과 설우담이 한철산의 기산장을 찾은 것은 다음 날 이른 아침이었다.

한철산의 일정을 확인하지 못한 상태여서 늦게 움직이면 한철산을 만나지 못할 수도 있기 때문이었다.

기산장에 들어서면서 시월은 용담호혈이라는 말을 떠올렸다. 장원 외곽을 경비하는 무사들도 한층 많아진 듯 보였고, 그 안으로 들어가자 보이지 않은 곳에서 외부의 사람을 경계하는 기운이 그물처럼 느껴졌다.

"이상한 일이군요."

문득 시월이 나직하게 입을 열었다.

"응? 뭐가?"

다른 생각을 하고 있었는지 설우담이 되물었다.

"마치 큰 싸움을 준비하는 장원 같아요."

시월의 말에 그제야 설우담이 주변을 돌아봤다. 그리고는 가만
히 고개를 끄떡였다.

"그러고 보니 정말 그런 것 같네. 지난번에 왔을 때와는 좀 다
른데? 서늘한 기운도 느껴지고. 무슨 일이 있는 건가?"

설우담이 고개를 갸웃했다.

그때 한철산에게 두 사람의 방문을 알리러 갔던 사내가 달려와
두 사람에게 말했다.

"장주께서 들어오시랍니다."

무사는 설우담이 종종 한철산을 만나러 왔던 것을 알고 있었으
므로 설우담을 대하는 태도가 무척 조심스러웠다.

"가요."

설우담의 말에 무사가 앞장서서 설우담과 시월을 한철산의 거
처로 안내했다.

"어서 오너라."

자신의 집무실에서 기다리고 있던 한철산이 들어오는 설우담을
반겼다. 그러다가 문득 설우담의 뒤를 따라 들어오는 시월을 발견
하고는 멈칫한 표정을 지었다.

"모르셨어요?"

시월의 방문에 놀라는 한철산을 보며 설우담이 물었다.

"음, 네가 왔다고만 들었다."

"그렇군요. 하긴 제 호위 무사로 알았을 거예요."

미리 시월의 동행을 알리지 않은 기산장 무사의 행동이 이해가 간다는 듯 설우담이 말했다.

"그런 모양이다. 그런데 아침 일찍부터 어쩐 일이냐? 무슨 급한 일이라도 있는 거냐?"

"어려운 부탁을 드려야 할 것 같아서요."

"어려운 부탁이라… 또 무슨 골칫거리를 가져왔을까. 하하하!"

한철산이 웃음을 터뜨렸다. 지난 이 년 동안 만설장을 키우기 위해 설우담은 종종 한철산에게 어려운 부탁을 했었다.

그리고 한철산은 그런 설우담의 부탁을 한 번도 거절한 적이 없었다. 덕분에 만설장은 이 년 만에 연경의 대상가로 부상했지만, 사실 한철산은 그로 인해 적지 않은 곤란함을 겪기도 했었다.

"미안해요. 번번이……."

"아니, 아니! 그런 말 듣자고 한 말은 아니고. 그래 이번엔 또 무슨 장사를 하려고?"

한철산이 설우담에게 물었다.

그러자 설우담이 정색하며 말했다.

"장사를 하려는 게 아니고 만설장을 정리하려고요."

"뭐라고?"

갑작스러운 설우담의 말에 놀란 한철산이 자리에서 일어날 듯한 모습으로 되물었다.

"연경을 떠나려고요. 그래서 만설장의 사람들을 부탁드리려고요. 전 그동안 모은 금자 중 약간만 가지고 떠날 생각이에요. 다만 남아 있는 식솔들을 생각하면 만설장의 사업을 아주 끝낼 수는 없는 일이라서……."

"…대체 무슨 일이기에 이렇게 급하게 연경을 떠나려 하는 거냐?"

"그게……."

설우담이 말꼬리를 흐렸다.

"나한테도 말할 수 없는 일이냐?"

한철산이 서운하기보다는 걱정스러운 표정으로 물었다. 한철산에게조차 말하기 어려운 문제라면 보통 일이 아니기 때문이었다.

"그를 만났어요."

"그?"

"월문신룡이요."

"뭐? 그놈이 어떻게 알고?"

한철산이 무거운 표정으로 물었다. 그동안 설우담이 자신의 정체를 드러내지 않기 위해 무척 조심했다는 걸 알고 있기 때문이었다.

그런데도 월문신룡 백유검이 설우담을 찾아왔다는 사실이 당황스러운 모양이었다.

"제가 만설장주인 것을 알고 찾아온 것은 아니었어요. 최근에 그가 장성 인근에서 마인들과 관계를 맺은 사람들을 주살하고 다닌 것은 아시죠?"

"당연히 알고 있다. 그 때문에 덩달아 허명에 눈이 먼 자들이 추살대를 꾸린다는 둥 난리를 피우는 바람에 적지 않은 상인들이 죽거나 다쳤다. 그래서 나도 기산장의 경계를 강화했지."

"그러셨군요. 들어오면서 경비 무사들이 많아져서 무슨 일이 있나 걱정했어요."

"정파 일부 고수들이 연경의 대상을 본보기로 공격할 거란 소문이 있어서 준비하지 않을 수 없었다. 또 그에 대한 문제를 논의하기 위해 오늘 연경 상인들이 모일 생각이다. 정식으로 십대천문에 불만을 제기할 생각이야. 그동안 자기들이 받아 간 금자가 얼마인데……."

한철산이 노기를 드러내며 말했다.

"십대천문은 이득에 밝은 자들이니 무슨 조치를 취할 거예요. 상계의 지원이 끊기는 것은 그들에게도 치명적이니까."

"그렇겠지. 앞으로 계속 금자를 뜯어가려면 어떻게든 해결하겠지! 아무튼 그래서 월문신룡에게 다시 가려고? 만약 그렇다면 난 반대다!"

한철산이 단호하게 고개를 저으며 말했다.

"아뇨. 그 반대예요."

"…반대라니?"

"그와는 완전히 끝났어요. 이번에… 그와 크게 싸웠어요. 서로 큰 부상을 입을 정도로!"

"뭐? 그 빌어먹을 놈이 널 공격했다는 거냐?"

한철산이 화가 나서 소리쳤다.

"처음에는 저인 줄 모르고 공격한 것이지만, 제 정체를 알고 난 이후에도 싸움을 멈추지 못했어요."

"다쳤느냐?"

한철산이 그러잖아도 파리해 보이는 설우담의 안색을 살피며 물었다.

"죽을 정도는 아니에요."

"…인간이 어떻게 그럴 수 있단 말이냐? 자기가 마도의 무리 속에 버려두고 온 부인을 죽이려 하다니. 용서를 빌어도 시원찮을 판에!"

한철산이 한탄했다.

"애초에 그런 사람을 택한 제 잘못이죠. 그런데 문제는 저보다 그가 더 많이 다쳤다는 거에요."

"…더 많이 다쳐? 어떻게……?"

말을 하다 말고 한철산이 슬쩍 시월을 바라봤다.

"팔과 다리가 잘렸으니 그가 다시 패악한 짓을 하지는 못할 거에요. 하지만 문주가 가만 있지 않겠죠. 그래서 만설장을 정리하고 떠나려는 거에요. 맡아주실 거죠?"

설우담이 짧게 지금의 상황을 설명했다.

"팔다리가 잘려? 월문신룡이?"

한철산이 믿을 수 없다는 듯 되물었다.

"그렇게 됐어요."

설우담이 고개를 끄떡였다.

"이 일로… 의천무맹의 공적이 되지는 않겠느냐?"

몰락했다고 해도 월문은 여전히 명목상으로라도 십대천문에 이름을 올리고 있었다. 백문보가 다른 십대천문에 호소하면 자칫 설우담과 시월 등이 의천무맹의 공적이 될 수도 있었다.

"문주라도 그렇게 하지는 못할 거에요. 그렇게 되는 순간 이 일이 벌어진 이유를 설명해야 하는데 그건… 그나마 남아 있던 월문의 명예조차 땅바닥에 떨어뜨리는 일이 될 테니까요."

"그 말은 의천무맹에 너의 입장을 대변할 사람이 있다는 뜻이냐?"

한철산이 묻자 설우담이 고개를 끄떡였다.

아마도 이 일에 대해 설우담의 입장을 대변하는 문파가 있다면 그건 항주 금가장과 요동 이가검문이 될 것이다.

그런데 우습게도 그 두 문파는 모두 과거 월문이 추진했던 정략혼과 연관된 문파였다.

생각해 보면 이상한 인연이 아닐 수 없었다.

"그렇다면 다행이지만……."

속사정을 알 수 없는 한철산은 여전히 걱정스러운 표정을 지으면서도 설우담의 말을 믿을 수밖에 없었다.

"제가 떠나면 아저씨가 만설장을 인수하셨다고 바로 소문을 내주세요. 그래야 만설장에 대한 월문주의 공격을 막을 수 있으니까요."

"그야 어려운 일이 아니지. 뒷일을 걱정 말거라."

"죄송해요. 매번 어려운 일을 부탁드려서."

"죄송하긴, 솔직히 말해서 상인으로서 만설장을 대가 없이 인수하는 것은 큰 이득이지."

"그렇게 생각해주시면 고맙고요."

설우담이 가볍게 미소를 지었다.

"그런데 그래서 이제 어디로 가려고?"

"칠선문으로 갈까 해요."

"칠선문! 정말?"

한철산이 반갑기도 하면서 놀랍기도 하다는 듯 되물었다.

그 역시 칠선문이 어떤 곳이고, 설우담과 깊은 인연이 있다는 것을 알고 있었다.

당연히 설우담이 칠선문에 가는 것이 쉽지 않을 결정이란 것도 알고 있었다.

"지금으로선 그게 최선인 것 같아요."

"…잘 결정했다. 대협! 우담을 잘 부탁하오!"

한철산이 자리에서 일어나 시월에게 포권을 해 보였다. 시월이 칠선문의 사람이라는 것은 이미 알고 있는 사실이었다.

설우담이 월문을 떠나 한철산을 찾아왔을 때 이미 시월을 만났었기 때문이었다.

"누님은 우리 사형제들의 형제이니 걱정하실 필요 없습니다. 오히려 그동안 누님을 보살펴 주셔서 사형제들을 대신해서 감사드립니다."

처음 한철산을 만났을 때는 그에 대한 의구심이 있었지만, 결과적으로 보면 지난 이 년간 한철산은 최선을 다해 설우담을 도왔다고 할 수 있었다.

"나로서는 우담의 일을 도와주면서도 늘 걱정이었소. 그래서 늘 이 일을 그만두기를 바랐었는데 이제라고 그렇게 되었으니 다행이오. 아무튼… 칠선문에 몸을 의탁한다니 이젠 마음이 놓이는구나."

한철산이 설우담을 보며 말했다.

"언제 다시 올지 몰라요."

설우담이 차분하게 말했다.

"다시 오지 마라. 그때는 안 도와줄 거다."

"후후, 저도 염치가 있지 그때도 도와달라고 할까요. 그땐 제가 알아서 해 볼 거예요."

"글쎄, 아예 다시 올 생각은 말라니까. 잠시 다녀오는 정도면 몰라도… 금자가 필요하면 언제든 내어 줄 테니까."

"금자는 저도 충분해요. 그리고 칠선문도 재력이 만만치 않지? 대사형이 금가장의 사위가 되었으니."

"금가장이 아니어도 금자를 걱정할 일은 없어요."

시월이 담담하게 대답했다.

"보셨죠? 그러니까 제 걱정은 이제 하지 마세요. 전 오히려 아저씨가 걱정이에요."

"내가 왜?"

"그 사람이 날 찾아왔었다는 것은… 정파 무림인들이 연경의 상계에 관여하겠다는 신호 같은 것이니까요."

"그래서 대상들이 회합을 한다고 하지 않았냐."

"그래도 무림 문파들의 탐욕을 아시잖아요."

"걱정할 필요 없다. 그들이 날 공격한다는 것은 곧 관을 상대로 싸우겠다는 뜻이니까. 그럴 배포를 지닌 무림 문파가 있겠느냐?"

한철산이 여유를 보이며 말했다.

"그렇기도 하네요. 그럼 걱정하지 않고 떠날게요."

"음! 내 걱정은 말거라."

"그리고 만설장 운영은 궁 대협께 맡겨주세요. 궁 대협께 만설장 식솔들을 부탁하려고요."

"그라면 믿을 만하지."

한철산이 고개를 끄떡였다.

"그리고 항이도 부탁해요. 제 동생 같은 아이니까."

"알겠다. 항이는 내게도 딸 같은 아이다."

"그럼 이만 가볼게요. 오늘 떠날 거예요."

"후… 그럼 이게 마지막이군."

한철산이 마치 딸을 시집보내는 사람처럼 아쉬운 표정을 지었다.

"서운해 마세요. 시간이 되면 들릴 테니까."

"몸조심하고."

"걱정 마세요. 건강하세요."

설우담이 가볍게 한철산의 손을 잡았다 놓고는 시월에게 말했다.

"이제 가자."

"예."

"대협! 대협만 믿겠소!"

한철산이 설우담과 문을 나서는 시월에게 다시 한번 당부했다.

그러자 시월이 걸음을 멈추고 가볍게 고개를 숙여 보이며 대답했다.

"걱정 마십시오. 이제부터 누님은 칠선문의 식구이니!"

제 3장

—

오랜 외유의 끝

　독고검 궁천은 끝까지 설우담을 따라가겠다고 고집을 피웠으나 결국 만설장 식솔들에 대한 책임감을 들먹이는 설우담의 설득에 굴복해 설우담을 대신해 만설장을 맡기로 했다.

　물론 만설장의 주인은 한철산이 될 테지만, 실질적으로 만설장의 사업을 관리하는 사람은 궁천이 될 것이다.

　궁천을 설우담에게 소개한 사람이 한철산이어서 두 사람의 관계는 걱정할 것이 없었다.

　그렇게 급하게 만설장을 정리한 설우담을 데리고 시월 일행은 만설장이 보유한 튼튼한 마차 중 한 대를 몰고 연경을 떠났다.

　시녀 항이는 울고불고 난리를 쳤지만, 설우담은 그녀의 동행을 허락하지 않았다. 설우담은 항이까지 데리고 칠선문에 갈 염치가 없었던 것이다.

그리고 항이를 데려가면 그녀는 칠선문에서도 계속 자신의 시녀로서 살려고 할 것이기에, 만설장에 남는 것이 항이를 위해서도 더 좋은 선택이라고 생각하는 설우담이었다.

소후의 상태는 많이 호전되었지만, 여전히 무공 회복은 자신할 수 없었다.

하지만 그의 몸보다 더 심각한 것은 그의 마음이었다. 급박한 상황이 정리되고 길을 떠난 후 소후는 급격하게 우울해져 있었다.

칠랑의 시절부터 소후의 다리는 모두가 감탄할 만큼 대단한 것이었다.

그 누구보다 강한 다리를 가지고 있었고, 무공 역시 풍천마 서운관의 만리보라는 전설적인 보법을 익혀서 그의 빠름은 타의 추종을 불허하는 것이었다.

창술과 검법에도 능했지만, 소후를 소후답게 하는 것은 역시 그의 다리였다.

그런 다리를 잃은 소후의 상실감은 생각보다 컸다. 마차를 타고 여행하는 내내 소후는 거의 모든 시간을 마차 안에서 보냈다.

노숙을 할 때조차 마차에서 자기를 원했다.

그는 한 다리가 없는 자기 모습을 다른 사람들이 보는 것을 원치 않은 듯 그렇게 어두운 공간에 머물기를 원했다.

그런 소후를 누구도 귀찮게 하지 않았다.

보통 사람들이라면 어떻게서든 마차 밖으로 끌어내 눈부신 태양과 신선한 공기를 맛보게 했을 것이지만, 수많은 고난을 겪으며 쌓아 올린 무공이 한순간에 사라진 것에 대한 상실감은 그런 것들로 치유될 수 없다는 것을 시월 등은 잘 알고 있었던 것이다.

소후에게 필요한 것은 결국 시간이었다.

자신의 현실을 받아들이고, 그 현실에 맞춰 살아갈 준비가 되려면 적지 않은 시간이 필요할 것이다.

그런 면에서 보자면 만화도에서 고립된 삶을 사는 것도 도움이 될 수 있었다.

그의 장애가 전혀 문제가 되지 않는 칠선문의 사형제들과 지내다 보면 한 다리를 잃은 그의 상실감도 자연스럽게 치유될 수 있을 것이다.

그리고 만화도에는 화노가 있었다. 화노라면 소후에게 어떤 식으로도 도움을 줄 수 있을 것이 분명했다.

그래서 시월과 부리는 하루빨리 만화도로 돌아가고 싶었다. 다른 사형제들과 화노의 도움을 받아 소후가 조금이라도 빨리 정상적인 삶을 살아갈 수 있기를 바라기 때문이었다.

그렇게 길을 서둘러 일행은 보름이 지나지 않아 무량포에 이르렀다.

                    *   *   *

"어서 오십… 어?"

초원루 앞에 도착한 마차에서 뒤늦게 시월을 발견한 황평이 놀란 표정을 지었다.

"잘 지냈습니까?"

마부석에서 시월이 물었다.

"저희야 별일 없습니다만. 여행을 다녀오셨나 보군요?"

"그렇습니다. 배가 올 때까지 숙소에 있겠습니다."

"그렇게 하시지요. 루주께 말씀드리겠습니다."

황평이 대답을 하고는 서둘러 초원루 안으로 들어갔다. 그러자 시월이 마차를 초원루 뒤쪽에 있는 칠선문의 거처로 몰고 갔다.

"이, 이게 대체 무슨 일이오?"

황평에게 시월이 도착했다는 말을 듣고 급히 칠선문의 거처로 찾아온 석자부가 한쪽 다리가 없는 소후를 발견하고는 놀라서 물었다.

"그럴 일이 있었습니다. 서둘러 배를 불러주세요."

시월이 석자부에게 말했다.

"알겠소이다. 바로 전서를 보내겠소. 그리고 필요한 것이 있으면 말씀하시오. 뭐든 준비하겠소이다."

석자부는 정말 무엇이든 시월이 원하는 것이라면 구해올 것처럼 말했다.

"달리 필요한 것은 없습니다. 다만, 혹 의천무맹의 소식을 아신다면 알 수 있으면 좋겠군요."

"알겠소이다. 일단 칠선문에 전서구를 보낸 후에 포구로 나가 소식들을 좀 더 모아 오겠소."

"아! 식사도 좀 부탁합니다."

"그거야 이미 준비시켰소이다. 그럼!"

석자부는 한시라도 빨리 용선을 부르기 위해 서둘러 칠선문의 거처를 벗어났다.

"특이한 사람이네."

석자부가 나가자 설우담이 입을 열었다.

"사연이 복잡해."

부리가 퉁명스레 대답했다.

부리는 여전히 소후의 다리가 잘린 일이 설우담 때문이라는 원망의 마음이 남아 있는 듯 보였다.

애써 티를 내지 않으려 했지만, 설우담과 대화할 때마다 지울 수 없는 불만이 드러나곤 했다.

하지만 설우담은 부리의 그런 행동이 당연하다는 듯 아무렇지도 않게 받아넘겼다.

"사연?"

"사제가 월문에 들어오기 전에 사막 노예시장으로 팔려나갔던 건 알고 있지?"

"그런데?"

"그때 사제를 팔아넘기려던 노예상이야. 결국 팔리지 않은 다른 아이들과 함께 사막에 버리고 떠난 사람이지."

"……."

부리의 말에 설우담이 어이없다는 듯 시월을 바라봤다.

"왜요?"

"어떻게 그런 사람과……."

"사막으로 그를 찾아갔을 때 빚은 받아낼 만큼 받아냈어요. 그리고 목숨은 살려줬는데 이곳에서 다시 만난 거죠. 그래서 초원루를 여는 것을 도와준 후 칠선문을 돕게 한 거예요. 적어도 장사치로서는 능력이 뛰어난 사람이니까요."

"어떻게 믿고?"

"배신해도 위험하지 않을 일만 맡기는 거죠. 칠선문이 어디 있는지도 몰라요."

"아무리 그래도 그렇지……."

설우담이 이해할 수 없다는 표정을 지었다.

"과거를 따지자면 우리도 함께 있을 수 없지."

부리가 퉁명스럽게 말했다.

순간 설우담의 표정이 딱딱하게 굳었다가 다음 순간 피식 실소를 흘렸다.

"훗! 맞는 말이긴 하네."

"부리. 이제 그만 좀 해라!"

설우담을 대신해서 소후가 화를 냈다.

그러자 부리가 심드렁한 표정으로 투덜거렸다.

"뭐 이 정도도 못하냐?"

"기분 좋게 돌아가자. 집으로 가는 길 아니냐."

소후가 짜증이 난 듯 소리쳤다.

"알았어. 알았다고! 그런데 우담, 기분 상했냐?"

부리가 설우담에게 빙글거리며 물었다.

"됐어. 각오한 일이니까."

"각오까지야. 나만 그렇지 다른 사람은 모두 널 환영할 거야."

"그게 더 불편할 수도 있지."

설우담이 우울한 표정으로 말했다.

"그래? 그럼 외려 내가 편하다는 말인가?"

"그래, 네가 편해. 욕이라도 먹는 편이 낫지. 동정받는 것 보단."

"동정은 무슨… 살고 싶은 대로 살다 온 사람에게."

"호호! 그래 네 말이 맞아, 동정받을 삶을 산 건 아니지. 내가 원해서 그렇게 산 것이니까."

설우담이 큰 웃음을 터뜨렸다.

그때 문밖에서 사람의 인기척이 들렸다.

"식사를 가져왔습니다."

"들어오세요."

시월이 얼른 문을 열었다.

그러자 황평과 그의 아내 단기가 음식을 들고 나타났다.

"뭘 이렇게 많이……."

시월이 힘센 황평이 힘겨워할 만큼 많은 양의 음식을 보며 말했다.

"저희들에게는 은인이시니 사양치 마십시오."

황평이 말했다.

그러자 시월이 단기를 보며 물었다.

"아이는 건강한가요?"

"네. 가끔 소 아가씨가 오실 때마다 보약을 지어주셔서 무럭무럭 잘 크고 있습니다."

단기가 대답했다.

"아이에게 보약을 먹여도 되나?"

부리가 고개를 갸웃했다.

"별걱정을 다한다. 향로가 어련히 알아서 했을까. 화노님의 직전 제자인데."

"하긴 그러네. 아무튼 황 대협께서는 아주 살 만하겠습니다. 현숙한 부인도 얻으시고 바로 아들도 낳고……."

"하하, 이게 모두 칠선문 덕분이지요."

황평이 웃음을 참지 못하고 크게 웃으며 대답했다.

"일단 식사부터 해요."

시월이 사형들에게 말했다,

"그래 먹자. 초원루의 음식이 정말 그리웠어."

부리가 입맛을 다시며 식탁에 다가섰다.

그러자 설우담이 소후를 부축해 식탁으로 데려왔다.

"아니, 대협 이게 대체 어찌 된 일입니까?"

소후가 식탁으로 오자 그제야 소후의 한쪽 다리가 없는 것을 발견한 황평이 화들짝 놀라 물었다.

"그렇게 되었습니다."

"아니, 어쩌다가……."

"우린 그만 나가요. 대협들 식사하시는 데 방해하지 말고."

황평이 눈치 없이 소후에게 질문을 해대자 그의 아내 단기가 황평의 소매를 잡아끌었다.

"어? 아! 알았어."

황평이 그제야 자신이 소후를 불편하게 했다는 것을 눈치채고는 단기에게 끌려 나가듯 밖으로 나갔다.

"어딜 가나 한동안 사람들의 관심을 끌겠군."

소후가 씁쓸한 표정으로 말했다.

"만화도에는 미리 알릴게요. 다들 놀라지 않게."

시월이 말했다.

"음, 그게 좋겠다."

소후가 고개를 끄떡였다.

소후의 상태를 알리지 않고 만화도로 들어가면 아마 한동안 만화도에 난리가 날 것이 분명했다.

"일단 먹자! 이야기는 나중에 하고!"

부리가 소후의 모습을 보니 새삼스레 우울해지는 듯 큰 소리로 말하며 수저를 들었다.

$$* \qquad * \qquad *$$

배는 삼 일이 지난 후 도착했다. 다른 때처럼 밤에 도착했고, 용선에서 내린 작은 소선을 몰고 대사형 무광이 직접 시월 일행을 태우러 무량포 해안으로 나왔다.

"대사형!"

시월이 소선을 발견하고는 손을 흔들었다.

그러자 무광이 배 위에서 굵은 밧줄을 시월에게 던졌다.

시월이 밧줄을 잡아끌자 무광이 타고 온 소선의 앞머리가 수심 낮은 모래 해안에 깊숙이 박혔다.

그렇게 배를 댄 무광이 훌쩍 날아올라 해안가에 내려섰다.

"사형! 돌아왔습니다!"

백사장에서 목발을 짚은 채 한 다리로 서서 기다리고 있던 소후가 무광에게 고개를 숙여 보였다. 그러자 무광이 소후에게 다가가 어깨에 손을 올리며 말했다.

"수고했다."

"죄송합니다."

소후가 무광의 허락을 받지 않고 만화도를 떠나 연경으로 간 자신의 행동을 사과했다.

"어쩔 수 없었겠지. 아무튼 그 이야기는 나중에 하고. 우담, 잘

왔다."

"대사형……!"

무광의 환영의 말에 설우담이 그녀답지 않게 울먹이며 고개를 푹 숙였다.

"눈물은 우담 너에게 어울리지 않아."

무광이 덤덤하게 말했다.

"죄송해요. 저 때문에……."

"네가 우리에게 잘못한 거 없다. 네 삶은 네 것인데 원하는 대로 살아야지."

무광의 말에서 진심이 느껴졌다. 사실 설우담이 백유검을 선택했다고 해서 칠랑에게 피해를 준 것은 없었다.

다만 그들을 배신한 백문보 부자에게 갔다는 사실이 서운했을 뿐.

"그래도 저 때문에 소후가……."

"그것 역시 네 잘못이 아니다. 네가 소후의 다리를 자른 것도 아니잖느냐? 널 위해 위험을 감수하기로 한 것은 소후의 선택이었으니 그 일에 대한 책임 역시 네가 아니라 소후에게 있다. 사제! 그렇지?"

무광이 소후에게 물었다. 그러자 소후가 고개를 끄떡였다.

"사형 말씀이 맞습니다. 이 모든 것은 제가 결정해서 한 일이지요. 그래서 후회나 원망 따위는 없습니다!"

소후가 담담하게 대답했다.

그러자 무광이 설우담을 보며 말했다.

"들었지? 소후의 말이 곧 우리 사형제들의 생각이다. 그러니 미안해할 필요 없어. 칠선문이 이제부터 네 집이다. 그러니 마음 편하게 쉬어. 그리고 언젠가 또다시 뭔가를 하고 싶은 마음이 생기면 네가 원하는 일을 해도 좋다. 다만… 이번에는 상의 정도는 해줬으면 좋겠어."

무광이 농담 반 진담 반으로 말했다.

"…고마워요. 대사형!"

설우담이 주룩 눈물을 흘리며 주억거렸다.

"좋아. 울고 싶으면 울어! 다만 만화도에 도착해서는 예전의 도도한 설우담으로 돌아가야 한다. 알았지? 사제들 가자!"

　　　　　*　　　　　*　　　　　*

용선에는 예상외로 화노가 있었다.

소후의 부상 소식이 이미 만화도에 전해졌기에 화노가 소후의 상태를 조금이라도 빨리 확인하려고 용선을 타고 무량포까지 나온 것이다.

"괜히 번잡할까 봐 나와 화노님만 왔다."

용선에 오른 무광이 시월 등을 보며 말했다.

아마도 그는 사형제들이 모두 용선을 타고 몰려오면 설우담이 부담스러워할 것을 염려했던 것으로 보였다.

설우담으로서는 한 명 한 명 자연스럽게 칠랑을 만나는 것이 부담이 덜 될 것이고, 그러다 보면 자연스럽게 칠선문에 동화될수 있을 거라는 게 무광의 생각이었다.

"잘하셨어요. 사제들이 왔으면 난리가 났을 거예요."

소후가 한쪽 다리가 없는 바짓자락을 흔들어 보이며 농담을 했다.

"네 녀석은 조금 이따 보고, 저 친구가 문제의 그 설씨 여인이 구만!"

화노가 배에 오른 후 한쪽으로 물러나 있는 설우담을 가리키며 말했다.

그러자 무광이 설우담을 불렀다.

"사매, 이리 와서 인사드려. 화노님이야. 우리에겐 생명의 은인 이시지."

무광의 말에 설우담이 화노 앞으로 다가와 조금은 어색하게 인사를 했다.

"설우담이라고 합니다. 걱정 끼쳐 드려 죄송해요."

"음음! 아닐세. 이놈들이나 마음고생을 한 거지. 나야 뭐… 그 나저나 거친 일을 겪었다던데 몸은 괜찮으신가?"

"예, 전 괜찮습니다."

"좋아. 그럼 앞으로 잘 지내보세. 자, 난 후를 살펴볼 테니 무광 자네가 소 장로께도 소개하게."

"알겠습니다. 어르신!"

"후, 날 따라와라."

화노가 소후에게 말하고는 먼저 선실로 들어갔다.

그러자 소후가 목발을 짚은 채 화노를 따라 선실로 향했다.

"사매, 인사드릴 사람이 한 분 또 계셔. 따라와."

소후가 화노를 따라 선실로 들어가자 무광이 설우담을 데리고 소사공이 있는 선장실로 향했다.

"우리도 소 장로님께 인사드리자."

부리가 시월에게 말했다.

"예, 사형!"

시월이 시원하게 대답을 한 후 소사공의 선장실로 걸음을 옮겼다.

*　　　　*　　　　*

시월이 슬며시 문을 열고 선실 안으로 들어왔다. 그 뒤를 따라 무광과 부리 그리고 설우담도 소리를 죽이며 안으로 들어왔다.

화노는 소후와 마주 앉아 두런두런 이야기를 나누고 있다가 시월 등이 들어오자 손짓을 하며 입을 열었다.

"이리들 오너라. 그렇지 않아도 부를 참이었다."

화노의 말에 시월 등이 기다렸다는 듯 화노 주위로 모여들었다.

"사제는 좀 어떻습니까?"

무광이 조심스럽게 물었다.

"음, 초기에 치료를 잘해서 목숨에는 지장이 없다. 하지만 무공을 회복하는 일은 쉽지 않을 것 같구나. 없어진 다리야 의족을 만들어 달 수도 있고, 또 강호에 외발로 무공을 펼치는 사람이 아주 없는 것은 아니니까 후의 노력에 달린 것이지만, 월문신룡의 검에 찔린 가슴의 상처가 문제다."

"단지 검에 가슴이 찔렸다고 내상을 입는 것은 아니지 않습니까?"

무광이 되물었다.

"보통은 그렇지. 장기만 상하지 않았다면 검에 찔린 상처만 아물

오랜 외유의 끝 81

면 되는 것이니까. 하지만 후가 입은 부상은 좀 고약한 면이 있어."

"뭐가 문제입니까?"

무광이 무슨 문제든 해결할 준비가 되어 있는 사람처럼 말했다.

"월문신룡이 소후를 찌를 때 검에 강력한 진기를 주입해 후의 혈맥과 기맥을 크게 상하게 만들었다. 이런 경우는 대부분 주화입마에 빠지는데, 그렇게 되지 않은 것만도 다행으로 생각해야 할 정도다. 하지만 너희들도 기맥과 혈맥이 동시에 망가지면 무인에게 얼마나 치명적인지 잘 알고 있지?"

화노가 되물었다.

칠랑은 이미 과거 군자의 공천보에 의해 적지 않게 기혈이 상했던 경험이 있었다.

화노조차 그걸 치료하는 데 몇 개월 걸렸을 정도로 어려운 치료였다.

"군자의에게 당했던 것보다 심한 겁니까?"

무광이 물었다.

"음, 아주 고약하다고 할 수 있지. 그때는 혈맥과 기맥이 중간중간 막히는 정도였는데, 이 경우는 검에 찔린 주변의 혈맥의 통로들이 완전히 뭉그러졌으니까."

화노가 무거운 표정으로 말했다.

그러자 설우담이 조심스럽게 입을 열었다.

"그런데 이해가 가지 않는 것이 있어요. 당시 그의 검은 저를 관통해서 후를 찔렀거든요. 그런데 전 왜 검상만 입은 걸까요?"

"그건 그만큼 월문신룡의 무공이 뛰어나기 때문이네. 그자가 자신이 공력을 검 끝으로 이동시켜 후에게만 타격을 주었던 것이네. 마치 검기를 만들면 검 끝으로 그 기운이 뻗어 나오는 것과 같은 이치인데, 그럼에도 이렇게 검 끝에만 진기를 모으는 기술은 보통 무인은 할 수 없는 경지이지."

그러자 설우담의 표정이 굳어졌다.

"그가 일부러 제게는 피해를 주지 않았다는 건가요?"

"그야 알 수 없지. 일부러 그리 한 것인지 자연스럽게 그리된 것인지… 하지만 어쨌든 그래서 같은 검에 찔리고도 두 사람의 상태가 크게 다른 것일세."

"죽일 놈……"

부리가 불쑥 욕설을 내뱉었다.

"그럼 영영 회복할 수는 없는 겁니까?"

무광이 물었다.

그러자 화노가 잠시 생각에 잠겼다가 입을 열었다.

"글쎄… 후에게도 말했지만, 생각나는 방법이 몇 가지 있기는 한데 그건 지금까지 나도 해보지 않은 시술들이라서……"

"그럼 방법은 있다는 거네요?"

시월이 얼른 물었다.

"뭉그러진 기맥을 한 줄 한 줄 새로 뚫어내야 하는 건데, 사실 거의 불가능한 시술이지."

"하지만 화노님이라면 가능하시죠?"

시월이 다시 물었다.

"이놈아. 나라고 모든 걸 다 해낼 수는 없어. 그래도 어쨌든 시도는 해볼 수 있다 이거지. 침과 뜸을 함께 써야 하고 어쩌면… 몸에 칼을 대야 할 수도 있고. 이건 마치 산사태가 난 비탈에 다시

길을 내는 것과 같은 일이야. 그게 쉽겠느냐?"

화노가 시월에게 소리쳤다.

그러자 시월이 웃으며 대꾸했다.

"하하, 그렇게 말씀하셔도 어르신 눈에서 막 승부욕이 솟구치시는걸요. 분명히 해내실 수 있을 거예요."

"물론 나로서도 새로운 의술의 경지에 도전하는 일이니까 당연히 승부욕이 생기지. 하지만 역시 확신할 수는 없는 일이다. 설혹 성공한다해도… 아마 몇 년은 걸릴 거야. 더 걸릴 수도 있고."

화노가 신중하게 말하면서 소후를 돌아봤다.

그러자 소후가 미소를 지으며 말했다.

"이제부터 제게 시간은 넘쳐납니다. 얼마든지 기다릴 수 있어요. 이런 몸으로 강호에 나갈 것도 아니고, 만화도에서 심심하게 지낼 텐데 어르신과 함께 새로운 도전을 할 수 있으면 그것도 재미있는 일이죠."

"뭐… 무료하진 않을 거다. 제법 고통스러울 거니까."

"고통이라면 충분히 익숙하죠. 우리 사형제들 모두 말입니다."

전혀 두렵지 않다는 듯 소후가 대답했다.

"좋아. 그럼 만화도에 도착해서 일단 몸을 안정시킨 후에 시작해 보자꾸나."

"고맙습니다. 어르신!"

"고마울 것 없다. 내게도 늘그막에 즐거운 일이 생긴 거니까. 그건 그렇고, 자네도 이리 좀 와서 앉아보게."

화노가 한쪽에 서서 근심 어린 표정으로 화노의 말을 듣고 있던 설우담을 불렀다.

그러자 설우담이 주뼛거리며 화노 옆으로 다가와 앉았다.

"손을 좀 줘보게."

화노가 설우담에게 손을 내밀었다.

그러자 설우담이 조심스럽게 화노에게 손을 맡겼다.

화노가 설우담의 손목을 잡고 신중하게 맥을 살피기 시작했다. 사실 설우담 역시 백유검의 검에 몸을 관통하는 큰 부상을 입었다.

소후와 달리 쉽게 부상에서 회복했지만, 아직 완전하게 내상의 여파에서 벗어난 것은 아니었다.

"음, 괜찮다고는 해도 역시 약간은 불편했지?"

진맥을 마친 화노가 설우담에게 물었다.

"조금은······."

"상처가 아물면서 근육과 힘줄이 비틀려서 불편함을 느끼는 거네. 한동안 지압으로 힘줄과 근육을 바로잡아야 할 거야. 내가 하기는 그렇고, 향로가 해줄 걸세."

"아, 아닙니다. 저는······."

설우담이 자신까지 치료받는 것이 부담스러운지 고개를 저었다.

"부담가질 필요 없네. 의원에게 환자를 치료하는 일은 곧 수련의 일환이라. 자네 같은 부상을 치료해 보며 경험을 쌓는 건 향로에게도 큰 도움이 될 걸세."

"어르신 말씀대로 해. 소후와 함께 치료를 받으면 지루하지 않을 거야."

무광이 설우담에게 말했다.

그러자 설우담이 잠시 망설이다가 대답 없이 가볍게 고개를 끄떨었다.

"좋아. 이제 좀 재미있어지겠군. 그동안은 지나치게 무료했는데. 후후후."

화노가 진심으로 흥미로운 소일거리가 생겼다는 듯 손바닥을 비비며 웃음을 흘렸다.

                    *   *   *

콰아아! 쿵!

만화도 외곽을 때리는 파도가 마치 석포가 떨어지는 듯한 소리를 냈다.

칠선문의 사형제들은 용선 선수에 나와 다가오는 만화도의 외곽 절벽을 바라보고 있었다.

"저곳에 사람이 산다고?"

용선을 타고 오는 동안 처음의 어색함을 많이 덜어낸 설우담이 부리에게 물었다.

"응, 믿기지 않지?"

"저런 곳에서 어떻게 사람이 살아?"

설우담이 온통 거친 바위로 둘러싸인 만화도를 보며 믿을 수 없다는 듯 물었다.

"들어가 보면 알아. 겉과 안이 완전히 다른 세상이니까. 아마 태어나서 처음 보는 광경을 보게 될 거야. 흐흐흐!"

부리가 득의한 웃음을 흘리며 말했다.

"아무리 그래도……."

"어, 지금부터 조심해야 해. 꽉 잡아!"

부리가 경고했다.

그러자 설우담이 배 난간을 힘주어 잡았다. 그 순간 용선이 만화도 외곽 절벽에 부딪힐 듯 다가서다 급격하게 방향을 틀었다.

콰아아!

용선이 파도를 가르며 만화도 외벽을 앞에 두고 거의 수직으로 꺾였다.

배가 바다에 무너질 듯 기울어지는가 싶더니 한순간에 선체가 바로 서더니 만화도 안쪽으로 이어지는 절벽 사이 숨겨진 수로 속으로 빨려 들어가듯 사라졌다.

끼룩끼룩!

거짓말 같은 변화와 함께 믿을 수 없이 평화로운 풍경이 갈매기 울음소리와 함께 설우담 앞에 펼쳐졌다.

"아!"

설우담이 자신도 모르게 탄성을 흘렸다. 부리의 말대로 태어나서 처음 보는 놀라운 광경이었다.

만화도 외곽의 그 거칠고 황량한 풍경이 정말이었나 싶을 만큼 평화롭고 아름다운 해안가 정경이었다.

"사매 어때? 괜찮지?"

무광이 살만하지 않냐는 듯 물었다.

"아름다워요……."

설우담의 입에서 오랜만에 여인다운 목소리가 흘러나왔다.

"내 말이 사실이지?"

부리가 되물었다.

"오히려 부족한 것 같다."

"흠… 우리도 처음 이곳에 왔을 때 정말 많이 놀랐어. 이런 곳이 있나 싶었지. 지금이야 익숙해졌지만."

부리가 언제 봐도 질리지 않는다는 듯 만화도 안쪽 해안 경치를 바라보며 말했다.

그때 해안가 동쪽 숲을 등지고 지어진 작은 장원에서 사람들이 뛰어나오는 것이 보였다.

용선의 복귀를 확인한 칠선문의 문도들이 시월 등을 마중하기 위해 해안가로 몰려들고 있었다.

그리고 그중에는 아이를 안은 이화검의 모습도 보였다.

*　　　　*　　　　*

"어서 와요."

아이를 안은 이화검이 시월을 반겼다. 시월이 가볍게 이화검을 안은 후, 시선을 그녀의 품에 안긴 아이에게 돌렸다.

"부쩍 컸네요."

"하루가 다르게 크고 있어요. 그건 당신을 닮지 않은 것 같아요."

이화검이 웃으며 말했다.

본래 시월은 체격이 왜소한 편이어서 무공을 수련하고도 가끔 허약해 보일 정도였다.

"그럼 좋죠."

"그래도 난 당신처럼 호리호리한 사람이 좋은데."

이화검이 입을 삐쭉했다.

"아니, 제수씨 무슨 걱정입니까. 그럼 적게 먹이면 되지."

부리가 옆에서 장난스레 말했다.

"저 모자란 놈, 그게 할 소리냐? 아이 음식을 줄이라니. 어릴 때는 많이 먹어두는 게 좋아. 그래야 튼튼하게 자란다고!"

화노가 부리를 타박했다.

"아니, 제수씨가 사제처럼 호리호리한 체형이 되었으면 하니까 그런 거죠."

"그건 걱정할 필요 없어. 무종의 근골을 만져보면 우람한 체격이 될 아이는 아니야. 물론 제 아비보다야 크겠지만, 그건 시월이 어려서 고생을 해서 그런 거고."

"정말요? 그걸 지금 알 수 있어요?"

부리가 놀란 듯 물었다.

"애초에 사람마다 타고난 근골이란 게 있다. 왜 무림 문파에서 어린애의 근골을 살펴보고 제자를 고르겠느냐? 다 그런 걸 알아볼 수 있기 때문이지."

화노가 투박하게 말했다.

"그럼 혹시 무종이 허약하지는 않을까요?"

이화검이 걱정이 되는지 얼른 물었다.

"시월이 허약한 건 아니지 않나? 허약하기는커녕 칠선문에서 가장 단단한 사람 아닌가. 아버지를 닮았으니 무종도 단단한 금강석 같은 아이가 될 걸세."

"그렇다면 다행이에요."

이화검이 안심이 된다는 듯 아이의 얼굴을 쓰다듬었다.

"누님에게 인사해요."

한바탕 무종의 근골에 대해 이야기를 나눈 뒤, 시월이 이화검에게 말했다.

"결국 오시게 되었군요."

와자지껄한 사형제들의 대화를 조금 떨어진 곳에서 지켜보는 설우담을 보며 이화검이 말했다.

"그래요. 가봐요."

시월이 고개를 끄떡이고는 이화검을 데리고 설우담에게 다가갔다.

"누님, 제 아들이에요."

시월이 이화검이 안고 있는 무종을 소개하자 이화검이 가볍게 고개를 숙여 설우담에게 인사를 했다.

"어서 오세요. 언니, 연경에서 헤어질 때 무척 아쉬웠는데, 이렇게 다시 만나니 너무 기뻐요. 만화도에 오신 것을 환영해요."

"반겨줘서 고마워요. 내 꼴이 참 우습지만, 그래도 만화도에 오니 마음이 편하군요. 앞으로 잘 부탁해요."

설우담이 미소를 지으며 말했다.

"하하, 걱정 마세요. 이곳 남자들은 여자들이 꽉 잡고 있으니까."

이화검이 예의 그 호탕한 웃음을 터뜨렸다.

"동생이 월문으로 오지 않고 시월을 선택한 것은 참 탁월한 선택이었어요. 그래서 이렇게 건강한 아이를 낳았으니… 모두 부러운 일이에요. 저로서는."

"뭐… 저도 그런 면에선 운이 좋다고 생각하고 있습니다! 하하하!"

이화검이 다시 한번 호탕하게 웃었다.

그때 무광이 부인 금송을 데리고 다가서며 말했다.

"사매, 여기 운이 좋은 사람 한 명 더 있어."

무광의 말에 설우담이 금송에게로 시선을 돌렸다.

그리고는 이화검을 대할 때와는 다른, 조금은 어색한 표정으로 말했다.

"이분이 바로 그분이군요. 항주 금가장의 영애이신, 그리고 우리 바위 같은 대사형의 마음을 녹이신 분… 만나서 반가워요."

칭찬과 함께 인사를 하면서도 설우담은 어딘지 모르게 불편한 모습을 보였다.

그도 그럴 것이 금송에게 살수를 보냈던 자신의 과거를 생각하지 않을 수 없었기 때문이었다.

"어서 오세요. 언니! 이야기 많이 들었어요. 꼭 한번 뵙고 싶었는데 이렇게 만나게 되네요. 오시느라 고생하셨어요."

"반겨줘서 고마워요."

설우담이 조용하지만 강단 있는 모습의 금송을 눈여겨보며 대답했다.

그러자 갑자기 부리가 큰 소리로 중얼거렸다.

"거참, 이상한 일이지. 세 분 모두 월문의 사람이 될 뻔했는데 이렇게 우리 칠선문에 모이게 되었으니 말이야. 거참, 칠선문과 월문은 결국 떼려야 뗄 수 없는 인연인 건가."

"야! 징그러운 소리 그만해라! 이젠 정말 월문의 월 자만 들어도 진절머리가 난다."

소후가 짜증을 냈다.

"아니 뭐 그냥 그렇다는 거지. 알았어. 월문 이야기는 하지 않을게."

부리가 의기소침한 목소리로 대답했다.

"자자, 여기서 이럴 것이 아니라 모두 장원으로 가자. 오늘은 잔치 한번 해야지!"

무광이 사형제들을 둘러보며 말했다.

그러자 칠선문의 사형제들이 서둘러 짐을 챙겨 들고 장원을 향해 걷기 시작했다.

그런데 몇 걸음 가다 말고 무광이 무릉에게 물었다.

"이장로님과 도원은?"

"전서구를 받으러 갔어요. 아, 저기 내려오시네요."

무릉이 손을 들어 만화도 위쪽 위태로운 산비탈을 가리켰다. 그러자 비탈을 따라 난 길을 따라 소삼공과 도원이 급하게 내려오고 있는 모습이 눈에 들어왔다.

*   *   *

정오가 조금 지나 시작한 잔치는 저녁이 되어서도 이어졌다.

만화도는 모든 것이 풍족했다. 섬 안쪽 기후가 온화해 신선한 채소를 기를 수 있었고, 금송이 들어온 이후 항주 금가장에서 정기적으로 물품들을 가져왔기에 육지에서나 맛볼 수 있는 귀한 음식들도 쉽게 만들어 낼 수 있었다.

그런 흥겨움 속에서 설우담도 서서히 만화도에 익숙해져 가고 있었다.

이화검은 호탕한 성정으로 설우담이 소외되지 않도록 그녀를 대화의 중심으로 끌어들였고, 그런 이화검 덕에 설우담은 저녁이 즈음이 되자 마치 오래전부터 만화도에서 살아온 사람처럼 사람들과 자연스럽게 어울릴 수 있었다.

"보기 좋구나."

계속 이어지는 와자지껄한 잔치에서 잠시 물러나, 장원 동쪽 담장 가까이에 만든 정자에서 사제들의 흥거운 모습을 보고 있던 무광이 미소를 지으며 말했다.

"오랜만이죠? 우리 사형제가 전부 모인 것은."

시월이 되물었다.

"그렇지. 그동안 이런저런 일들로 바빴으니까. 우담까지 생각하면 정말 오래전 일이지. 함께 있었던 것이……."

무광이 감개무량한 표정으로 말했다.

"오직, 한 사람만 빠졌네요."

"…애초에 우리와는 다른 생각을 하고 있었던 거지."

월문신룡 백유검에 대한 말이었다.

과거 칠랑이 월문의 문도로서 잠룡동에서 수련하던 시절, 본가에서 장로들을 따라 설우담이 찾아오면 칠랑은 이렇게 와자지껄한 시간을 보내곤 했었다.

그 기억 속에는 언제나 백유검이 있었다.

"살아있을지 모르겠어요."

시월이 우울한 표정으로 말했다.

"팔과 다리가 잘렸다고 해서 모두 죽는 것은 아니다. 더군다나 그는 십대고수에 꼽힐 만큼 대단한 무공을 가지고 있었으니까."

"그 무공은 거의 다 사라졌을 겁니다. 그때는 나도 사정을 봐줄 마음이 없어서 검에 불사적공의 진기를 모두 실었거든요. 모르긴 해도 소후 사형 이상으로 심각한 상태일 겁니다. 여긴 화노님이라도 있지만……."

"그래도 죽지는 않았을 거야. 그리고 설혹 죽었다고 해도 마음 쓸 것 없다. 그가 한 짓을 생각하면 백번 죽어도 당연한 것이니까."

무광이 단호하게 말했다.

사형제들에 대해선 지나칠 정도로 정이 많은 무광이지만 칠선문의 적이 된 자에 대해선 냉혹할 만큼 단호한 무광이기도 했다.

"그 순간… 우리가 수련한 것이 마공이라는 사실을 새삼스레 깨달았어요."

"응? 설마 마기가 일어났단 거냐? 넌 이미 극마(克魔)의 경지를 지난 것 아니었어?"

"무공의 문제가 아니라 마음이 문제였어요. 그 순간 너무 강하게 살심이 일어나서 자칫 소문주의 목을 벨 뻔했어요. 우담 누이가 말려서 그 정도에서 멈췄지만. 돌이켜 보니 그 살심 역시 마공을 수련한 것 때문이 아닐까 싶더라고요."

시월이 무거운 표정으로 말했다.

마공을 익힌 자는 무서운 살심이 마음속에 잠재해 있는 것이 아닌가 하는 걱정 때문이었다.

하지만 무광은 그런 시월의 걱정을 오히려 다른 의미로 받아들였다.

"설혹 그렇다 해도 난 그게 네게 나쁜 것 같지 않구나."

"······?"

시월이 말없이 무광을 바라봤다. 그러자 무광이 다시 입을 열었다.

"사제는 어떤 상황에서든 살아남을 수 있는 끈질긴 생존력을 가지고 태어났지. 거기에 마기를 제어할 수 있는 대단한 무공을 성취했고. 그럼에도 불구하고 사제에게는 한 가지 약점이 있었어. 바로 생존하는 것 이상의 독심은 없다는 거지. 생사를 겨룰 때는 자신을 지키는 것 이상의 독심이 필요해. 상대를 반드시 죽이겠다는 독심, 그런데 사제는 그게 없어."

무광의 말에 시월이 묵묵히 고개를 끄떡였다.

무광의 말은 사실이었다. 시월이 독하게 검을 쓸 때는 언제나 자신 혹은 자신의 사람들을 지키기 위해서였다.

그 외의 경우에 시월은 사냥조차 망설일 만큼 마음이 여린 편이었다.

"고수 간의 싸움에서 한순간의 망설임은 패배로 직결되지. 그런 면에서 사제는 치명적인 약점을 가지고 있는 것인데, 사제가 수련한 마공 덕분에 마음속에 무인의 살기를 담고 있다면 그것도 나쁘지 않다는 거야."

무광이 차분하게 자신의 생각을 설명했다.

"하지만 그 살심으로 광마(狂魔)가 될 수도 있잖아요?"

"설마 사제가 아무 때나 사람을 베는 그런 살마가 되겠어? 그건 불가능해. 사제의 본래 성품상. 그리고 사실 검을 들고 적과 싸울 때 무인은 누구나 광마가 돼. 외려 사제에게 부족했던 점이지.

그러니까 좋게 생각해. 걱정해야 할 것은 사제가 아니라 우리들이겠지."

무광이 어두운 표정으로 말했다.

"아직도 화노님께서 주신 청명환에 의지해야 하나요?"

"음."

무광이 고개를 끄떡였다.

무광 등 다른 사형제들은 여전히 그들이 수련한 마공이 가진 마기의 영향을 받고 있었다.

다행히 화노가 그 마기들을 효과적으로 억제할 수 있는 신단을 만들어주었기 때문에 별 영향을 받지 않고 살고 있지만, 아직은 신단의 도움 없이 스스로 완벽하게 마기를 억제할 수 없는 상태였다.

평소에야 문제가 되지 않지만 극단적인 상황이 오면 그 마기들이 신단의 기운을 뚫고 밖으로 표출될 수도 있었다.

무림에서 그런 일이 벌어지면 그동안 애써 쌓아온 칠선문의 정파로서의 입지가 하루아침에 사라질 수도 있었다.

"그래도 결국 사형들께서는 그 마기를 극복하실 겁니다. 너무 걱정 마세요."

시월이 위로하듯 말했다.

"물론 그래야지. 하지만 마음이 급하구나. 조만간 무림에 큰 사달이 날 것 같은데, 우연이라도 우리가 마공을 수련한 것이 세상에 드러날까 봐."

"정세가 많이 불안하기는 해요. 제가 연경에 갔을 때도 장성 인근에서 정사 양도의 충돌이 부쩍 늘어나고 있었어요."

"소식을 들으니 드디어 의천무맹이 화록산 대회합을 소집하기 위해 움직이고 있다더구나. 그동안은 각파의 안위를 앞세워 각자의 문파를 떠나 화록산에 모이는 것을 꺼렸었는데, 장성을 경계로 정사 양도의 세력권이 나눠지니 오히려 한곳에 모여 마련에 대처할 방안을 논의할 여유가 생긴 것 같아."

"그런 이득은 또 있군요."

시월이 가볍게 미소를 지으며 말했다.

"우리와 상관없는 일이라 치부하면 그뿐이지만, 한편으로 생각하면 너와 난 아마도 그 일에서 완전히 자유롭지는 못할 거야."

"그렇겠죠. 이가검문과 항주 금가장이 마련과 전면전을 벌이는데 만화도에 숨어 있을 수만은 없으니까요."

시월이 우울한 표정으로 대답했다. 어린 나이지만 그동안 적지 않은 강호행으로 인해 무림에서 일어나는 싸움의 잔혹함을 충분히 경험했기 때문이었다.

제 4장
—
태풍의 눈

　시월과 사형제들이 설우담을 데리고 돌아온 이후 만화도에선 세상 풍파와 상관없는 날들이 이어졌다.

　화노와 소향로는 소후와 설우담의 치료에 여념이 없었고, 무광 등 칠선문의 사형제들은 자신들의 무공 수련에 집중하고 있었다.

　만화도의 삶은 평화로웠지만, 초원루에서 전해오는 강호의 소식은 시시각각 변하고 있었다. 그 때문인지 칠선문 사형제들의 무공에 대한 갈망도 더 강해지고 있었다.

　무공 수련에서 무엇보다 그들이 중점을 두는 것은 무공이 강해지는 것보다 그들이 수련한 마공에 깃든 마기를 통제하는 것이었다.

　화노의 신단은 거의 모든 경우에 칠선문 사형제들의 마기를 통제할 수 있었다.

　하지만 강호에 나갔을 때 예상치 못한 상황에 의해 신단을 사용할 수 없거나, 혹은 신단의 도움을 받고도 그 마기들이 불쑥 튀어나올 수도 있었다. 그래서 가능성이 거의 없더라도 그에 대비하지 않을 수 없는 칠선문의 사형제들이었다.

한편으로는 월문주 백문보의 행보도 걱정이 아닐 수 없었다. 백유검이 팔과 다리가 잘려 폐인이 된 상황이니 백문보가 칠천문의 사형제들이 과거 마공을 익혔다는 것을 무림에 폭로할 수도 있었다.

물론 그 경우 백문보 역시 그 일을 주도한 당사자로서 월문의 재기를 포기해야 할 것이다.

하지만 백유검의 폐인이 된 이상 백문보가 월문의 재기를 포기하고 모든 비밀을 폭로할 가능성도 없지 않았다. 그에게 백유검은 월문의 미래 그 자체기 때문이었다.

그럴 경우에도 칠선문 사형제들의 몸에 잠재된 마공을 통제할 수 있어야 무림인들의 추궁에서 어느 정도 자유로울 수 있었다.

그래서 칠선문들은 만화도의 평온 속에서도 외부에서 불어 닥칠 위기를 걱정하면서 무공 수련에 매진하고 있었다.

그런데 그들의 걱정과 달리 백문보에게서 백유검의 몰락이 마지막 희망을 거둬간 것은 아니었다.

*   *   *

"무슨 방법이 없겠소?"

달랑 촛불 하나 밝혀 놓은 어스름한 방안에서 백문보가 심각한 표정으로 군자의 공천보에게 물었다.

그러자 공천보가 하나 남은 팔을 들어 올려 곱추처럼 굽은 자신의 등을 가리키며 말했다.

"나 자신도 이 지경인 몸을 어찌하지 못했는데, 어떻게 소문주를 예전으로 되돌릴 수 있겠소. 물론 오랜 세월 노력하면 어느 정도 공력을 회복시킬 수는 있을지 모르겠소. 하지만 잘린 팔과 다리를 다시 만들어낼 수는 없는 일 아니오. 그러니… 무인으로서의 월문신룡은 더 이상 기대치 않는 게 좋을 듯하오."

"정말 노력하면 공력은 회복할 수 있겠소?"

백문보는 백유검에 대한 미련의 끈을 결코 놓지 않았다.

"결국 시간이 문제 아니오? 만약 수십 년 뒤에 공력을 온전히 회복할 수 있다면 그걸로 만족하시겠소?"

"그야……."

백문보가 말꼬리를 흐렸다.

그러자 공천보가 물었다.

"그런데 공력 회복에 왜 그렇게 집착하시는지 모르겠소. 팔과 다리가 한 쪽씩 밖에 없는데……."

백유검이 공력을 회복한들 무슨 소용이냐는 듯 공천보가 물었다. 그러자 백문보가 고개를 저었다.

"그건 군자의께서 모르서서 하는 말씀이오. 공력은 무인에게 언제나 중요하오. 팔 한쪽이 없어도 뛰어난 검술을 완성한 검객이 있고, 다리가 없어도 의족으로 그것을 대신하는 고수도 많소."

"하지만 양쪽 다 없는 경우는……."

공천보가 말꼬리를 흐렸다. 그가 생각하기에 아무리 보완한다 한들 팔과 다리 한 쪽씩이 없는 상황에서는 다시 예전의 월문신룡으로 돌아갈 순 없기 때문이었다.

"물론 나도 유검이 다시 천하십대고수의 반열에 오르는 것을 바라는 것은 아니오. 내가 바라는 것은 유검이 스스로를 지킬 수 있는 정도의 힘을 갖는 것이오."

"스스로를 지킬 힘이라……."

"적을 베러 갈 때야 팔과 다리가 성한 것이 좋겠지만, 한곳에 머물면서 적의 공격을 막아낼 때는 사실 팔다리 불편한 것은 큰 문제가 되지 않소. 다만 공력이 문제일 뿐이지."

백문보가 단호하게 말했다.

그러자 공천보가 잠시 생각에 잠겼다가 고개를 끄떡였다.

"듣고 보니 문주의 생각도 일리가 있는 것 같소. 일백 년 전 좌마 석보는 앉은뱅이임에도 자신만의 영역을 구축하고 그곳에서 평생 마도의 거물로 살았으니 말이오."

"바로 그거요. 내가 유검에게 바라는 것이."

백문보가 이제야 공천보 자신의 말을 이해했다는 듯 고개를 끄떡이며 말했다.

"하지만 그래서는 월문이 재기하는 것이 어렵지 않겠소이까?"

공천보가 물었다. 그는 백문보에게는 아들 백유검조차 월문 영화를 위해 필요한 도구일 뿐이라는 것을 누구보다 잘 알고 있었다.

"그 일은 다른 사람이 할 거요."

"다른 사람이라면……?"

공천보가 의아한 표정을 지었다. 백문보에게 백유검은 유일한 혈육이었다. 그를 제외하면 백문보의 후계자가 될 인물이 월문에 없었다.

"이제 곧 유검의 아들이 태어날 것이오. 그럼 그 아이가 유검을 대신해 월문의 이름을 짊어지고 강호로 나가게 될 것이오. 그때를 위해 유검이 살아 있어야 하오. 내 나이를 생각하면 말이오."

"아, 그렇구려. 손주를 보실 날이 얼마 남지 않았구려."

그제야 공천보는 백문보의 생각을 이해했다.

백문보는 자신과 백유검이 아닌 앞으로 태어날 손주에게 월문 재건을 맡길 생각이었던 것이다.

그 손주가 성장하는 동안 백유검은 잠시 월문의 이름을 이어갈 있는 존재로서 죽지 않고 월문의 이름을 지키며 살아 남아주면 족한 것이다.

"곧 태어날 아이도 말고도 유검은 더 많은 아이를 낳게 될 것이오. 그리고 그 아이들이 월문을 다시 위대한 문파로 만들 것이오. 설혹… 내가 죽은 후에라도 말이오."

백문보의 눈에서 감출 수 없는 야망의 빛이 일렁인다.

그런 백문보를 보면서 군자의 공천보가 두려운 표정을 지었다. 그 자신도 야망이 많은 사람이지만, 백문보의 야심에 비하면 자신의 욕심은 순진하게 느껴질 정도였다.

"어쨌거나 시간이 많이 걸리는 일이오."

공천보가 말했다.

"후후, 난 상관없소. 아시지 않소. 내가 얼마나 많은 시간을 참아냈었는지. 그러니 군자의께서 다시 한번 날 도와주시오."

백문보가 나직하게 웃음을 흘렸다.

그의 말대로 백문보는 의천무맹 삼십육방문에서 출발해 십대천문에까지 이른 사람이었다.

오랜 세월 천문과 십팔장문 고수들의 멸시를 견뎌냈고, 또 운중오문의 겁박을 기회로 이용한 지략가이기도 했다.

그런 인내심과 지략이라면 정말 그의 말대로 월문이 언젠가 다시 무림에 그 이름을 떨칠 수도 있었다.

"내가… 뭘 도와주면 되겠소?"

군자의 공천보가 물었다.

"천년화정 같은 신약을 다시 구할 수는 없겠소?"

"그건… 불가능한 일이오. 화의일맥에서도 천년화정은 당시 소문주를 구했던 그것이 유일한 것이었소."

"군자의께서 그걸 만들 수는 없소?"

백문보의 말에 공천보가 고개를 저었다.

"천년화정의 비법은 오직 화의일맥의 온전한 전수자에게만 일인전승되는 것이오. 수천 가지 꽃의 정화들을 모아 일정한 비율로 배합한 후, 또 오랜 시간 숙성해야 완성할 수 있는 것이 천년화정이오. 아마 사제도 천년화정을 만들 생각은 하지 않을 것이오."

공천보의 말에 백문보가 실망스러운 표정을 지었다.

"그렇구려. 그럼 그에 버금가는 신단은 어떤 것이 있소?"

한 번 천년화정을 이용해 단번에 백유검을 무림십대고수의 반열에 오르게 했던 유혹을 백문보는 쉽게 버리지 못했다.

"글쎄… 내가 화의일맥 사람이라서 하는 말이 아니라. 세상에 많은 신단이 있지만 천년화정에 버금가는 신단이 있다는 이야기는 들어본 적이 없소. 뭐 그와 비교되기라도 할 수 있는 신단으로는 소림의 불단(佛丹)이나 무당이나 화산의 선단(仙丹)들을 들 수 있을 거요. 하지만 그것들은 운중오문의 문도가 아니라면 취할 수 없는 것들이니……"

"소림과 무당이라……."

백문보가 나직하게 중얼거렸다.

"그리고는 마련 천마궁에도 오래된 마단이 있다고는 하는데…그건 소림이나 무당에서 신단을 얻는 것보다 더 어려운 일이겠고. 그 외 그나마 이름 있는 것들은 천년화정에 비하면 보잘것없는 것들이라오. 없는 것보다야 낫겠지만."

공천보가 신단을 구하는 일이 거의 불가능하다는 투로 말했다.

그러자 백문보가 갑자기 공천보의 손을 덥석 잡으며 말했다.

"부탁하겠소. 대단한 신단이 아니라도 유검에게 도움일 될 만한 신단을 구해주시오. 그리고 앞으로 태어날 우리 손주들이 무림의 절대 고수로 성장할 수 있게 도와주시오. 그럼 그 은혜는 절대 잊지 않겠소."

백문보가 간절한 눈빛으로 공천보를 보며 애원했다. 과거 공천보가 자신을 배신했던 일을 까맣게 잊은 듯 보였다.

그러자 공천보가 잠시 생각에 잠겼다가 입을 열었다.

"좋소. 한 번 해봅시다. 우리 두 사람이 힘을 합치면 못 할 일이 뭐가 있겠소. 대신 한 가지 조건이 있소."

"말씀하시구려."

백문보가 뭐든 들어주겠다는 듯 말했다.

"만약 월문이 다시 힘을 얻게 되면 그때는 반드시 칠랑, 그놈들을 내 앞에 끌고 와 주시오. 내 몸을 이렇게 만든 놈들을 난 결코 용서할 수 없소."

"군자의께서 말씀하지 않으셔도 내가 어떻게 그놈들에 대한 원한을 잊겠소. 언젠가 반드시 그놈들에게 유검의 복수를 해줄 것이오."

"좋소이다. 그럼 나도 문주를 최대한 돕겠소."

"고맙소이다. 이제부터 군자의께선 우리 월문의 손님이 아니라 한식구요. 당장 오늘 문도들에게 말하겠소. 군자의께서 본문의 태상장로가 되셨다고!"

"그렇게까지 하실 필요가……."

"아니오. 그조차도 부족하다 할 수 있소. 앞으로 필요하신 대로 본문의 문도들을 쓰시기 바라오."

"…알겠소이다. 나 역시 월문의 재기를 위해 모든 것을 바치겠소."

"고맙소."

백불보가 다시 한번 공천보의 손을 잡았다.

그러자 공천보가 잠시 생각에 잠겼다가 신중하게 입을 열었다.

"문주, 기왕에 이렇게 된 것 우리 운중오문과 다시 한번 거래를 해보는 게 어떻겠소?"

"…운중오문과 말이오?"

"그렇소. 솔직히 말해서 우린 그들의 약점을 잡고 있지 않소. 칠랑이 마공을 익힌 것을 알고도 월문과 거래를 한 것 말이오. 또, 속세의 일에 관여치 않는다는 불문율을 깨고 월문을 통해 의천무맹의 권력을 손에 넣으려 했었고……."

"그렇긴 한데, 그럼 무슨 거래를 해야 하는 것이오?"

"그야 당연히 월문 재기를 위한 실질적인 지원과 소림이나 무당의 신단을 달라고 해야겠지요."

"그들이 과연 그 요구를 들어주겠소? 자칫하면 아예 월문을 무림에서 지워 버릴 수도 있소."

백문보가 두려운 듯 말했다.

비록 운중오문이 세속의 일에 관여치 않는다고 해도 자신들을 협박하는 월문의 행동까지 용인하지는 않을 것이기 때문이었다.

"처음부터 칠랑의 마공 수련을 두고 거래를 한 것이나, 그들이 의천무맹에 영향을 미치려 한 것을 입에 올리시면 안 되지요. 비굴하지만 그들을 찾아가서 다른 말 없이 고개를 숙이고 도움을 청하는 것으로 족할 겁니다. 그럼 그들도 월문과 관계된 자신들의 치부를 생각하지 않을 수 없을 것이니……."

"음……."

공천보의 말에 백문보가 침음성을 흘렸다.

아무리 몰락했다고 해도 월문의 문주로서 운중오문에 가 동정을 구하는 것은 선뜻 내키지 않는 일이었다.

그러자 공천보가 백문보에게 현실을 일깨워 주는 소리를 했다.

"소문주가 다친 이후 오가장의 장주와 만난 일이 있소?"

그 한마디 말에 백문보가 퍼뜩 정신을 차렸다.

"그렇구려. 오가장의 장주조차 날 무시하는데 하물며 운중오문에 고개를 숙이는 것이 뭐가 어렵겠소. 그렇게 하리다. 그런데 다른 걱정이 있소."

"어떤 문제요?"

"오가장주가 내 얼굴조차 보려 하지 않는 것은 아마도 곧 태어날 아이를 오가장의 후손으로 정하려고 하기 때문인 것 같소. 그렇게 되면……."

"그거야 걱정할 필요가 없지요."

"아이를 찾아올 방법이 있소이까?"

백문보가 반색하며 물었다.

"아이를 찾아오는 것보다 오가장주가 일찍 죽으면 더 좋은 일 아니겠소?"

"오가장주가 죽는다……?"

"애초에 그는 고치기 힘든 중병에 걸린 사람이었소. 내가 약간의 비법을 써서 그를 회복시켰다고는 해도 그의 수명이 그리 길지는 않소이다. 그가 죽고, 소문주가 어느 정도 몸을 회복하면 그때는 손주를 찾아오는 것이 아니라 아예 오가장을 손에 넣을 수 있을 것이오."

"그렇게 된다면야……."

백문보의 얼굴에 희색이 번졌다.

오가장은 삼십육방문으로서 무력으로는 별 볼 일 없는 문파지만, 재력이 풍부해서 지금의 월문으로선 오가장 같은 문파를 손에 넣는 것은 큰 행운이라고 할 수 있었다.

"필요하면 조금 더 일찍 그가 세상을 뜨도록 만들 수도 있소. 하지만 소문주가 몸을 추스르기 전에는 그가 건재할 필요가 있으니 일단은 살려두는 것으로 하고……."

오가장주 금검 오인을 살려낸 후 그의 몸 관리를 도맡아 하고 있는 공천보로서는 오가장주 오인의 목숨을 자신의 손에 쥐고 있는 것이나 마찬가지였다.

"알겠소이다. 난, 군자의만 믿겠소. 우리 힘을 합쳐 다시 한번 강호에 우리가 살아 있음을 알려줍시다. 앞으로 이뤄낼 월문의 모든 영화(榮華)는 노사의 것이 될 것이오."

백문보가 공천보의 손을 다시 한번 부여잡으며 말했다.

*　　　　*　　　　*

　후우웅!

　북방의 찬바람이 산비탈을 훑고 지나갔다. 허리의 반 이상은 만
년설이, 그 아래쪽은 듬성듬성 초록의 풀이 자란 천산산맥의 한
산비탈. 그곳에 검은 무복에 검은 피풍의를 걸친 자들이 오연하게
서 있었다.

　그들은 동남쪽으로 펼쳐진 광활한 초원을 응시하고 있었는데,
수는 많지 않았지만 단지 무리지어 서 있는 것만으로 마치 수백,
수천 명의 무인이 서 있는 것 같은 느낌이 들 정도로 강력한 기운
들을 흘려내고 있었다.

　무리의 중심에는 다른 자들과 다르게 백설처럼 하얀 피풍의를
두른 여인이 서 있었다.

　피풍의 안에 입고 있는 옷은 다른 자들과 마찬가지로 검은색
무복이었지만, 백호의 털로 만든 것 같은 도톰한 순백의 피풍의가
그녀가 다른 자들과 다른 위치에 있는 인물임을 말해주고 있었다.

　그렇게 한동안 이 세상 사람이 아닌 것 같은 모습으로 서 있던
무인들을 향해 갑자기 하늘에서 한 마리 전서구가 빠르게 날아내
렸다.

　끼룩!

　전서구가 팔을 올린 주인의 손목에 앉으며 낮은 울음을 흘렸
다. 그러자 주인이 서둘러 전서구의 발목에서 전서를 꺼내 흰색
피풍의를 걸친 여인에게 다가갔다.

"읽어보세요."

여인이 다가온 무인에게 무감정한 표정으로 말했다.

그러자 검은 무복의 무인이 고개를 숙여 보인 후 전서를 펼쳤다. 그리고 잠시 후 여인에게 조심스럽게 말했다.

"신검산 마정궁으로 오시기를 바란답니다."

"…만계지마가 제법 용기를 내었군요."

여인이 한 올의 감정도 느껴지지 않는 목소리로 말했다.

"감히 천마후님을 뵈러 오지 않고, 신검산으로 부른 죗값을 치르게 되면 그때 자신의 위치를 깨닫게 될 겁니다. 천마사를 보내 그를 끌고 오겠습니다."

"그럴 필요 없어요. 초대를 받았으니 가보도록 하죠."

"천마후께서 그런 자의 요구를 받아주실 필요까지 있겠습니까? 그렇게 되면 그자가 더욱 기고만장할 것입니다. 지금도 마련의 주인이 자신인 듯 행동하고 있지 않습니까?"

"괜찮아요. 날 만나는 순간 마도의 주인이 누군지 스스로 깨닫게 될 테니까요. 천마궁이 천산을 벗어나지 않으니 마도의 종주 천마궁의 존재를 잊은 것 같군요. 가서 그 사실을 일깨워 주는 것도 좋겠죠."

"알겠습니다. 천마후께서 친림하시면 그자가 천마궁의 위대함을 깨닫고 다시는 경거망동하지 못할 것입니다."

"중산이 신검산 마정궁을 어찌 지었는지 궁금하던 차였어요. 쓸만하면 그곳을 천마궁의 분타로 만드는 것도 나쁘지 않을 거예요."

"모든 일은 천마후께서 원하시는 대로 될 것입니다."

전서구를 읽은 무인이 깊게 허리를 굽히며 대답했다.

　　　　＊　　　　　　＊　　　　　　＊

"오겠다고?"

신검산 중턱, 과거 월문의 장원과는 사뭇 다른 검은색 일색의 성을 쌓고 북방무림과 마도의 패자(覇者)로 군림하기 시작한 만계지마 중산이 살짝 아미를 모으며 되물었다.

그러자 마정궁 마정사들의 수장인 수하 오라가 대답했다.

"그렇습니다. 그렇게 전서가 왔습니다."

"…의외군. 아마, 천마후의 외유는 처음이지?"

"그렇습니다. 사실 그동안 천마후의 존재 자체를 의심하는 사람들도 있었을 만큼 천산을 벗어나는 일이 없었던 천마후지요."

"어떤 여인일까? 천마가 자신의 후계자로 지목했으면 보통 인물을 아닐 텐데."

"마도의 모든 형제들이 궁금해하고 있습니다. 더군다나 천마가 선택한 후계자가 여인임이 알려졌을 때는 모두 큰 충격을 받았지요."

"후후. 그리고 보니 마도가 여인 천하가 되려는가 보군. 삼십육마 시절에는 여고수의 비중이 크지 않았는데, 지금은 흑화수 금사, 소수마녀 적천홍 거기에 천마후까지… 화중마와 혼천마가 죽은 상황에서 마련십천마가 팔천마가 되었고, 그중 셋이 여인이라……."

"마도의 세가 약해지는 것이 아닌지 걱정입니다."

오라가 심각한 표정으로 말했다.

"삼십육마 시절에 비하면 절대무인의 숫자에서 약화되었다고 볼 수 있지. 하지만 그때와 지금 다른 점이 있다면 당시에는 삼십육마가 자기 마음대로 날뛰는 바람에 힘을 모을 수 없었고, 지금은 그래도 마련 각파의 수장들이 내 말에 따르고 있다는 것이지. 그렇다면 오히려 삼십육마 시절보다 지금이 전력으로는 더 강하다고 할수 있다. 반면 의천무맹은 여전히 권력 다툼에 여념이 없으니까."

"하긴 그렇습니다. 과거였다면 아마도 신검산을 되찾기 위해 의천무맹의 모든 전력을 동원했을 텐데요."

"평화는 무인의 검을 녹슬게 하고, 군림은 무인의 배에 살이 오르게 하는 법이지. 그래서 무림에 영원한 패자(覇者)가 없는 것일세. 아무튼 이대로라면 내가 생각한 대로 정사 양도의 강호 분할이 가능할 것도 같아. 한두 번만 더 십대천문과의 싸움에서 승리할 수 있다면, 정파의 무리들이 감히 장성 이북을 되찾을 생각을 하지 못할 거야."

"그럼 다음 사냥감은 어디입니까?"

오라가 조심스럽게 물었다.

"눈에 들어오는 것은 당연히 모용세가지. 모용세가만 제압한다면 북방 무림은 완전히 마련의 땅이 되는 것이니까."

"모용세가라면 충분히 공략이 가능할 것 같습니다. 중원 무림에서 고립되어 있으니 말입니다. 가능한 이동 수단은 바다를 이용하는 방법이 유일한데 바닷길을 해룡마궁이 막아주면 모용세가는 의천무맹 안에서 고립무원이 될 것입니다."

오라가 전의를 드러냈다.

"그렇긴 한데 변수가 있단 말이지."

"변수라시면……?"

"이가검문! 사실 마련의 강호에 나온 이후 거의 모든 일이 내 생각대로 이뤄졌다. 하지만 유일하게 내 예상을 벗어난 일이 이가검문과 일월문의 싸움이었어. 설마하니 혼천마와 화중마가 이가검문에 패할 거라고는 전혀 생각지 못했거든."

만계지마 중산이 눈살을 찌푸리며 말했다. 지금 생각해도 이가검문에 대한 공략이 실패한 일이 언짢은 모양이었다.

"그 일은 이가검문의 저력도 저력이지만 결국 칠선문이라는 이상한 놈들이 나타나서 그리된 것 아닌지요."

"맞아. 그래서 찜찜한 거야. 모용세가를 공격할 때 육로로 그들을 지원할 수 있는 유일한 문파가 이가검문인데, 그 이가검문은 또 칠선문과 이어져 있으니까."

"하지만 칠선문은 요동을 떠났다고 하지 않았습니까?"

"그랬지만 지난번 일월문과 이가검문의 싸움에 또다시 모습을 드러내지 않았나. 그 싸움에서 혼천마와 화중마가 죽었고."

"궁주님의 말씀을 듣고 보니 정말 그렇군요. 도깨비처럼 예상치 못한 순간에 불쑥불쑥 튀어나오는 자들이니."

오라가 심각한 표정으로 대답했다.

"지금까지 내가 모용세가를 공격하지 않은 이유가 바로 그 때문이었네. 그런데… 어쩌면 그 해결책이 생기겠어."

중산이 가볍게 미소를 지었다.

"해결책이라시면……?"

"천마후라면 뭔가 해낼 수 있지 않을까?"

"천마후가 모용세가를 상대로 싸움을 하려 하겠습니까? 그 천마궁의 마인들은 하나같이 도도해서 일선의 싸움에 관여하는 일이 거의 없지 않습니까?"

오라는 마도에서 천마궁의 위치를 생각하면 천마후가 모용세가를 상대하는 싸움에 나설 리 없다는 듯 물었다.

"싸움 붙여주는 것이 내 재주지."

"…궁주께서 일을 만드신다면 반드시 그리될 것입니다."

오라가 즉시 자신의 의견을 바꿨다. 그는 어떤 때라도 만계지마 중산의 말에 두 번 반문하는 경우가 없었다. 그것이 그가 오랫동안 만계지마의 곁을 지키는 이유였다.

"좋아! 재미있는 구경이 되겠어. 천마후를 맞을 준비를 하라. 적어도 백 리 밖까지는 마중을 나가야 하고, 나 역시 십 리 밖에서 기다리겠다."

"그렇게까지……."

"천마궁은 누가 뭐래도 마도의 종주다. 본 궁이 마련을 움직인다고 해도 천마궁을 홀대할 수는 없다. 또한 의천무맹과의 싸움에서 천마궁은 반드시 필요하다. 필요한 만큼 예우해야 한다. 천마후가 천산을 떠나 이곳까지 오게 한 것 만해도 천마궁은 날 무례하다고 생각하고 있을 것이다. 그러니 최선을 다해 그녀를 맞아라."

"예, 궁주!"

오라가 깊숙이 허리를 숙이며 대답했다.

＊   ＊   ＊

비무는 서쪽 수련실에서만 이뤄지지 않았다.

칠선문의 사형제들은 수련실에서의 무공 수련이 지루해지면 동쪽의 숲으로 이동해 수련을 이어갔다.

대사형 무광의 특별한 지시로 칠선문의 사형제들은 자신들의 무공 속에 잠재된 마기를 통제하는 데 심혈을 기울이고 있었다.

군자의 공천보에게서 벗어나 화노의 치료로 무공을 회복한 이후, 그들은 늘 화노의 신단에 의지해 마기를 제어하고 있었다.

그런데 무광은 신단에 의지하지 않고도 스스로의 힘으로 마기를 제어해야 한다고 사제들을 독려했다.

신단에 의지하는 것은 언제 어느 때든 변수가 생길 수 있기 때문이었다.

만약 피치 못할 사정으로 칠선문의 사형제들이 마기를 드러내면 그들은 정도 무림에 의해 마인으로 지목될 수도 있었다.

그래서 무광은 마기를 통제할 수 있는 능력을 키우는 것이 가장 급한 일이라고 판단했던 것이다.

마기를 통제하는 수련에서 가장 중요한 역할을 하는 사람은 시월이었다.

무광은 시월에게 사형제들이 감당할 수 없을 만큼 거칠고 강력한 비무를 주문했다. 내상을 크게 당하지 않는 이상 어느 정도의 부상까지도 감수하라는 무광의 요구였다.

시월의 강력한 공격을 견디기 위해 친설문 사형제들은 극한으로 자신들의 공력을 끌어올려야 하고 그러면 자연스레 마기도 함께 일어났다.

그때가 그들의 수련에서 가장 중요한 순간이었다. 강적과 싸우며 불쑥불쑥 솟구치는 마기를 싸움을 멈추지 않고 제어하는 방법을 터득해야 하기 때문이었다.

수련이 시작된 이후에는 화노가 준 신단의 복용조차 중지하고 있는 칠선문의 사형제들이었다.

카캉!

만화도의 작은 숲이 도검의 충돌음으로 가득 찼다. 시월의 검이 계속해서 무광의 검과 충돌했다.

무광은 다른 때와 달리 오직 검만을 사용해서 시월을 상대하고 있었다. 그런데 그래서는 시월을 상대하기 어려웠다.

무광은 십전의 무인이 될 자질이 있다는 사람이어서 모든 병기를 다룰 뿐 아니라, 상대와의 대결에서 임기응변에도 능하여 항상 자신이 가진 무공 수준 그 이상의 결과를 내는 사람이었다.

그것은 달리 말하자면 다양한 병기와 싸움의 기술을 사용하지 않고 오로지 검만으로 정직하게 시월을 상대해서는 절대 시월의 공격을 버텨낼 수 없다는 뜻이었다.

아마도 그가 가진 모든 방법을 동원해도 시월에게 백초를 견디기 어려울 것이다.

"욱!"

시월의 강력한 공력이 담긴 검이 무광의 검을 때리자 무광이 신음 소리를 내며 주르륵 뒤로 밀려났다.

그런 무광을 향해 시월이 한 손을 뻗어냈다.

콰아!

시월의 손에서 밀려 나간 장력이 물러나는 무광의 가슴을 때렸다.

쾅!

"억!"

시월의 장력에 가슴을 허용한 무광이 이삼 장 뒤로 날아가 땅을 굴렀다.

시월이 그런 무광에게 한 치의 여유도 주지 않고 독수리처럼 날아들었다.

순간 무광의 눈에 붉은빛이 어른거렸다. 위기가 닥치자 본능적으로 마기가 일어난 것이다. 순간 갑자기 무광이 강렬한 기합성을 터뜨렸다.

"핫!"

무광이 토해낸 기합성이 만화도 해안가까지 퍼져나갔다. 그런데 그렇게 기합성을 터뜨리고 나자 무광의 눈에 어렸던 붉은 기운이 순식간에 사라졌다.

쐐액!

무광의 머리 위로 시월의 검이 떨어졌다. 그러자 무광이 검을 들어 머리 바로 위에서 시월의 검을 막았다.

쾅!

"욱!"

다시금 무광의 입에서 비명 소리가 흘러나오고, 그의 발이 흙 속으로 발목까지 파고 들어갔다.

순간 시월이 무광을 스치고 지나가면서 팔꿈치로 무광의 옆구리를 강하게 가격했다.

퍽!

"큭!"

무광이 옆구리에서 일어나는 통증을 이기지 못하고 그대로 무릎을 꿇었다.

그러자 무광을 스쳐 지나던 시월이 갑자기 강하게 땅을 찼다. 그리고는 뒤로 제비를 날아 넘어 무광 앞에 떨어지면서 검으로 무광의 이마를 찔렀다.

무광은 어떤 반격도 하지 못하고 고스란히 시월의 검 앞에 자신의 이마를 내주었다.

뚝!

단번에 무광의 이마를 관통할 것 같던 시월의 검이 아슬아슬하게 무광의 이마 바로 앞에서 멈췄다.

그런데 무광의 눈에 비무에서 패한 자라면 절대 보일 수 없는 기쁨이 일렁였다.

"방법을 찾은 것 같군."

무광이 시월의 검 앞에서 중얼거렸다.

그러자 시월이 기쁜 표정으로 소리쳤다.

"축하드려요. 대사형!"

                    *   *   *

"불가(佛家)에 할과 방이라는 선법이 있지. 화두에 깊이 빠진 수행자에게 대덕의 스승이 문득 큰 소리를 내거나, 한 방의 몽둥이질을 통해 한순간에 깨우침에 이르게 하는 방편인데, 정법이라 할 순 없지만, 막혔던 수련의 벽을 깨뜨리는데 꽤 유용한 방법으로 알려져 있다. 무광이 깨우친 방법은 아마도 그와 같은 것일 것이다."

무공에 관한 한 칠선문에서 가장 조예가 깊은 소삼공이 진지한 표정으로 말했다.

그의 앞에는 칠선문의 사형제들이 자유롭게 앉아 있었는데, 편안해 보여도 그들의 시선은 소삼공에게 집중되어 있었다.

소삼공은 무광이 시월과의 비무 중에 찾아온 마기의 발현 순간, 한마디 기합성으로 그 마기에서 벗어났음을 알아챘다.

무림인이 기합성을 터뜨려 힘을 모으는 것이야 특별한 일이 아니지만, 무광은 그 평범한 행동으로 자신의 내부에서 일어나는 마기의 그물을 깨뜨렸던 것이다.

그리고 그런 일이 일어난 이유에 대해 무공에 조예가 깊은 소삼공에게 가르침을 받고 있는 칠선문의 사형제들이었다.

"그럼 대사형과 같은 방법으로 저희도 마기를 흩어버릴 수 있을까요?"

부리가 물었다.

"참고는 될 수 있지만 모두 같은 방법이 효과를 낼 수는 없다. 결국 각자 무엇을 방편으로 삼느냐의 문제인 것 같다. 무광이 가능하다고 해서 너희들도 소리나 꽥꽥 질러서 들끓는 마기를 잠재울 수는 없을 거다. 무광은 오랜 고련 끝에 자신에게 맞는 방법이 갑자기 찾아온 것이고."

"에이, 그럼 우리에겐 아무 소용없는 일이네요."

곽부가 투덜댔다.

그러자 소삼공이 고개를 저었다.

"그건 아니지. 앞서 참고할 수 있다고 말했듯이 아주 소중한 교훈을 얻었다고 할 수 있다. 너희들 각자에게 맞는 각성법을 찾으면 되니까. 무광! 혹시 기합성을 터뜨리는 순간 무의식중에 과거의 어떤 기억이나 혹은 누군가가 떠오르지 않았느냐?"

소삼공이 무광에게 물었다.

소삼공은 이제 온전한 칠선문의 노장로로 변해 있었다. 처음 그가 개방을 떠나 칠선문에 들어왔을 때, 그는 다른 사람들은 몰라도 진중한 무광을 대하는 것을 꽤 어려워했었다.

그런데 이제는 무광에게도 스스럼없이 말을 놓을 만큼 칠선문이 편안해진 소삼공이었다.

"생각해 보니 그런 것 같군요."

무광이 미소를 지으며 대답했다.

"무슨 생각이었는데요?"

부리가 물었다

"음… 말해주고 싶지 않은데."

무광이 여전히 미소를 머금은 얼굴로 고개를 저었다.

"에이, 그러지 말고 말해줘요."

부리가 떼를 썼다.

그러자 소삼공이 말했다.

"무광이 그 순간 무엇을 떠올렸는지 알아도 너희들에게는 아무 소용없다. 그건 무광에게만 특별한 기억일 테니까. 그러니 너희들도 너희들에게 가장 특별한 순간을 생각해 봐라. 어쩌면 무공 수련 중 경험했던 중요한 깨달음 같은 것도 괜찮겠지. 그리고 마기가 일어나는 순간 그 기억들을 떠올려 봐. 그럼 어떤 기억들이 너희들이 마기를 잠재우는 데 효과가 있는지 알게 될 것이다. 이후에는 그 기억을 본능적으로 불러낼 수 있는 방편을 찾아야겠지. 무광에게는 그게 한마디 기합성이었지만, 너희들은 다를 수도 있어. 어떤 소리나, 행동이 될 수도 있고, 또 강한 통증일 수도 있고……."

소삼공의 말에 칠선문의 사제들이 갑자기 깊은 생각에 빠져들었다.

각자 자신의 인생에서 가장 특별한 순간을 생각해 보고 있는 것이었다.

그러자 소삼공이 갑자기 호통을 쳤다.

"이놈들아! 그걸 지금 고민한다고 당장 해결책이 나오겠냐? 그런 건 말이야. 수련 중에 자연스럽게 깨닫게 되는 거야. 무광도 그랬을 것이고."

소삼공이 무광을 바라봤다.

그러자 무광이 고개를 끄덕였다.

"맞습니다. 의도치 않은 우연이었지요."

"자, 그러니까. 고민 따위는 나중에 혼자서들 하고, 이젠 밥을 먹으러 가자."

소삼공이 자리에서 벌떡 일어났다.

그러자 칠선문의 사형제들이 하나둘 자리를 털고 일어났다. 그러나 그들의 얼굴에는 여전히 자신을 마기의 그물에서 벗어나게 만들 무엇인가를 찾고 있는 것이 역력했다.

*   *   *

무광이 마기를 통제할 방편을 찾은 날 이후 칠선문 사형제들의 무공 수련은 더욱 치열해졌다.

처음 수련을 시작할 때는 과연 그게 가능한 일인가 하는 의구심을 모두 가지고 있었다. 시월처럼 강력한 내공과 높은 경지의 무공으로 자연스럽게 극마의 경지에 이르는 것이 아니라면 마공의 마기를 자의로 떨쳐버리는 것이 불가능하게 느껴졌기 때문이었다.

하지만 무광이 하나의 방편으로 일순간에 마기의 그물에서 벗어날 수 있다는 것을 보여준 이후에는 칠선문 사형제들의 생각이 완전히 바뀌었다.

무광이 할 수 있다면 자신들도 할 수 있다는 자신감이 생겼기 때문이었다.

그래서 그들은 처음 수련을 시작할 때와는 완전히 다른 마음가짐으로 고된 수련을 이어갔다.

사형제들의 수련이 치열해지면 치열해질수록 바쁘고 힘든 것은 시월이었다. 사형제들을 극한의 지경까지 밀어붙이는 비무는 시월의 몫이기 때문이었다.

*   *   *

"요즘 너무 무리하는 것 아니에요?"

무종의 얼굴을 가만히 들여다보고 있는 시월에게 이화검이 물었다.

아들 무종의 얼굴을 들여다보는 시월의 얼굴에는 미소가 가득했지만, 옆에서 보는 그의 얼굴은 턱선이 칼처럼 날카롭게 드러날 정도로 마른 듯 보이기 때문이었다.

"힘든 것은 사실이지만 그만한 가치가 있는 일이어서 괜찮아요."

시월이 이화검을 보며 말했다.

"뭐, 당신 표정을 보면 걱정할 일은 없을 것 같지만, 요즘 들어서 몸이 더 마른 것 같아서요."

이화검이 걱정스러운 표정으로 말했다.

"살이 좀 빠지긴 했죠? 그래도 건강하니까 걱정 말아요."

시월이 웃으며 말했다.

"본래 마른 사람이 더 말라가니까 그러죠."

"알았어요. 오늘부터 밥을 두 배로 먹을게요."

"그게 아니라 비무를 좀 줄여야 하는 것 아니에요? 요즘도 하루에 세 번씩은 하고 있잖아요. 그것도 보통 비무와 달라서 사형들을 극한으로 몰아가야 하니까 당신도 힘든 거죠."

"그렇긴 해요. 더군다나 사형들의 무공이 부쩍 강해져서. 하지만 내게도 이득이 많은 비무에요. 내 무공도 더 발전하고 있으니까요."

"이미 삼십육마 여럿을 겪었는데 더 발전할 무공이 남아 있어요?"

이화검이 입을 삐쭉이면서 말했다.

"알잖아요. 무공의 경지는 끝이 없다는 걸. 요즘 들어 그런 생각을 더 많이 해요. 무형검을 완성하고 나서는 더 이상의 발전이 나에겐 없을 거란 생각했었거든요? 그런데 사형들과 극한의 비무를 하다 보니 그렇지 않다는 걸 알게 되었어요. 아직도 부족한 게 많구나. 그걸 알게 되었죠."

"후… 욕심 아닐까요? 당신 같은 무공을 가진 사람은 강호에 정말 많지 않아요. 그 무형검만 해도 누가 제대로 상대할 수 있겠어요. 전 걱정이 돼요. 그렇게 몸을 혹사하다가 혹 부작용이 있을까 봐서요."

"알겠어요. 조심할게요. 화노 어르신께도 자주 가고요."

"그래요. 화노 어르신이라면 몸에 이상이 있는지 없는지 아실 테니까요. 그나저나 다른 사형들도 진척이 있어요?"

이화검이 화제를 돌렸다.

"부리 사형과 무릉, 도원 사형은 곧 방법을 찾을 것 같아요. 하지만 곽부 사형은……."

시월이 고개를 갸웃했다.

"곽부 사형은 어려운가요?"

"어쩌면 성격 때문인 것 같아요. 우리 사형제 중 곽부 사형이 가장 무던한 성격이잖아요. 다른 사형들은 정도의 차이는 있지만 보통 사람들에 비해 무척 예민한 편인데……."

"그래서 가장 좋은 성격을 가지고 계시죠."

이화검이 미소를 지으며 말했다.

"그러게요. 평소에는 곽부 사형의 그런 성격이 좋은데, 이번 수련에서는 그리 도움이 되지 않는 것 같아요. 사실 게으름도 피우시고……."

"하하, 아마 그러실 거예요. 계속 이 수련에 대해 투덜대고 계시더라고요."

이화검이 웃음을 터뜨렸다.

그러자 시월이 따라서 웃으며 말했다.

"후후, 그래서 대사형과 매일 말씨름을 해요. 그런데 사실 곽부 사형에게 이 수련이 필요한지에 대해서는 나도 의문이 있기는 해요."

"왜요? 곽 사형께는 가능성이 없는 일이란 건가요?"

"그런 게 아니라 화노님이 그러시더라고요. 곽부 사형의 무공은 마공에 의존한다기보다 타고난 신력에 더 많이 기인하고 있기 때문에 우리 사형제 중 마기의 영향을 가장 적게 받았다고요. 그래서 잘하면 화노님의 신단만으로도 마기를 완전히 없앨 수 있을 거라고 하시더라고요. 다만… 그럴 경우 무공의 절대 경지를 넘보려면 광마동인의 무공을 극성으로 연성하는 것은 포기하고, 사형 자신만의 부술(斧術)을 깨우쳐야 할 것이라고 했어요."

"…어렵네요. 알고 있는 길을 포기하는 건 쉬운 일이 아니죠."

이화검이 심각한 표정으로 말했다.

무인에게 절대 경지의 무공이란 포기할 수 없는 평생의 업이다. 그리고 곽부에게는 광마동인의 광마도법이라는 절대 경지에 오를 수 있는 무공 비법이 있다.

그런데 마기를 없애려면 더 이상 광마도법을 수련하면 안 되는 것이다. 무인으로서는 하기 어려운 선택이었다.

"광마도법을 포기하기 쉽지 않기 때문에 지금의 비무도 포기할 수 없는 거죠. 다른 무공이 있었다면 벌써 이 비무 수련을 포기했을 거예요."

"맞아요. 다시 광마도법 같은 절대 무공의 비결을 얻는 것은 쉽지 않은 일이죠."

이화검이 고개를 끄떡였다.

그러자 시월이 목소리를 높이며 말했다.

"아무튼 너무 걱정할 것은 없어요. 느리긴 해도 곽부 사형도 결국 이 마기에서 자유로워질 테니까."

"그래요. 분명히 그렇게 되실 거예요. 그러니까 당신도 너무 무리하지 말아요. 서둔다고 될 일들도 아니고……."

"알았어요. 화검 당신과 무종을 생각해서 조심해야죠."

시월이 아들 무종을 안아 올리며 말했다.

＊　　　　　＊　　　　　＊

이화검에게 무리하지 않겠다는 약속을 했지만, 시월의 비무는 결코 줄어들거나 약해지지 않았다.

그 약속을 지키려면 다른 사형들이 비무를 줄여야 하는데 오히려 그의 사형들은 마기를 통제할 수 있는 경지에 가까워졌다는 것을 느낄수록 더욱더 시월과의 비무에 매달렸기 때문이었다.

나중에는 시월 혼자로는 무리라고 판단해 무광과 소삼공까지 칠선문 사형제들과의 비무에 뛰어들었다.

그리고 그렇게 격렬한 수련 끝에 드디어 칠선문의 사형제들은 무광의 뒤를 이어 하나둘 자신이 수련한 마공의 마기를 통제할 방법을 깨우쳐가기 시작했다.

무광을 제외하고 가장 먼저 마기를 통제하게 된 사람은 부리였다.

부리에게도 마기를 제어할 방법은 무광의 경우처럼 불현듯 찾아왔다.

시월과의 격렬한 비무 중 수련실 밖으로 불어오는 한 줄기 청명한 바람 소리에 문득 어릴 때 뛰놀던 광활한 초원의 풍광이 떠올랐고, 그 순간 그는 마기를 떨쳐버릴 수 있게 되었다.

이후 부리는 마기가 일어나면 맑은 휘파람을 부는 것으로 마기를 다루기 시작했다.

반면 무릉과 도원은 무광과 부리와는 조금 다른 방법으로 마기를 통제하게 되었는데, 두 사람은 과거 잔마 중산과의 싸움에서 잘린 팔에 고통을 가해 그 고통을 통해 마기에서 벗어나는 방법을 찾아냈다.

　먼저 이 방법을 사용한 사람은 도원이었는데, 도원이 효과를 보자 쌍둥이인 무릉 역시 같은 방법을 사용했고. 놀랍게도 그 방법은 무릉에게도 효과를 발휘했다.

　그렇게 칠선문의 사형제들이 만화도에서의 고된 수련을 통해 자신들의 내면에 잠재된 마기를 화노가 만든 신약의 도움 없이 하나둘 제어할 수 있는 경지에 이르고 있었다.

제 5장

―

전조(前兆)

"사부님, 정말로 그 귀한 것을 그에게 주실 겁니까?"

훤칠한 키에 깔끔한 청색 무복을 걸친 청년이 앞서가는 은발의 노고수에게 불만스러운 기색으로 물었다.

"그래야겠지. 장문인께서 결정하신 일이니까."

은발의 노고수가 대답했다.

"하지만 그자는……."

"이놈! 장문인께서 결정하신 일에 감히 토를 다느냐?"

"그래도… 백문보 그자는 믿을 수 없는 사람입니다."

"그걸 누가 모르느냐? 하는 짓을 보면 사파의 인물과 다를 바 없지. 하지만! 그래도 어쩌겠느냐? 본문과 끊을 수 없는 인연으로 이어진 자인 것을!"

"사람은 하나를 주면 열을 원한다고 사부님께서 말씀하셨잖아요."

"그랬지. 그리고 그는 아마도 앞으로 더 많은 것을 우리 운중오
문에 요구할 것이다."

"그때마다 그 요구를 들어주실 건가요?"

젊은 무인이 불평하듯 물었다.

"어느 정도는……."

"대체 그가 운중오문의 어떤 약점을 잡고 있는 건가요? 운중오
문이 월문을 이용해 의천무맹에 일정한 영향력을 행사하려 한 것
이야 세간의 비난을 받을 수는 있지만, 이렇게까지 그에게 끌려다
닐 비밀은 아니잖아요? 칠랑의 문제도 결국 그가 한 일이니까 그
에게 더 큰 약점이 되는 일이고요."

"그가 운중오문의 약점을 잡고 있어서 그의 요구에 응해주는
것은 아니다. 운중오문이 어디 누구의 협박에 움직일 문파들이더
냐. 지금에라도 당장 그의 목을 베는 것은 어려운 것이 아니야."

노고수가 섬뜩한 소리를 했다.

그러자 젊은 무인이 놀란 듯 스승을 바라봤다. 그러자 노고수
가 걸음을 멈추고 고개를 돌려 제자를 보며 물었다.

"왜? 지나치게 험한 말 같으냐?"

"……."

노고수의 질문에 젊은 제자가 대답을 하지 못했다.

"네 녀석도 이제는 알 것 아니냐? 우리 운중오문이 세상에 알
려진 것처럼 그렇게 고고한 구도의 삶만 사는 문파들이 아니라는
것을."

"물론 알고 있습니다."

"필요하다면 언제든, 그게 누구든! 그 목숨을 거둘 수 있는 것이 운중오문이다. 지금까지 운중오문이 강호의 천외천으로 군림한 것은 그렇게 어둠 속에서 운중오문의 적을 제거했기 때문이다. 그리고 그 사실을 강호의 문파들도 모르지 않는다. 그렇기 때문에 지금까지 그 누구도 운중오문의 권위에 도전하지 않았던 것이지."

"알고 있습니다만, 그럴 바에는 아예 속세로 내려가 의천무맹을 장악하는 것이 좋지 않겠습니까? 마도의 무리들도 일거에 일소해 버리고요."

"후후, 이 녀석아. 그게 말처럼 그렇게 쉬운 줄 아느냐?"

"운중오문의 무공이라면 충분히 가능하지 않을까요?"

"한 명 한 명, 강호의 고수들을 제압하는 일이라면 가능하겠지. 하지만 너도 알다시피 강호의 싸움이 어디 고수 간의 대결로만 결정되더냐? 무리를 모아 세력을 형성해야 하는 일이다. 운중오문의 문도를 모두 모아봐야 채 일천이 될까 말까 하다, 그런데 의천무맹과 마련의 무인들은 수천 아니 어쩌면 일만이 넘을 수도 있다. 그 싸움이 그렇게 녹록할 것 같으냐?"

"……."

젊은 무인이 스승의 질문에 대답을 하지 못하고 입을 닫았다.

그러자 노고수가 다시 말을 이었다.

"또한 어렵게라도 운중오문이 강호를 제패했다고 하자. 그럼 그 패권이 천년만년 가겠느냐? 지금까지 강호 패자를 자처하는 자 중 백 년 이상 강호를 지배한 문파나 인물이 없었다. 아니, 백 년은커녕 수십 년 군림한 자도 드물지. 그리고 한 번 정점에서 무너지면 그때는 멸문을 각오해야 한다. 그런 위험을 운중오문이 감수할 이유가 없지 않느냐? 지금도 무림의 천외천의 존재로서 존경받고, 보이지 않게 무림을 움직일 수 있는데."

"그 말씀은 운중오문이 지금처럼 강호의 일에 관여치 않는 것이 각 문파의 맥을 이어가기 위해 선택한 방법이라는 겁니까?"

"꼭 그런 것만은 아니지만 그것도 중요한 이유 중 하나라는 것이다."

"…교묘하군요."

"왜? 비겁해 보이느냐?"

"아닙니다. 다만 신기할 따름입니다. 그런 존재로서 수백 년을 이어가는 것이……."

"속세와 선계, 그 경계를 지키는 것은 무척 어려운 일이다. 지난 역사에서 안팎으로 그 경계가 허물어질 위기가 여러 번 있었다. 그래서 나처럼 세상일에 관여하는 문도가 필요한 것이다. 그 선을 지키기 위해."

노고수가 말했다.

"그래서… 그에게 신룡환을 주려는 거군요. 아직은 운중오문을 위해 세속에서 이용할 수 있는 존재라서요."

"그렇다. 신단 하나 내어주는 일이 어려운 일은 아니지 않느냐? 물론 무척 귀한 거긴 하지만……."

"그렇긴 하죠."

젊은 무인이 대답했다.

"흑오! 네가 월문주에 대해 적의를 품는 것은 역시 네 의형인 칠선문의 시월 때문이지?"

"…그렇습니다."

최근 들어 무당에서 떠오르는 신진 고수로 인정받게 된 흑오가 망설이다 대답했다.

　그러자 그의 스승 동풍선 은학이 고개를 끄떡였다.

　"너무 걱정 말거라. 지금의 칠선문은 몰락한 월문주가 아무리 애를 써도 쉽게 위해를 가할 수 없는 존재가 되었으니까. 사실 처음에는 네가 그와 호형호제하는 것이 마음에 들지 않았는데, 지금의 칠선문을 보면 그 일이 우리 무당에도 나쁘지 않다는 생각이 드는구나."

　"칫, 스승님은 이럴 때 보면 너무 세속적이세요. 벌써 절 통해서 칠선문을 이용할 생각을 하시는 걸 보면."

　"어허! 이놈 봐라! 그게 스승에게 할 소리냐?"

　동풍선 은학이 짐짓 화를 냈다.

　"그럼 앞으로 칠선문에 대해 어떤 욕심도 내지 않으실 거죠?"

　흑오가 되물었다.

　그러자 동풍선 은학이 한숨을 쉬며 말했다.

　"이놈아. 생각해 봐라. 운중오문이 그 사형제들을 팔 년 동안이나 잡아두고 있었다. 그것도 그 고약한 군자의 공천보의 손에 말이다. 그런데 아무리 낯짝이 두꺼워도 우리가 그들을 이용할 수 있겠느냐?"

　"흐… 그렇긴 하죠. 사람이라면……."

　흑오가 능글맞게 미소를 지으며 말했다. 스승 동풍선 은학의 대답이 마음에 든 모양이었다.

　그런데 동풍선 은학도 이 정도로 물러날 사람은 아니었다.

　"다만!"

"다만 뭐요?"

흑오가 동풍선 은학이 또 무슨 말을 하려나 하는 불안한 표정으로 되물었다.

"다만 어쩌면 칠선문에서 먼저 우리에게 손을 내밀 일이 있을지는 모르지."

"…그게 무슨 말씀이세요?"

"만약의 경우 칠선문의 사형세들이 마공을 수련했다는 것이 세상에 알려질 경우, 그들을 그 굴레로부터 자유롭게 해줄 수 있는 곳이 어디라고 생각하느냐? 그들이 마공을 수련했지만, 마기에서 벗어나 정파의 도를 따르는 무림인이라는 것을 누가 증명해 줄 수 있겠느냐 말이다."

"그건… 음! 그렇군요. 운중오문, 그중에서도 소림이나 우리 무당 정도는 되어야 그걸 보증할 수 있겠죠."

흑오가 고개를 끄떡였다.

"그럼 누가 누구를 이용해야 할까?"

동풍선 은학이 물었다.

그러자 흑오가 얼굴을 찌푸리며 투덜거렸다.

"그런 상황을 일부러 만들 생각이신 건가요?"

"아니, 난 결코 그렇게 야비한 사람은 아니다."

"사부님이 아니어도 운중오문의 누군가는 그렇게 하겠죠. 아! 아니면 설마 그를 이용하실 생각이세요?"

흑오가 갑자기 뭔가를 깨달은 것처럼 소리쳤다.

"뭘 그렇게 놀라느냐?"

"설마 정말 그를 이용하려고요?"

흑오가 다시 한번 물었다.

"굳이 운중오문이 나설 필요도 없겠지. 궁지에 몰리면 결국 그 스스로 그 일을 할 테니까."

"그럼 그 귀한 신룡환을 그에게 줄 필요는 없잖아요. 차라리 사부님 말씀대로 지금 그의 목을 베어버리죠!"

흑오가 차갑게 말했다.

"이놈, 선도를 수련하는 무당의 제자가 그게 할 소리냐?"

은학이 호통을 쳤다.

"노망이 드셨어요? 그를 죽일 수 있다는 말은 사부님이 먼저 하셨잖아요!"

"나야 이미 선계에 오르는 것을 포기했으니까 그렇고. 넌 아직 등선의 경지를 포기하기에는 너무 이르지 않으냐. 그러니까 그자를 어떻게 다룰지는 내게 맡겨 두거라. 아무튼 지금은 그를 죽일 때가 아니야. 이용할 가치가 남아 있으니까. 그리고 굳이 그의 피를 내 손에 묻힐 일도 없을 거다. 내가 아니라도 그를 죽일 사람은 많으니까."

"…제가 참 사악한 스승님을 만난 것 같아요."

흑오가 투덜댔다.

하지만 동풍선 은학은 화를 내지 않았다. 대신 한숨을 쉬며 말했다.

"후… 맞는 말이다. 내가 생각해도 난 사악한 사람이다. 무당을 위해서라 변명하기에는 창피한 구석이 있고. 그래서 넌 그렇게 살게 하고 싶지 않은 거야. 등선의 경지에 이르는 널 보고 싶은 게 이 스승의 마지막 꿈이다. 그런 널 위해 무당의 모든 것을 이용하고 싶기에 무당이 원하는 궂은일을 이 사부가 도맡아 하고 있는 거야. 흑오… 이 사실을 명심해라!"

"…알겠습니다. 스승님! 명심하겠습니다."

흑오가 동풍선의 진심에 감격한 표정으로 고개를 숙이며 대답했다.

"음… 그렇다고 나에 대해 부담을 갖고 살면 안 돼. 불가(佛家)와 달라서 우린 마음에 짐이 생기면 수련에 방해가 되니까. 바람처럼 자유롭게 마음을 비워야 한다."

"예. 스승님!"

흑오가 시원하게 대답했다.

"좋아. 그럼. 이제 그 뻔뻔한 자를 만나보자꾸나!"

*   *   *

두 개의 신단을 눈앞에 두고 백문보는 세상을 다 가진 것 같은 표정을 지었다.

그 앞에서 소림승 법철과 무당의 노선사 동풍선 은학이 무심한 표정으로 백문보를 바라보고 있었다.

"만족하시오?"

두 개의 신단에 정신이 팔려 있는 백문보를 더 이상 기다리기 힘들었는지 동풍선 은학이 입을 열었다.

그러자 백문보가 자신의 실태를 깨닫고 얼굴빛을 고치며 고개를 숙였다.

"어려움에 처해야 진정한 친구를 안다는 말이 사실인 것 같소이다. 이 백모는 소림과 무당 두 문파의 은혜를 결코 잊지 않을 것이오."

나중에야 모르지만 지금만큼은 진심인 백문보였다. 그가 자존심을 버리고 자신의 머리를 신단이 놓인 서탁에 닿을 듯 조아리는 것도 결코 과장된 모습으로 보이지 않았다.

"소문주가 얼마나 큰 부상을 당했길래 이 신단들이 필요한 것이오?"

소림의 법철이 걱정스러운 표정으로 물었다.

"그것이… 이 신단이 없다면 목숨을 이어갈 수 없을 것이오. 그래서 제가 이렇게 두 분께 감사드리는 것이오."

백문보가 대답했다.

"대체 어쩌다 월문신룡이 그 지경이 되었단 말이오. 혹, 마련의 마인들에게 당한 것이오?"

동풍선 은학이 물었다.

백유검의 무공에 대해 알고 있는 동풍선은 백유검이 신단이 필요할 정도로 부상을 입었다는 것을 믿을 수가 없었다.

또 그런 일이 벌어졌다면 강호에 소문이 널리 퍼져야 하는데, 지금까지 이 일은 강호에 제대로 알려지지 않고 있었다.

"그 일은… 말씀드리기가 곤란하구려. 이해해 주시구려."

"흉수가 누구인지도 말해주기 어렵소? 운중오문의 도움이 필요하다면 도와줄 수 있소이다만……."

흉수의 정체를 알려주면 운중오문이 나서서 흉수를 잡아 오겠다는 말이었다.

하지만 백문보는 고개를 저었다.

"아니오이다. 본문의 일이니 본문이 알아서 하겠소이다."

백문보로서는 백유검의 팔과 다리를 자른 사람이 칠랑들이라고는 도저히 말할 수 없었다.

월문 패망 이후 자존심 따위는 던져 버린 지 오래지만, 그래도 자신이 키운 칠랑에 의해, 그것도 자신의 며느리였던 설우담 때문에 백유검의 팔다리가 잘렸다는 것은 월문의 패망 이상으로 치욕적인 일이었다.

"알겠소이다. 그런데 이제 월문은 어찌하실 생각이시오?"

동풍선이 물었다.

"유검의 몸이 회복된 이후에나 생각해봐야 할 것 같소이다."

백문보가 대답했다.

그러자 동풍선 은학이 지나가는 말처럼 입을 열었다.

"듣자 하니 의천무맹이 드디어 화록산에서 마련을 상대하기 위한 대회합을 연다고 하오. 비록 상황이 좋지 않지만, 월문도 십대천문으로서 그 회합에 참여해야 하는 것 아니오?"

"…그곳에 가서 망신을 당하길 바라시는 것이오?"

백문보가 화가 난 얼굴로 되물었다. 신단을 받은 은혜 따위는 금세 잊어버린 듯싶었다.

"설마 그럴 리야 있겠소. 다만, 무시당할 것이 두려워 화록산에 가지 않는다면 월문은 아마도 십대천문의 지위를 빼앗기게 될 것이오. 그게 걱정이 되어 하는 말이오."

"그건……."

백문보가 반박을 하려다 말고 입을 닫았다. 그 역시 이번 회합에 참여치 않으면 월문의 십대천문 지위가 사라질 것이라는 걸 잘 알고 있었다.

그런 백문보를 보며 동풍선 은학이 다시 말을 건넸다.

"만약 화록산에 가시겠다면, 운중오문에서 약간의 도움을 드릴 수 있소이다만."

"어떤……?"

"운중오문의 정식 문도는 아니나, 운중오문과 인연을 닿아 있는 고수 몇몇을 문주께 소개해 줄 수 있소. 그들을 데려간다면… 화록산 대회합에서 적어도 월문은 십대천문 지위를 유지할 수 있을 것이오."

*   *   *

"내 나이가……."

멀어지는 동풍선 은학과 소림승 법철을 보며 백문보가 혼잣말을 중얼거렸다. 그의 말에 묵천대호단의 단주 고청신이 그를 돌아봤다.

"육십을 넘었지……?"

스스로에게 묻는 건지 고청신에게 묻는 건지 알 수 없는 말투다.

"외람되지만 올해로 예순둘이십니다."

고청신이 조심스럽게 대답했다.

"애매하군."

백문보가 눈살을 찌푸렸다.

"무슨 문제라도 있으십니까?"

고청신이 물었다.

"고목에 물을 줘 꽃을 피워야 하나… 그렇다고 갓 발아한 나무를 키워 목재로 쓰기엔 너무 오랜 시간이 걸리고……."

백문보가 알 수 없는 소리를 중얼거렸다.

"……."

백문보가 무슨 의도로 하는 말인지 알 수 없는 고청신이 말없이 백문보를 바라봤다.

그러자 백문보가 소림과 무당에서 받은 두 개의 신단을 품은 가슴을 어루만지며 다시 중얼거렸다.

"유검은… 소림의 금강고면 족하지 않을까? 뼈가 붙고, 힘줄이 강해지면 목숨에는 지장이 없을 테니."

그의 눈에 한 줄기 욕망이 떠올랐다. 그 순간 고청신은 깨달았다. 욕망 가득한 그의 주군이 소림과 무당에서 받은 신단을 백유검이 아니라 자신을 위해 쓸 것인가를 고민하고 있다는 사실을.

*   *   *

"호천밀사까지 내주어야 하는 일인가 싶소이다."

백문보를 만났던 산중 사당을 벗어나 호젓한 산비탈에 멈춰선 소림승 법철이 말했다.

"나도 의문이기는 하오. 하지만 오문의 수장들께서 결정하신 일이니 따라야지 않겠소."

동풍선 은학이 대답했다.

"죽어가던 그의 야심이 다시 불타오를지도 모르오."

법철이 걱정스럽게 말했다.

"그럴 수도 있겠지요. 그렇게 되면 애꿎은 호천밀사들만 고생시키는 것이 될 것이고. 하지만 노련한 사람들이니 그에게 이용만 당하지는 않을 것이오. 그리고 어느 순간 그도 깨닫게 될 것이오. 호천밀사가 그의 족쇄라는 것을."

"흠… 악연인가……"

소림승 법철이 깊은 한숨을 쉬며 중얼거렸다.

"일단 두고 봅시다. 무림의 상황이 어찌 변할지 모르니. 그가 제법 큰 쓰임이 있을 수도 있지 않겠소?"

동풍선 은학이 말했다.

"정사의 대립은 어제오늘 일이 아니지만, 이번 마련의 발호는 참 오래가는 것 같소이다. 벌써 십 년이 넘었으니……"

법철이 근심 어린 표정으로 말했다.

"그러게 말이오. 더군다나 마련이 북방 무림에 똬리를 틀었으니 어쩌면 이 대치는 대(代)를 이어갈 수도 있다는 생각이 드는구려."

동풍선 은학 역시 한숨을 쉬었다.

*　　　　*　　　　*

언제부터인가 시월이 비무를 하는 횟수가 조금씩 줄어들고 있었다. 곽부를 제외한 다른 사형들이 마기를 통제할 자신만의 방법을 터득한 이후부터의 일이었다.

화노의 신단이 없을 때도 마기를 통제할 수 있다면 이제 칠선문의 사형제들은 마공의 굴레에서 거의 완전히 벗어났다고 할 수 있었다.

칠선문의 사형제들은 마기를 통제할 각자의 방법을 터득한 이후부터는 비무 대신 홀로 수련하는 시간이 부쩍 많았다.

그래서 가끔 자신의 깨달음을 확인하려 할 때 말고는 시월에게 비무를 부탁하지 않았다.

다만 곽부는 여전히 시월과 비무를 하고 있었는데, 그는 여전히 자신의 마기를 통제할 적당한 방법을 찾지 못해 애를 먹고 있었다.

그러던 어느 날 다른 사형제들에 비해 깨우침이 느린 자신에게 스스로 답답해하는 곽부에게 화노가 넌지시 다른 방법을 제시했다.

"거, 안 되는 일 붙들고 시월 고생시키지 말고 섬 위에 올라가서 도끼로 바위나 다듬어 봐. 네놈의 신력을 완전히 쏟아내려면 그 방법이 가장 좋을 거다. 그렇게 힘을 소진하다 보면 달리 길이 보일 것도 같구나."

화노의 충고를 들은 곽부는 그의 충고에 따라 시월과의 비무를 그만두고 만화도 정상에 올라가 하루 종일 도끼로 바위와 씨름하기 시작했다.

이후 만화도 정상에서는 도끼로 바위를 쪼개거나 다듬는 소리가 매일같이 들려왔다.

하지만 사형제들은 누구도 곽부에게 시끄럽다는 불평을 늘어놓지 않았다. 그 일이 곽부에게 얼마나 중요한 일인지 누구보다 잘 알고 있기 때문이었다.

쩡쩡쩡!

오늘도 여전히 곽부가 바위 다듬는 소리가 만화도 아래까지 들려왔다.

아들 무종을 데리고 이화검과 함께 만화도 산비탈에 흐드러지게 무성한 꽃밭을 산책하던 시월이 문득 눈을 들어 만화도 정상을 바라봤다.

"오늘도 여전하시군."

시월이 안타까운 표정으로 말했다.

"그래도 요즘은 조금 덜 하신 것 같아요."

이화검이 말했다.

"최근에는 바위를 쪼개는 것보다 다듬어 뭔가를 만드는 데 열중이신 것 같아요."

시월이 대답했다.

"이러다 만화도에 위대한 석공 한 명 나오겠네요. 목공의 달인은 이미 있으시고. 석공의 달인까지 나오면 아예 뭍으로 나가서 건물을 짓는 장사를 해도 되겠어요."

"후후, 그것도 나쁘지 않군요. 만화도의 삶은 평화롭긴 하지만 지루하니까."

시월이 고개를 끄덕였다.

"그렇지 않아도 요즘 아주버님들이 다시 뭍으로 가고 싶어 하시는 것 같아요."

"그럴 만도 하죠. 벌써 무종이 돌이 되었으니까."

시월이 안고 있던 아들 무종을 땅에 내려 걸음마를 시키면서 말했다. 무종은 최근 들어 시월의 손을 잡고 아장아장 걸을 만큼

자라 있었다.

"초원루에서 온 소식에는 의천무맹이 드디어 화록산 대회합을 연다고 해요. 이번에는 무슨 결론이 날까요?"

이화검이 물었다.

"글쎄요. 월문의 패망 이후부터는 십대천문도 조금씩 위기감을 느끼는 것 같기는 한데. 형수님은 뭐라 하셔요?"

시월이 이화검에게 되물었다.

금송은 만화도에 있지만, 항주 금가장으로부터 주기적으로 강호의 소식을 전해 듣고 있었다.

초원루주가 전하는 강호의 소식도 적지 않았지만, 그래도 십대천문의 당사자인 금가장의 소식이 정파 내부의 사장을 아는 데는 더 정확하다고 할 수 있었다.

"십대천문에서는 이번 회합에서 마련을 상대할 특단의 조치를 취할 거라 한대요."

"특단의 조치라… 뭐가 있을까? 딱히 떠오르는 것이 없는 데……"

시월이 고개를 갸웃했다.

"뭐, 예전 삼십육마의 난 때처럼 추살대가 꾸려지는 것이 아닐까요?"

"그때와는 사정이 많이 달라서… 그때는 삼십육마 개인과 소수의 추종자들을 상대하는 싸움이었지만, 지금은 마정궁을 중심으로 북방에 형성된 거대한 마련의 세력과 싸워야 하는 거잖아요. 추살대 정도로는……"

"그렇긴 하죠. 소삼공께서는 어쩌면 이번 정사의 대치가 백 년

이상 갈지도 모른다고 하시더라고요."

"백 년… 무종이 노인이 되어 있겠네요. 후후."

시월이 아장거리는 무종을 보며 실소를 흘렸다.

"하하, 그러게요. 그런데 소삼공께서는 그런 대치가 아주 나쁜
것만은 아니라는 말씀도 하셨어요. 큰 싸움만 없다면 정사의 대치
가 오히려 무림에 안정을 가져올 수 있다고 하시더군요."

"그렇긴 하죠. 물론 그럴 리 없겠지만."

시월이 단정적으로 말했다.

"불가능하다고 생각해요?"

"무림 역사에서 그런 적이 없었잖아요. 마도가 광대한 지역을
장악하고 패권을 구가한 적은 손에 꼽는 정도고, 그것도 십 년 이
상 지속된 적이 없었죠."

"하긴… 역사는 반복되는 거니까."

"아무튼 슬슬 강호에 다시 나갈 때가 다가오는 것 같아요. 대사
형께서도 생각 중이실 테고."

"금가장주께서 화록산으로의 동행을 요청했다는 말은 들었어
요. 그래서 형님이 단단히 화가 났더라고요. 절대 큰아주버님을
금가장 일에 보낼 수 없다고 하세요."

"형님 입장에선 그러실 수 있지만 대사형께서는 마냥 거절할
수는 없는 입장이죠."

"가실까요?"

"그건 모르겠어요. 하지만 대사형이 가신다면 다른 사형들도
서로 강호로 나가려 할 거예요."

"당신도 나갈 거예요?"

이화검이 물었다.

그러자 시월이 빙그레 미소를 지으며 대답했다.

"우린 요동으로 가요."

"요동으로요?"

이화검의 표정이 한순간에 밝아졌다.

"무종이도 이제 외할아버지를 만나봐야죠."

기뻐하는 이화검을 보며 시월이 말했다.

*   *   *

큰 변화 없이 수개월 동안 같은 일상이 반복되던 만화도에 활기
가 돌기 시작했다.

금가장주의 요청을 받은 무광이 강호행을 결정했기 때문이었
다.

금송은 금가장의 화록산 행에 무광이 동행하는 것을 강하게
반대했지만, 무광은 오랜 생각 끝에 금가장의 무인들과 함께 화록
산으로 갈 것을 결정했다.

그리고 무광이 결심을 한 이상 그의 생각을 바꿀 수 있는 사람
은 없었다.

아니, 오히려 칠선문의 사형제들은 저마다 무광을 따라 화록산
으로 가고 싶어 안달을 냈다.

그런데 무광과 동행하고 싶어 하는 사람은 칠선문의 사형제들
만이 아니었다.

"이번에는 나도 가고 싶은데……."

칠선문의 사형제들이 모여 앉아 강호에 나갈 사람을 정하는 자리에서 소삼공이 조심스럽게 말했다.

"장로님도요?"

부리가 소삼공을 돌아봤다.

"음, 한동안 강호에 나가지 않으니까 좀이 쑤셔서."

"그럼 어디로 가시게요? 대사형과 함께 화록산에 가시고 싶으세요, 아니면 막내 사제와 요동으로 가시고 싶으세요?"

부리가 다시 물었다.

그러자 소삼공이 잠시 생각에 잠겼다가 입을 열었다.

"난 화록산에 가는 게 더 재밌을 것 같아. 시월을 따라 요동으로 가봐야 이가검문에 들러서 늙은 손님 대접이나 받고 오는 것이 전부일 테니. 화록산에 가면 십대천문끼리 치열하게 눈치 싸움하는 구경을 할 수 있지 않은가. 그게 얼마나 재미있는 일인데."

소삼공이 대답했다.

"금가장에서 장로님을 알아보는 사람이 있지 않을까요?"

몇 달간 화노의 정성 어린 치료로 어느 정도 몸을 회복한 소후가 걱정했다.

"아니, 알아보는 사람은 없을 거야. 금가장에 안면이 있는 사람도 거의 없으니까. 설혹 오래전에 날 본 사람이 있다고 해도 지금 이렇게 변한 모습을 누가 알아보겠나."

소삼공이 두 손을 들어 올리며 말했다.

그의 말대로 지금의 그에게서 개방의 토왕개 왕흠을 떠올릴 사람은 없을 듯했다.

"그렇기도 하겠군요. 지금이야 누가 장로님을 거지로 보겠어요.

평생 수수하게 살아오신 도인으로 보면 모를까."

곽부가 고개를 끄떡였다.

그러자 무광이 입을 열었다.

"그럼 장로님도 동행하는 것으로 하지요. 무릉과 도원은 남고, 곽 사제도 수련을 더 해야 하니 만화도에 남아라. 부리는 나와 함께 가자."

"예, 사형!"

무광이 말하자 부리가 얼른 대답했다.

"에이, 부리 사형은 지난번에도 연경에 다녀왔잖아요?"

곽부가 투덜댔다.

"그럼 사제도 열심히 수련해서 벌써 마기를 통제할 수 있었어야지."

부리가 핀잔을 줬다.

"에이, 내가 반드시 한 달 안에 이 빌어먹을 마기를 제압하고 만다!"

곽부가 화가 난 듯 소리쳤다.

그러자 무광이 무릉과 도원에게 물었다.

"두 사람은 불만 없어?"

"아닙니다. 대사형! 우리 두 사람은 요즘 일월공을 성하검법과 섞어 새로운 합격술을 만드는 일을 하고 있어서 만화도에 남아 있는 것이 더 좋습니다."

"그래? 기대되는데?"

"돌아오시면 보여드릴 수 있을 겁니다."

무릉과 도원이 다부진 표정을 지어 보이며 말했다.

　　　　*　　　　　*　　　　　*

　오랜만에 용선이 만화도를 벗어났다.

　서로 다른 목적지를 향하고 있었지만, 일단 용선이 무량포에 닿을 때까지는 동행하기로 한 시월과 무광은 만화도에 남은 문도들의 배웅을 받으며 수개월 만에 만화도를 벗어났다.

　용선을 모는 소사공도 오랜만의 항해가 즐거운지 한껏 속도를 냈다. 덕분에 용선은 이틀 만에 만화도와 무량포 사이를 주파했다.

　시월 일행은 무량포에 도착한 후, 무량포 앞바다 용선 위에서 하룻밤을 함께 지낸 후 무광 일행과 작별했다.

　용선은 무광 일행이 작은 배를 타고 무량포 해안가에 닿는 것을 확인한 후에 다시 뱃머리를 돌려 요동으로 향하기 시작했다.

　무량포에서 요동까지는 보통 상선으로는 멀고 위험한 항해를 해야 하지만, 용선이라면 이야기가 달랐다. 지난번 항해에서는 열흘 만에 주파하기도 했었다.

　하지만 이번에는 그렇게까지 서둘 필요가 없었다. 무종을 이가검문에 인사시키는 것 말고는 여행의 목적이 달리 없기 때문이었다.

　그럼에도 용선은 다른 배들과는 비교할 수 없는 속도로 황해를 질주했다.

　그리고 무량포를 떠난 지 보름 만에 발해만에 도착한 후 시월과 이화검을 요동 땅에 내려주고는 다시 만화도를 향해 출발했다.

　　　　*　　　　*　　　　*

　용선에서 내린 시월과 이화검은 먼저 작은 객잔에 여장을 풀었
다. 하루 이틀 쉰 후에 마차를 빌려 타고 이가검문으로 갈 생각이
기 때문이었다.

　그렇게 작은 객잔에 여장을 푼 후 저녁 요기를 하다 말고 문득
시월이 입을 열어 말했다.

　"검문에 들리기 전에 만화원에 먼저 들려요."

　"만화원에요?"

　이화검이 되물었다. 만화도를 떠날 때는 만화원에 들를 계획은
없었기 때문이었다.

　"만화도에서 출발할 때 화노께서 만화원에 한번 들려보라 말씀
하셨어요."

　"할 일이 있는 건가요?"

　"특별한 것은 아니고, 어쩌면 동천오룡이 만화원에 돌아와 있을
지도 모른다고 하시더군요."

　"아! 그분들……."

　이화검이 뒤늦게 동천오룡의 존재를 떠올렸다.

　동천오룡은 화노에게 거둬진 후, 칠선문이 만화원을 떠나 만화
도로 향할 때 백두 동쪽에 있는 화의일맥의 유적지로 폐관 수련
을 위해 떠났었다.

　그들이 폐관 수련을 마쳤다면 만화원에 돌아와 있을 거라는 것
이 화노의 말이었다.

동천오룡은 칠선문의 문도는 아니지만, 화노가 거둔 화의일맥의 사람들이었기 때문에 그들을 만나면 이번에는 만화도로 데려갈 생각인 시월이었다.

"벌써 삼 년 정도 되었네요."

이화검이 말했다.

"그렇죠. 수련의 성과가 있었다면 많이들 변했을 거예요."

"군자의 공천보가 심어 놓은 심혼술에서는 완전히 벗어났겠죠?"

"그거야 만화원을 떠나기 전에 이미 화노께서 풀어주셨으니까 문제없을 거예요."

시월이 대답했다.

"그런데 그분들은 화의일맥 유적지에서 의술을 수련한 건가요? 아니면 무공을 수련한 건가요?"

이화검이 물었다.

"글쎄요. 만나보면 알겠지만, 의술보다는 무공에 더 비중을 두지 않았을까요? 의술을 수련할 거라면 화노께서 만화도로 데려갔을 거예요."

"흠, 그렇긴 하네요. 아무튼 만화원에 먼저 간다는 거죠?"

"당신만 좋다면요."

"나야 좋죠. 지금이 오월이니까 만화원은 꽃으로 가득하겠네요. 비록 건물은 무너졌어도 꽃씨와 뿌리는 남아 있을 테니까요."

"볼만할 거예요."

시월도 기대가 되는지 미소를 지었다.

찌르르!

청명한 산새 소리가 산에 가득하다. 인적이 끊긴 깊은 산속은 자연이 만들어내는 풍광으로 그 어느 곳보다 아름다웠다.

그리고 그 속에 수백 가지 꽃들이 만발한 꽃의 정원이 있었다.

한때 사람이 살았었다는 것을 말해주는 무너진 건물 몇 채와 찬바람으로부터 꽃들을 보호해 주는, 아직은 멀쩡한 돌담이 둘러서 있는 폐장원은 기화이초로 가득했다.

사람이 발을 딛고 살았을 마당조차도 이제는 꽃밭으로 변해 있었다.

"너무 아름다워요."

이화검이 폐장원이 된 만화원을 둘러보며 감탄했다.

무너진 장원을 두고 하는 말로는 어울리지 않지만, 시월도 이화검과 같은 생각이었다.

그녀의 말처럼 지난 삼 년여 간, 사람이 살지 않은 만화원은 자연의 힘으로 그 이전보다 더 화려하고 아름다운 천상의 화원이 되어 있었다.

하물며 땅이 아니라 무너진 건물의 지붕에서도 꽃들이 자라고 있었다.

아마도 한두 해 더 지나면 꽃들이 폐장원의 모든 것을 덮어버릴 것이 분명했다.

"다시 와서 살고 싶네요."

시월이 말했다.

만화도도 아름답기는 하지만 만화원의 아름다움에는 비할 바가 아니었다.

"때가 되면 그렇게 해요. 이런 곳을 버려두는 것은 너무 아쉬운 일이에요."

이화검이 결심을 한 듯 말했다.

애초에 북방에서 나고 자란 이화검이어서 만화도에 살면서도 언젠가는 다시 요동으로 돌아올 생각을 하곤 했던 그녀였다. 그런 그녀에게 만화원은 반드시 돌아와 살고 싶은 곳이었다.

"무종! 너도 꽃 구경 좀 할래?"

시월이 가슴 앞쪽에 메고 있던 나무 틀 안에서 무종을 들어 올리며 말했다.

"까르르!"

무종이 겨드랑이를 잡은 시월의 손길에 간지럼을 타는지, 아니면 눈 앞에 펼쳐진 눈부신 꽃밭이 좋아서인지 맑은 웃음을 터뜨렸다.

"무종 너도 좋은 모양이구나. 잘 봐라. 이곳이 우리 칠선문의 뿌리란다."

시월이 무종의 귀에 대고 속삭이듯 말했다.

그런데 그때였다. 갑자기 만화원 위쪽, 꽃들이 지천인 산비탈 너머 숲에서 한 마디 서늘한 음성이 들려왔다.

"이곳은 은거 수련자들이 머무는 땅이오! 외인이라면 즉시 이곳을 떠나시오. 길을 잃었다면 산 아래로 내려가는 길을 안내하겠소."

정중하지만 단호하기 이를 데 없는 경고다.

시월과 이화검이 경고가 들려온 곳으로 시선을 돌리자 투박한 무복을 입은 두 명의 중년 사내가 북쪽 숲에서 모습을 드러내더니 훌쩍 몸을 날려 폐허가 된 만화원 장원의 지붕 위에 올라섰다.

"역시 돌아와 있으셨네요."

이화검이 나직하게 시월에게 말했다.

그러자 시월이 고개를 끄떡인 후 안고 있던 무종을 이화검에게 넘겼다.

이화검이 무종을 안아 들자 시월이 훌쩍 몸을 날려, 그 역시 숲에서 나온 사내들과 마찬가지로 허물어진 건물의 지붕 위에 가볍게 내려섰다.

그리고는 모습을 드러낸 두 중년 사내를 향해 가볍게 포권을 해 보였다.

"두 분 오랜만에 다시 뵙는군요. 저 칠선문의 시월입니다! 기억하시겠죠? 삼 년밖에 안 지났으니."

시월의 인사에 숲에서 나온 두 사람의 표정이 크게 변했다. 두 사람이 놀란 눈으로 시월을 자세하게 살핀 후 이내 시월을 향해 마주 포권을 하며 급히 입을 열었다.

"정말 시월 대협이셨군요. 동천오룡의 건과 곤, 대협께 인사드립니다."

두 사람이 시월을 몰라볼 리 없었다.

"화노께서 동천오룡께서 만화원에 돌아와 계실 수도 있다고 한번 들려보라셔서 왔는데 정말 이렇게 만나게 되는군요."

"그러셨군요. 그런데 화노님께서는 평안하십니까?"

동천오룡 중 건이라는 이름을 쓰는 무인이 급히 화노의 안부를 물었다. 그들에게 화노는 자신들을 공천보의 섭혼의 굴레에서 벗어나게 해준 은인이자, 화의일맥의 주인이어서 당연히 그 안부가 궁금할 수밖에 없었다.

"어르신은 평안하십니다."

"함께 돌아오지는 않으셨나 보군요."

무인 건이 서운한 표정으로 말했다.

"예, 이번에는 함께 오시지 못했습니다. 대신 다섯 분을 만나면 데려오라 말씀하셨습니다."

"정말입니까? 정말 화노님이 그리 말씀하셨습니까?"

그동안 화노의 명에 따라 백두 동쪽의 깊은 석동에서 폐관 수련을 하다 최근 들어 만화원으로 돌아온 동천오룡에게 시월의 전언은 반가운 말이 아닐 수 없었다.

"일단 저와 함께 산에서 내려가시죠. 이가검문에 잠시 들렀다가 만화도로 가시면 됩니다."

"이가… 검문에 말입니까?"

무인 건이 망설이는 듯한 모습으로 되물었다.

"걱정 마세요. 이가검문에서 불편하실 일은 없을 겁니다."

시월이 동천오룡을 안심시켰다.

"…알겠습니다. 대협께서 함께 가신다면야."

무인 건이 이내 마음을 굳힌 듯 대답했다.

"거처는 숲에 지으신 모양이군요?"

시월이 상황을 살펴 짐작하여 물었다.

폐장원에는 사람이 산 흔적이 없었기 때문이었다. 또 만화원 뒤쪽에 있는 비밀 석동은 화노가 만화도를 떠나면서 입구를 무너뜨려 쉽게 열고 들어갈 수 없었다.

"작은 오두막을 하나 지어 형제들이 함께 생활하고 있습니다."

무인 건이 대답했다.

"구경할 수 있을까요? 저 사람과 아이도 잠시 쉬어갈 곳이 필요한데."

시월이 시선을 뒤로 돌려 자신을 바라보고 있는 이화검과 아들 무종을 가리켰다.

"…오! 아드님을 보셨군요!"

무인 건이 그제야 무종이 시월의 아들임을 알아차리고 놀란 표정으로 물었다.

"그렇게 되었습니다. 이제 겨우 돌이 지났습니다. 그래서 이가 검문에 인사를 시키려고 돌아온 것이죠."

"축하드립니다. 검문주께서도 무척 기뻐하실 겁니다."

무인 건이 진심으로 시월에게 축하의 말을 건넸다.

"형님! 일단 대협을 오두막으로 모시지요. 아이가 햇빛을 너무 오래 보는 것도 좋지 않으니……"

무인 건과 함께 나온 동천오룡 곤이 말했다.

"알겠네. 대협, 부인과 아드님을 데리고 오십시오. 먼저 가서 형제들에게 대협이 오신 것을 알리겠습니다."

"알겠습니다."

시월이 대답하자 무인 건이 곤을 보며 말했다.

"아우가 대협을 모시고 오게. 난 먼저 가 보겠네."

그 말을 남기고 무인 건이 훌쩍 몸을 날려 그들이 걸어 나온 숲을 향해 달려갔다.

그러자 그 모습을 바라보던 시월이 말했다.

"지난 삼 년의 폐관 수련이 많은 도움이 되신 것 같군요."

"그렇게 보이십니까?"

곤이 되물었다.

"저와 싸울 때와는 완전히 달라지신 것 같군요. 빠르고 경쾌하고… 보는 것만으로도 강함이 느껴집니다."

시월이 진심으로 숲으로 달려가는 건의 변화에 감탄했다.

그러자 무인 곤이 미소를 지으며 입을 열었다.

"사실 따지고 보면 이 모든 게 대협 덕분입니다. 그때 대협께서 우리 의형제를 군자의 공천보 손에서 구해주시지 않았다면, 우리에게 오늘과 같은 발전이 없었을 겁니다. 아마 지금도 어둠을 틈타 사람이나 죽이고 있었겠지요."

곤이 새삼스럽게 시월에게 고개를 숙여 보였다.

"그게 어디 저 때문인가요. 화노 어르신과 동천오룡 대협들께서 스스로 노력한 덕분이죠."

"화노님의 은혜야 더 말할 나위가 없지요."

곤이 짧은 시간이지만, 화노와 지낸 몇 달 사이 자신들이 인생이 완전히 새롭게 바뀐 것에 대한 고마움을 잊을 수 없다는 듯 말했다.

"곧 만나게 되실 테니 그때 마음껏 감사의 마음을 표현하세요. 화검! 이리 와요. 동천오룡 대협들은 기억하죠?"

시월이 여전히 폐장원 마당의 꽃들 속에 서 있는 이화검을 불렀다.

"그럼요. 당연하죠."

이화검이 대답했다.

"일단 대협들 숙소에서 잠시 쉬죠. 그리고 대협들과 함께 산에서 내려가요."

"알았어요."

이화검이 대답하고 나서 아들 무종을 안은 채 훌쩍 몸을 날려 시월이 서 있는 지붕 위로 다가왔다.

제 6장

—

노검객이 찾은 자유

시월과 이화검은 그날 하루를 만화원에서 보냈다.

아들 무종은 금세 동천오룡과 친해져 놀기 시작했다. 그들은 자신들의 인생에서 어린아이가 이렇게 가까이 있다는 것이 신기한지 무종에게서 한시도 눈을 떼지 않았다.

동천오룡이 성심껏 무종을 돌봐준 덕에 시월과 이화검은 무종을 동천오룡에게 맡겨 두고 폐허가 되었지만 세상에서 가장 아름다운 자연화원으로 변한 만화원을 곳곳을 잠시 돌아 볼 수 있었다.

시월이 한동안 지냈던 석동에 들려보기도 했다.

화노에 의해 석동의 입구가 막혀 버렸지만, 그 주변을 서성이는 것만으로도 충분히 과거의 기억을 추억할 수 있었다.

물론 시월의 무공이면 막힌 입구를 열고 석동 안으로 들어갈 수도 있었다. 하지만 시월은 화노가 아니면 그 누구도 이 무너진 석동의 입구를 열 자격이 없다는 것을 알고 있었으므로 굳이 석동 안으로 들어가려 하지 않았다.

그렇게 하루를 아름다운 만화원에서 보낸 시월과 이화검은 다음 날 늦은 아침 동천오룡과 함께 만화원을 떠났다.

*　　　*　　　*

두두두!

경쾌한 마차 소리가 환무산으로 이어지는 대로를 따라 들려왔다. 한 대의 마차와 다섯 필의 말이 대로를 질주해 요동 전통의 무가 이가검문을 향해 치달아 올랐다.

만화원을 떠난 시월 가족과 동천오룡 일행이 닷새 만에 환무산 이가검문의 장원에 도착한 것이다.

"멈추시오!"

장원의 정문 앞에서 이가검문의 무사가 일행을 멈춰 세웠다. 굴강해 보이는 무사의 외모에서 이가검문 특유의 강인하고 호기로운 무인의 기운이 묻어났다.

무사의 지시에 따라 말과 마차가 움직임을 멈췄다.

그러자 이가검문의 무사가 재차 소리쳤다.

"어디서 오시는 분들이오? 본문을 방문한 목적을 밝혀 주시오!"

정중하지만 단호한 요구다.

그러자 마차의 창문이 열리면서 이화검이 소리쳤다.

"나반 아저씨, 제 신랑도 못 알아봐요?"

이화검의 호통에 한껏 위엄을 갖추고 시월 일행을 멈춰 세웠던 이가검문의 무사가 놀란 표정으로 소리쳤다.

"어라? 아가씨네!"

"예, 저예요. 그런데 저 사람을 몰라보겠어요?"

이화검이 손으로 마부석에 앉은 시월을 가리켰다.

그러자 나반이라 불린 이가검문의 무사가 마부석에 앉은 시월에게 시선을 돌리더니 이내 화들짝 놀라 시월 앞으로 달려와 포권을 했다.

"아이구! 이거 시월 대협 아니십니까? 제가 미처 몰라보고 결례를 범했습니다!"

이가검문에서 시월은 문주 이장춘만큼이나 중요한 사람이었다. 두 번에 걸친 일월문의 공격을 막아낸 것은 모두 시월 덕분이기 때문이었다.

그래서 시월은 이가검문의 무인들이나 아이들에게 늘 그 이름과 무용담이 회자되는 사람이었다. 그 시월이 나타났으니 무사 나반이 놀라지 않을 수 없었다.

"어이! 안에 알려! 시월 대협과 아가씨가 왔다고!"

무사 나반이 뒤를 돌아보며 소리치고는 재빨리 마차를 향해 다가왔다.

"고삐를 주십시오. 이제부터는 제가 마차를 끌겠습니다."

무사 나반이 시월에게 손을 내밀었다. 그러자 시월이 고개를 저었다.

"아닙니다. 다 왔는데 내려서 걷죠. 화검, 내립시다!"

시월이 마차 안의 화검을 보며 말하고는 자신이 먼저 훌쩍 마부석에서 날아내렸다.

그러자 이화검이 마차 안에서 무종을 안은 채 밖으로 나왔다.

"어……? 어라. 아가씨 설마……?"

무사 나반이 놀란 표정으로 이화검과 무종을 번갈아 바라봤다.

그러자 이화검이 고개를 끄떡였다.

"맞아요. 우리 아들이에요."

"와! 이것 참… 이런 경사가!"

나반이 말을 잇지 못하고 기뻐했다. 무사 나반은 젊은 시절부터 이가검문의 무인으로 살아온 사람이라서 이화검의 어린 시절을 모두 본 사람이었다.

그녀가 말괄량이로 크던 시절과 남자 못지않은 호협한 여검객으로 활약했던 시절을 모두 지켜본 나반이다. 그래서 그녀가 아이를 낳았다는 사실이 도저히 현실처럼 느껴지지 않았다.

그런데 그렇게 나반이 이화검의 출산에 놀라고 있을 때 장원으로부터 일단의 사람들이 달려 나왔다.

"화검!"

"매제!"

장원에서 달려 나온 사람은 이가검문의 이인자라 할 수 있는 이장룡과 대공자 이해검이었다.

"숙부님, 형님! 시월 인사드립니다."

시월이 다급하게 달려 나온 두 사람에게 포권을 하며 고개를 숙였다.

"아니, 어떻게 왔어? 무슨 일이 있는 건가?"

이해검이 급히 물었다.

만화도와 요동 이가검문의 거리는 쉽게 오고 갈 수 있는 거리가
아니었다.

"일이 있긴 하죠!"

이해검의 물음에 시월 대신 이화검이 배시시 웃으며 무종을 안
고 두어 걸음 앞으로 나왔다.

순간 이화검의 품에 안긴 무종을 발견한 이장룡과 이해검이 나
반처럼 말을 잃고 아이와 이화검을 번갈아 바라봤다.

그러자 이화검이 다시 입을 열었다.

"어때요? 놀랄 일이죠? 이제 저, 화검이 엄마가 되었답니다."

"…정말 네 아이냐? 어디서 훔쳐온 게 아니고?"

이해검이 도저히 믿을 수 없다는 듯 물었다.

"무슨 말을 그렇게 해요. 아이를 어떻게 훔쳐요!"

이화검이 이해검의 황당한 반응에 화가 나서 소리를 질렀다.

"아, 아니 난 너무 놀라서… 화검 네가 아이를 낳았다니 이것
참……."

이해검의 이 현실이 도저히 받아들여지지 않는다는 듯 고개를
저었다.

"왜요? 저는 아이를 낳으면 안 돼요?"

"그런 말이 아니라… 너 같은……."

"제가 왜요?"

"아니다. 축하한다! 매제 축하하네. 우리 이가검문에도 큰 경사
야. 하하하!"

이해검이 한순간에 입장을 바꿔서 시월과 이화검에게 축하의
말을 건넸다.

"감사합니다. 아이 이름은 무종입니다."

"무종? 무슨 뜻이지?"

"대사형께서 칠선문 무공의 종주가 되라는 뜻에서 그리 지었습니다."

"음… 무광 대협께서 이 아이에 대한 기대가 크신 모양이구나. 그런 이름을 지어주다니."

이해검이 무거운 표정으로 말했다. 조카에 대한 무광의 기대가 적지 않다는 것을 이름에서 바로 알아차린 것이다.

"사실 처음에는 저도 이름이 너무 무거운 듯해서 좀 그랬는데, 그게 다 무종에 대한 대사형의 사랑이 담긴 뜻이란 걸 알기에 기쁘게 받아들였어요. 또 사내가 무가에서 태어났으면 그 정도 인물은 되어야죠!"

이화검이 호탕하게 말했다.

"하하하, 하긴! 화검, 네 아들이라면 그 정도 인물을 되어야겠지. 하하하!"

이해검이 그제야 밝게 웃음을 터뜨렸다.

그렇게 한바탕 웃고 난 후 시월이 이장룡에게 말했다.

"숙부님, 소개시켜 드릴 분들이 있습니다."

"음, 이분들이시겠지? 사실 궁금했네. 칠선문의 자네 사형들 같지는 않아서."

"이분들은 화노 어르신을 따르는 동천오룡이십니다. 화노께서 칠선문의 장로시니 칠선문의 가족이라고 말할 수 있는 분들입니다."

"아! 화노님의? 어서들 오시오! 환영하오!"

이장룡이 동천오룡에게 포권을 하며 환영의 말을 건넸다.

그러자 동천오룡이 얼른 말에서 내려 이장룡에게 포권을 했다.

"화노님을 따르는 동천오룡이라고 합니다. 위대한 이가검문을 방문하게 되어 영광입니다!"

동천오룡의 맏이인 무사 건이 동천오룡을 대표해서 이장룡에게 인사를 건넸다.

"하하하, 그렇게까지 대단한 문파는 아니외다. 자, 그럼, 들어갈까?"

이장룡이 시월과 이화검을 번갈아 보며 물었다.

"알겠습니다. 그런데 아버님은……?"

"아쉽게도 형님은 지금 화록산에 가셨다네. 드디어 의천무맹이 마련에 대해 뭔가 조치를 취할 모양이야."

이장룡이 대답했다.

"요동에서 화록산으로 가려면 중간에 마련의 장악한 요서 지역을 지나야 하는데 위험한 여행을 떠나셨군요."

시월이 걱정스러운 표정으로 말했다.

"걱정할 것 없네. 비록 북방 무림이 마련의 수중에 들어갔다고 해도 심양에는 모용세가가 버티고 있고 발해 연안을 따라서는 관부의 권역이라 마련의 세가 미치지 못하네. 그 길을 따라 장성을 넘으면 화록산까지 안전하게 갈 수 있네. 어쩌면 심양에서 모용세가의 고수들과 합류한 후 바다로 나가 배를 타고 이동했을 수도 있고."

"안전하게 이동할 수 있는 길이 있다면 안심입니다."

시월이 다행이라는 듯 대답했다.

"그래서 지금 검문에는 나와 장한 아우, 그리고 해검만 남아 있네. 두 조카와 장종 아우는 문주 형님을 모시고 화록산으로 갔고."

"검옹 할아버지는요?"

이화검이 물었다.

"어르신이야 장원에 남아 계시지. 의천무맹 회합 같은 번거로운 일에 나설 분이 아니니까. 지금은 동죽헌에 계신다."

"아, 동죽헌으로 나오셨군요?"

이화검이 기쁜 표정으로 말했다.

평소에는 검옹 천복이 환무산 높은 봉우리에 있는 석동에서 생활했기 때문이었다. 이화검은 늘 그런 검옹 천복의 건강을 걱정했었다.

"그게 다 너희들 때문이다. 사람 머무는 집은 사람이 떠나면 망가진다고 하시면서 너희들이 떠난 이후 줄곧 동죽헌에 머무신단다."

"그러셨군요. 얼른 가서 뵈어야겠어요."

"음, 그렇게 해라. 장한 아우가 화중마에게 다리를 다친 이후 외출을 삼가고 있는데, 그나마 종종 동죽헌에 가서 검옹 어르신과 담소를 나눈단다. 지금도 거기 가 있을 거야. 아니면 벌써 달려 나왔겠지."

이장룡이 말했다.

"숙부님의 다리가 완전히 회복되지 않으셨나 보군요."

시월이 걱정스럽게 말했다.

"화중마의 검에 찔린 상처가 워낙 깊었으니까. 뼈가 반쯤 잘려 나가서… 물론 걷는 데는 큰 무리가 없지만, 걸을 때 절을 수밖에 없단다. 그 모습을 외부인에게 보이고 싶지 않은 모양이야."

"화노님이 한 번 오시면 좋을 텐데요. 아니면 숙부님을 모시고 만화도에 한 번 가볼까요?"

시월이 이화검에게 물었다.

"하지만 숙부님을 모시고 가는 건 아주버님들의 허락이 있어야 하는 거잖아요."

"허락들 하시겠죠. 다친 다리를 치료하려 한다는 걸 알면."

시월이 대답했다.

그러자 이장룡이 고개를 저으며 말했다.

"애쓸 필요 없네. 아마 장한 아우가 가지 않을 거야. 몇 번 강호의 명의를 초대해 치료하자고 말해봤는데 검을 휘두르거나 살아가는 데는 이상이 없다면서 거절했네. 사실 생활에는 전혀 불편이 없거든. 검을 쓰는 것도 그렇고……."

"그렇군요. 하지만 일단 뵙고 말씀이나 드려 볼게요."

시월이 말했다.

"그렇게 해주면 고맙지."

이장룡이 고마운 듯 시월의 등을 가볍게 두드리며 말했다.

                    *   *   *

장원으로 들어온 시월과 이화검은 이가검문의 식구들에게 짧은 인사를 한 후, 바로 동죽헌으로 향했다.

그들과 함께 온 동천오룡도 시월 등과 동행했다. 그들은 이장룡에게 크게 환영받긴 했지만 그래도 시월과 이화검이 없는 장원에 머물러 있는 것은 불편한 듯 보였다.

그런데 일행이 동죽헌에 가까워졌을 때, 문득 동죽 앞에 무성한 죽림 사이에서 검옹 천복과 이장한이 서 있는 것이 눈에 들어왔다.

시월 등이 두 사람을 발견하고는 걸음을 멈췄다.

"저분이… 아!"

시월의 등 뒤에서 동천오룡이 감탄하는 소리가 들렸다. 그도 그럴 것이 이장한과 함께 대나무 숲길에 서 있는 검옹 천복의 모습은 사람이 아니라 신선처럼 느껴질 만큼 신비로운 기운을 드러내고 있어서였다.

화려하지 않은 회색빛 무복을 입고 있음에도 검옹 천복의 몸에서는 밝은 광채가 흘러나오는 것 같았다. 그 광채가 깊은 무공의 경지가 만들어내는 자연스러운 아우라라는 것을 동천오룡도 알고 있었다.

강호에서 이렇게 자연스러운 후광을 흘려내는 고수는 손에 꼽을 정도였다.

일월문과의 싸움 이후 이가검문에 검의 절대 경지에 오른 검옹 천복이라는 고수가 있다는 것이 강호에 널리 알려졌지만, 동천오룡이 직접 본 검옹 천복은 그들이 예상했던 것 이상의 경지에 오른 고수가 분명했다.

"어서들 와라. 기다리고 있었다!"

시월 등이 잠시 걸음을 멈추자 검옹 천복이 희미한 미소와 함께 손짓을 해 시월을 불렀다.

*　　　　*　　　　*

동천오룡은 검옹 천복 앞에서 감히 고개도 들지 못했다. 그들은 이미 그 사악한 군자의 공천보도 겪었고, 또 의술에서 천의무봉의 경지에 이른 화노를 주군으로 모시고 있었다.

그런 특별한 인물들을 경험한 동천오룡에게도 검옹 천복은 전혀 다른 위압감을 주는 인물이었다.

그렇다고 검옹 천복이 절대 고수의 기운으로 동천오룡을 압박하는 것도 아니었다.

오히려 그의 기운은 청명하고 가벼운 느낌이었다. 그런데 그 가벼운 기운이 세상에 곳곳으로 퍼져나가 이르지 않는 곳이 없을 것처럼 장대했다.

무인으로서 동천오룡은 그게 얼마나 무서운 현상인지 본능적으로 느끼고 있었다.

만약 검옹이 검을 들어 상대를 공격하면 그를 상대하는 적은 그의 검 아래 피할 곳을 찾을 수 없을 것이다.

동천오룡은 그래서 마치 태양 아래 옷을 모두 벗고 있는 것처럼 검옹 천복에게 자신들의 속이 모두 드러나 있는 것 같은 느낌을 받고 있었다.

"편히들 있으시오. 화노님의 사람들이라면 나와도 아주 남이 아니니까. 나와 화노님의 인연에 대해선 들었소?"

자신을 어려워하는 동천오룡을 보며 검옹 천복이 물었다.

"화, 화노님과도 인연이 있으신지요?"

화노와 인연이 있다는 말이 놀라운지 동천오룡의 만이, 건이 되물었다.

"말해주지 않았나 보군?"

천복이 시월에게 물었다.

"화노 어르신이 말해주지 않았다면 알지 못하실 겁니다. 다른 사람들에게는 딱히 말할 기회가 없었으니까요."

"그렇군. 내가 예전에 해동에 갔을 때 큰 부상을 당한 적이 있었는데, 그때 화노께서 날 치료해 주시고, 한동안 함께 여행을 한 적이 있었지. 그래서 화노님과 난 아주 남은 아니라네."

천복이 다시 동천오룡을 보며 말했다.

"아, 그런 일이 있으셨군요. 그런데……."

"궁금한 게 있으면 물어보게."

"어르신 같은 분이 큰 부상을 당했었다는 것이 믿기지가 않습니다만……."

그 누가 검웅 천복을 다치게 할 수 있냐는 물음이었다.

"하하하, 그 당시에 나는 지금과 많이 달랐지."

검웅 천복이 시원하게 웃음을 터뜨렸다. 그러자 시월도 조심스럽게 물었다.

"그런데 지난번 뵈었을 때와는 많이 달라지신 것 같은데… 그동안 무슨 일이 있으셨습니까?"

확실히 검웅 천복의 기운은 일월문과의 싸움 때와도 많이 달라져 있었다. 무공에 있어서는 결코 검웅 천복에 뒤지지 않을 자신이 있는 시월조차 놀랄 정도였다.

"뭐 특별한 일이 있었던 것은 아니다. 다만, 화검과 네가 이곳을 떠난 이후 내가 줄곧 동죽헌을 지켰는데, 이 동죽헌을 쓸고 닦고 하다 보니 어느 순간 갑자기 오래전 젊은 시절부터 마음속에 짚어지고 있던 짐이 사라지는 것을 느꼈지. 그런데 그렇게 마음이 편해지니까 갑자기 그동안 느끼지 못했던 내 검법의 문제점들이 보이더구나."

"청소를 하다가 무공의 깨달음을 얻었다는 거예요?"

이화검이 믿을 수 없다는 듯 되물었다.

그러자 곁에서 이장한이 입을 열었다.

"이 녀석. 검옹님이 한 말씀은 그런 뜻이 아니잖아. 마음속에 있던 응어리가 풀렸다는 뜻이지. 불가나 도가에 그런 경우가 많아. 늘 참구하는 수행자에게 깨달음이란 그렇게 단순한 일상의 반복에서 얻어지는 경우가 많단 말이다."

"그 응어리는 역시……."

말을 하다 말고 이화검이 입을 닫았다. 그가 언급하려 한 이야기가 검옹 천복 앞에서는 금기였기 때문이었다.

"후후, 괜찮다. 응어리가 풀렸는데 그 이야기를 꺼릴 것도 없지. 네 생각이 맞다. 이제 네 고모할머니를 내 마음에서 자유롭게 놓아주게 되었단다. 생각해 보면 나도 참 독한 사람이지. 죽은 사람을 수십 년 동안 마음속에 잡아 두고 있었으니. 그 사람도 내 마음속에서 얼마나 답답했겠느냐. 허허허!"

검옹 천복이 신선 같은 웃음을 터뜨렸다.

"고모할머님이 서운할지도 모르죠. 검옹 할아버지 마음속에 영원히 살고 싶으셨을 텐데."

이화검이 입을 삐죽이며 말했다.

"잊는다는 게 아니라 놓아주는 거란다. 같은 듯하지만 조금 달라. 이청하라는 사람을 내가 잊을 수가 있겠느냐? 다만 이젠 그 사람이 떠올라도 괴롭지 않고 즐겁다는 거지."

"그럼 다행이고요. 히히……."

이화검이 만족한 듯 가볍게 웃음을 흘렸다.

"대체 뭐가 다행이라는 거냐?"

이장한이 이화검의 생각을 이해하지 못하겠다는 듯 물었다.

"숙부님도 생각해 보세요. 지금까지 검웅 할아버지가 이가검문에 얼마나 많은 도움을 주셨어요."

"그거야 이루 말할 수 없지. 어르신 덕에 본문이 위기를 넘긴 적이 한두 번이 아닌데."

"그러니까요. 하지만 검웅 할아버지가 본문에 남아 계신 이유는 고모할머니 때문이잖아요. 그런데 할아버지가 고모할머님을 마음속에서 지워 버리면 본문에 남아 계실 이유가 없죠. 그럼 우리 이가검문은 누가 지켜요?"

이화검의 물음에 이장한이 자신은 생각지도 못했었다는 듯 놀란 눈으로 검웅 천복을 바라봤다.

그러자 검웅 천복이 이화검의 머리를 가볍게 쳤다.

툭!

"아얏!"

이화검이 갑자기 꿀밤을 얻어맞고 비명을 질렀다.

"요 녀석아. 내가 이가검문에 머무는 건 네 고모할머니 때문만이 아니야. 난 네 고모할머니를 만나기 전부터 이가검문의 사람이었던 말이다."

"아, 알았어요. 그런데 때리기는 왜 때려요. 저도 이제 아이 엄마인데!"

이화검이 옆에 앉아 놀고 있는 무종을 무릎에 앉히며 투덜댔다.

"네 녀석이 아이를 낳아서 철이 좀 들었나 싶었는데, 철이 없기는 영 마찬가지구나. 시월, 네가 힘들겠어."

"할아버지 그런 말 마세요. 이 사람이야말로 제가 없으면 안 된다고요."

이화검이 시월의 팔을 잡으며 말했다.

"맞습니다. 제겐 화검이 꼭 필요합니다."

시월이 미소를 지으며 말했다.

"허허, 그렇게 말해주니 고맙군. 보기 좋구나. 특히 아이까지 데리고 왔으니 이렇게 고마울 수가 없군."

검옹 천복이 이화검의 무릎에서 놀고 있는 무종의 손을 가볍게 잡으며 말했다.

무종이 자신의 손을 잡은 검옹 천복을 동그란 눈으로 빤히 바라봤다.

"왜 이 늙은이가 이상하냐?"

검옹 천복이 미소를 지으며 무종에게 물었다.

그러자 무종이 방긋 미소를 지었다.

"어허허! 이 녀석도 내가 좋은 모양이군. 어린 화검 널 처음 만났을 때와 같구나. 어릴 때는 참 하늘의 별처럼 귀여웠는데."

"지금은 아니라는 거예요?"

이화검이 화가 난 표정으로 물었다.

"지금이야 한 아이의 엄마가 되었으니 귀엽다는 말은 어울리지 않지."

"아, 안 되겠다. 검옹 할아버지가 이렇게 날 괄시하시니 그만 돌아가야지. 일어나요. 동죽헌에는 위대하신 검옹 검객께서 계시니 우린 본가 장원에서 머물러요. 내가 맛난 저녁도 지어드리려 했는데……."

이화검이 무종을 안고 자리에서 일어나려는 시늉을 했다. 그러자 그제야 검옹이 이화검의 소매를 잡으며 말했다.

"하하, 되었다. 농은 이제 그만하마. 오랜만에 왔는데 동죽헌이 아니면 어디서 묵겠느냐. 나도 너희들이 무척 보고 싶었단다. 그런데 이렇게 아이까지 데리고 오니 기분이 너무 좋아서 장난을 친 거다. 물론 너도 알고 있겠지만……."

검옹 천복의 말에 이화검이 실소를 흘리며 자리에 앉았다.

"그래도 할아버지가 이렇게 농까지 하시면서 즐거워하시니까 전 너무 좋아요."

"그래. 역시 내게는 화검 네가 가장 중요한 사람이지. 그나저나 저녁을 먹으려면 아직 시간이 좀 남았지?"

"한 두어 시진은 있어야죠."

이화검이 대답했다.

그러자 검옹 천복이 시월을 보며 말했다.

"그럼 시월, 우리 비무나 한번 할까?"

"비무요?"

시월이 갑작스러운 검옹 천복의 말에 놀라 급히 되물었다.

"음, 사실 최근의 깨달음으로 내 검법이 어떻게 변했는지 확인해 보고 싶었다. 그런데 이가검문에는 제대로 나와 비무를 해줄 사람이 없어. 그렇다고 문주께 비무를 청할 수도 없는 일이고. 마침 네가 왔으니 한번 검을 맞대어 보자."

"…알겠습니다. 저야 큰 영광이지요."

"후후, 영광은 무슨, 이미 수곡원에서 네 실력을 보았는데. 이 늙은이 망신 주지 말고 살살 해라."

"오히려 제가 부탁드리고 싶은 말입니다. 전 이제 이 두 사람을 먹여 살려야 하니 몸이 상하면 안 되거든요."

시월이 이화검과 무종을 가리키며 말했다.

"하하하! 그렇군. 하지만 우리 비무가 누가 누굴 벨 리는 없으니 애초에 필요 없는 걱정이지. 자. 가자. 비무는 역시 대숲에서 해야 제맛이지!"

검웅 천복이 시월과의 비무가 기대되는지 먼저 자리를 털고 일어났다.

*　　　*　　　*

후우웅!

대나무 숲을 관통하는 바람 소리가 공명을 일으킨다. 늦은 봄, 초록이 깊어질 대로 깊어진 대숲의 바람은 사람들에게 청량감을 선물했다.

대숲에 모여선 사람들은 여간해선 보기 드문 두 고수의 비무에 온 신경을 집중하고 있었다.

시월과 검웅 천복의 비무, 예전에 수곡원에서 일월문 마인들을 물리친 후 검웅 천복의 요구로 이뤄졌던 비무 이후 두 번째로 서로를 마주하고 선 두 사람이었다.

그런데 두 사람의 비무가 이상했다. 그들의 손에 들린 것이 검이 아니라 대나무를 잘라 만든 막대기였기 때문이었다.

하지만 그들의 손에 대나무가 들렸다고 해서 그들의 비무를 가볍게 볼 사람은 없었다. 두 사람의 경지가 대나무를 드나 검을 드나 상관없는 지경에 이르렀기 때문이었다.

"시작할까?"

"예, 어르신!"

검옹 천복의 말에 시월이 포권을 하며 고개를 숙여 보였다.

그러자 천복이 대나무를 어깨 바로 위까지 들어 올린 후 말했다.

"본래 비무에서는 연장자는 손아랫사람에게 선공을 양보하는 법이지만, 오늘은 내가 선공을 하겠네. 그동안 깨달은 검법이 수비보다는 공격에 어울리는 것 같아서 말일세."

"최선을 다해 막아보겠습니다."

시월이 대답했다.

"좋아. 그럼 시작하겠네."

천복이 기분 좋게 대답하고는 한 걸음 앞으로 내디디며 가볍게 대나무 막대기를 휘둘렀다.

스스슷!

시월은 천복의 막대기에서 시작된 바람이 자신을 향해 몰려오는 것을 느꼈다. 단지 느낌뿐 아니라 파공음을 동반했고, 바람의 줄기가 하나가 아니라 여러 줄기로 갈라져 사방에서 시월을 향해 밀려오고 있었다.

'굉장하다!'

시월이 내심 천복의 무위에 탄복했다.

동죽헌으로 와서 처음 검옹 천복을 만났을 때의 느낌은 절대 착각이 아니었다. 검옹 천복이 대나무로 만들어내는 기운은 눈에 보이지 않지만 빈틈없이 시월이 서 있는 공간을 전부를 옥죄어 왔던 것이다.

실제 검이었다면 빠져나갈 곳이 하나도 없는 검망이 형성되었을 것이다.

시월은 들려오는 파공음에 온 신경을 집중했다. 그리고 그 소리 중에서 이질적인 소리 몇 가닥을 찾아냈다.

그건 검웅이 만든 파공음에 섞여든 자연의 소리였다. 애초에 불어대던 대나무 숲의 바람 소리가 자연스럽게 검웅 천복이 만들어 낸 인공적인 파공음에서 섞여든 것이었다.

팟!

시월이 들고 있던 대나무 막대기를 가볍게 오른쪽 대나무들을 향해 찔러 넣었다.

휘웅!

순간 그가 뻗어낸 대나무 끝자락에서 제법 큰 바람 소리가 일어났다. 그 직후 시월이 그 바람 소리가 만들어지는 공간 속으로 자연스럽게 걸어 들어갔다.

그러면서 연이어 들고 있던 대나무 막대기를 사방으로 휘둘렀다.

타타탁!

아무것도 부딪히는 것이 없는 시월의 막대기에서 마치 뭔가와 충돌하는 듯한 소리가 일어났다.

그사이 시월의 걸음이 조금씩 느려졌다. 그는 대나무와 대나무 사이를 걸어 검웅 천복을 향해 다가가 있었는데 다가갈수록 그 속도가 줄어들고 있었다.

검옹 천복 역시 대나무 막대를 가볍게 휘두르며 천천히 시월을 향해 다가갔다.

두 사람이 휘두르는 대나무 막대기는 누가 누굴 공격하기보다는 두 사람의 앞을 가로막는 대나무 가지를 쳐내는 용도처럼 보였다.

그렇게 두 사람이 서로를 향해 길을 만들며 차츰차츰 거리를 좁혔다.

그리고 급기야 두 사람의 거리가 이 장 안쪽으로 들어섰을 때 두 사람이 걸음을 멈췄다.

그리고는 잠시 숨을 고르는가 싶더니 들고 있던 대나무 막대기를 서로를 향해 빠르게 뻗어냈다.

*　　　　*　　　　*

쩌저적!

아무런 충돌이 없었음에도 시월과 검옹 천복 사이에서 마치 섬뢰가 작렬하는 듯한 소리가 났다.

두 사람이 서로를 향해 움직이는 속도가 한층 느려졌다.

쩌적!

다시 한번 파열음이 일어나더니 두 사람 주변에 있던 대나무 두어 개가 터지듯 부러지며 쓰러졌다.

하지만 두 사람은 아무 일 없다는 듯 느리게라도 서로를 향해 다가갔다. 그들의 표정 역시 평온했다. 누가 봐도 대나무 막대기에 진기를 실어 서로의 공력을 겨루는 것으로 보였지만, 두 사람 얼굴에는 전혀 진기를 끌어올리거나 혹은 힘을 쓰는 듯한 표정이 드러나지 않았다.

그렇게 두 사람이 일 장 안쪽에 들어섰다. 그리고 마치 약속이나 한 것처럼 대나무 막대기의 끝을 맞대었다.

빠지직!

두 개의 대나무 막대기의 끝이 닿는 순간 다시 강렬한 파열음이 터져 나왔다. 그리고 오늘 갓 잘라 만든 대나무 막대기가 마른 풀잎처럼 부수어지기 시작했다.

투두둑!

바스러진 대나무 막대기의 잔재들이 투둑거리며 땅에 떨어졌다.

시월과 검은 천복은 자신들이 들고 있던 대나무 막대기가 모두 부수어질 때까지 서로를 향해 다가갔다. 그리고 그들의 손에 있는 대나무 막대기가 모두 바스러졌을 때 갑자기 급격한 변화가 일어났다.

팟!

"핫!"

"하앗!"

손을 맞잡을 듯 거리를 좁혔던 두 사람이 갑자기 기합성을 터트리더니 땅을 박차고 뒤로 물러났다.

두 사람은 한순간에 이삼 장의 공간을 이동해 허공에 떠 있는 듯 신형을 멈췄다.

그리고 그 순간 시월이 가볍게 손을 휘둘러 검처럼 내리그었다. 그러자 검은 천복 역시 손을 들어 둥근 원을 그렸다.

그러자 두 사람 사이에서 밝은 빛이 일렁이는 듯한 현상이 일어났다.

하지만 그것뿐 대나무 숲에서는 앞서와 달리 어떤 변화도 일어나지 않았다. 대나무가 부러져 나가지도 않았고, 두 사람 사이에서 파공음이 일어나지도 않았다.

짧은 빛의 일렁임, 그것이 전부인 충돌 이후 두 사람이 가볍게 땅에 내려섰다.

보는 사람들에게는 무척 오랫동안 이뤄진 대결 같았지만 사실 두 사람이 허공에 떠올라 각자의 팔을 한 차례 휘두르고 땅에 내려선 것은 눈 깜작할 사이에 일어난 것이었다.

그리고 그것으로 비무가 끝이 났다.

"시월! 너도 많이 변했구나."

검옹 천복이 감탄했다.

"가르침에 감사드립니다."

시월이 천복을 향해 포권을 하며 고개를 숙였다.

"가르침이라니. 내가 어떻게 널 가르친단 말이냐. 솔직히 나로서는 좀 실망스럽다. 난 이번에는 내가 네게 약간이나마 이득을 가져갈 거라고 생각했거든. 그런데 끝은 결국 다시 내가 약간 손해를 본 것 같은 느낌이야."

"절대 그렇지 않습니다. 어르신의 마지막 일 수는 감히 제가 뚫을 수 없는 경지였습니다."

"후후, 그렇지만 난 그 한 수로 너의 무형지검을 막아낸 이후 반격조차 시도할 수 없었지. 네가 재차 공격을 했다면 분명히 난 큰 손해를 보고 말았을 거야."

"그랬으면 좋겠지만 저 역시 더 공격할 여력이 남아 있지 않았습니다."

시월이 미소를 지으며 대답했다.

"후후, 겸손하긴. 내가 네가 싸우는 모습을 보지 못했다면 그 말을 믿겠지만 지금은 그 말을 믿을 수 없다. 넌 네 단전의 진기가 모두 소실되어도 온 몸을 던져 다시 날 공격했을 거야. 순수한 근육의 힘만으로 말이다. 그런 근성이 너희들 칠선문 사형제들의 가장 큰 장점이지. 그랬다면 나도 늙은 몸뚱이로 너를 막아야 하는데 보다시피 내 팔은 이렇게 늙어서 가늘어졌지. 하하하!"

검옹 천복이 헐렁한 소매 속에서 마른 팔을 들어 올리며 호탕하게 웃었다.

"생사결이 아니라 무공을 겨루는 비무인데요."

시월이 가볍게 미소를 지었다.

"비무나 생사결이나 무인에겐 마찬가지지. 아무튼 기분은 상쾌하군. 그동안 생각했던 것들을 실제로 해보니까. 자, 이제 들어가서 저녁을 먹자. 힘을 썼더니 배가 고프구나."

검옹 천복이 이화검을 돌아보며 말했다.

"정말 끝난 거예요?"

이화검이 무종을 안은 채 물었다. 그녀의 얼굴에는 약간의 아쉬움이 떠올랐다.

"그럼 뭘 더해야 하느냐?"

"아니 두 사람의 무공을 생각하면 이 대나무 숲을 난장판으로 만들어야 하는 것 아니에요? 천번지복! 그런 강렬한 비무를 기대했는데. 이렇게 싱겁게 끝나다니요."

"이 비무가 그렇게 싱거워 보였느냐?"

검옹 천복이 웃으며 물었다.

"기대했던 정도는 아니었어요."

이화검이 대답했다.

"음, 화려한 비무를 원한다면 그렇게 해줄 수도 있지. 네 낭군의 능력이라면 한순간에 이 대나무 숲을 없애 버릴 수도 있을 테니까. 그런데 그렇게 되면 나중에 문주에게 뭐라고 변명을 하겠느냐? 그리고 우리 같은 고수들에게 그런 짓은 번거로운 일이다. 우리 같은 사람들은 고요 속에서 하늘을 가르고 산을 잘라내는 비무를 즐기지. 범인들은 감히 알 수 없는 세계가 있는 법이란다. 허험!"

검옹 천복이 이화검을 놀려주려는 듯 짐짓 허세 아닌 허세를 부렸다.

"그러니까 할아버지 말은 제가 무공이 약해서 두 분의 놀라운 비무의 실체를 알아보지 못했다는 뜻이네요?"

"뭐, 좋을 대로 생각하거라. 아무튼! 난 지금 몹시 배가 고프구나."

"그럼 본가로 가서 저녁을 드세요. 아니면 동죽헌 부엌에 남아 있는 찬밥을 드시던지. 저 같은 하수는 하루 종일 무공을 수련해도 시간이 모자라서 밥을 지을 시간이 없네요."

"하하, 우리 화검이 단단히 화가 났구나."

"화나지 않았어요!"

"화가 나지 않았다면 어찌 나에게 밥 한 끼 지어줄 시간이 없다고 하겠느냐. 자자, 농으로 한 말이니 그만 화 풀고 가서 밥을 지어다오. 오랜만에 네가 지은 밥을 먹어보고 싶구나. 하하하!"

"참나… 할아버지는 무공만 변한 게 아니라 사람도 변한 것 같아요. 예전에는 이런 농담 따위는 절대 하지 않았었는데……."

이화검이 입을 삐죽거리며 투덜댔다.

"좋게 생각해다오. 농담조차 할 수 없었던 늙은이가 이제 농담을 할 수 있게 되었으니 얼마나 축하할 일이냐?"

검웅 천복이 이화검을 보며 말했다. 그러자 이화검이 가만히 천복을 바라보다 고개를 끄떡였다.

"알았어요. 그건 뭐… 기쁜 일이네요. 그런 의미에서 저녁은 지어드릴 테니 그동안 무종이랑 놀고 계세요."

이화검이 안고 있던 무종을 검웅 천복에게 건넸다. 검웅 천복이 얼떨결에 무종을 안아 들었다.

"어이쿠, 이 녀석 제법 무겁네."

검웅 천복이 껄껄거리며 무종을 가슴에 조심스럽게 품었다.

*　　　*　　　*

이화검은 약속대로 검웅 천복을 위해 저녁밥을 지었다. 대단한 음식은 아니지만, 이화검은 정성을 다해 검웅 천복의 저녁상을 차렸다.

그녀에게 검웅 천복은 특별한 인물이었다.

과거 검웅 천복은 이화검의 고모할머니 이청하를 연모하다 그녀가 죽은 후 실의의 나날을 보내고 있었다. 수십 년 동안 세상에 존재하되 존재하지 않는 것처럼 살아가던 천복을 다시 세상으로 불러낸 것은 어린 이화검이었다.

이화검은 죽은 이청하와 무척 닮았다는 이야기를 어려서부터 들었다.

그런 이화검을 검옹 천복은 친손녀처럼 아꼈다.

이화검을 만난 후 검옹 천복은 이가검문이 위험에 처하면 목숨을 아끼지 않고 검을 들었다.

그 모든 것이 이화검에 대한 애정 때문이라는 것을 이가검문의 사람들은 잘 알고 있었다.

그런 검옹 천복을 위해 밥을 짓는 것은 이화검으로서는 당연한 도리였다.

"음, 정말 맛나구나."

이화검의 정성이 들어간 음식을 검옹 천복이 세상에서 가장 맛있는 음식인 것처럼 정신없이 먹었다.

"설마 회춘하신 거예요? 식성도 더 좋아지신 것 같아요."

"그렇게 보이느냐? 하긴 요즘 들어 부쩍 입맛이 돌기는 했지. 그리고 시월과 비무 끝이라 배가 고파서 그래."

검옹 천복이 말했다.

"맛있게 드시니 기분 좋아요."

이화검이 진심으로 말했다.

"고맙구나. 이렇게 찾아와서 밥까지 해주고… 그런데 언제 떠날 거지?"

검옹 천복이 시월에게 물었다.

그러자 시월이 잠시 생각에 잠겼다가 대답했다.

"본래 계획은 아버님을 뵙고 바로 떠날 생각이었는데, 아버님께서 화록산에 가셨으니 돌아오실 때까지는 머물까 생각 중입니다."

"어! 그래? 그럼 제법 오래 있겠네?"

검옹 천복이 반색했다.

"정말 그래도 되겠어요?"

이화검도 처음 듣는 말이라 기쁘면서도 놀란 표정으로 시월에게 물었다.

"만화도에는 별일 없을 거예요. 화노 어르신도 계시고… 일이 생기면 장성 이북에서 생기지 만화도까지 그 여파가 미칠 일은 없을 거예요."

"그렇긴 하지. 일이 생긴다면 반드시 장성 이북에서 벌어질 것이다. 정사 양도의 칼날이 첨예하게 마주하고 있으니까."

검옹 천복이 시월의 말에 고개를 끄떡였다.

"의천무맹이 마련을 공격할까요?"

이장한이 물었다.

"아마 그렇게 되지 않을까 싶네? 월문이 무너진 이후 마련의 세력이 너무 커지고 있으니까. 월문이 무너진 것 자체야 다른 십대천문에게 한편으론 이득이 될 수 있지만, 그렇다고 마련이 강대해지는 것은 모두에게 큰 위협이거든. 아마 이번 회합에서 어떤 식으로든 마련을 상대할 방책이 나올 걸세."

검옹이 확신했다.

"그럼 본문도 준비를 해야겠군요."

이장한이 걱정스러운 표정으로 말했다.

"음, 사실 이곳은 걱정이 없네. 요하 서쪽의 마련 세력과 이가검문 사이에는 모용세가라는 완충지가 있으니까. 다만 걱정인 것은 화록산에 간 문주와 문도들이지. 만약 그 자리에서 신검산 마정궁에 대한 즉각적인 공격 같은 결론이 나오면 돌아오지 못하고 바로 싸움에 참여해야 할 걸세."

검옹 천복이 걱정스러운 표정으로 말했다.

문주 이장춘이 데리고 간 이가검문의 문도는 대략 서른 명 정도, 검문의 안위를 위해 이장춘은 대다수의 문도를 장원에 남겨 놓고 화록산으로 갔다.

그런 상황에서 바로 마련과 충돌하게 되면 이장춘과 그를 따라간 이가검문의 문도들이 큰 위험에 노출될 수 있었다.

"그렇게까지 일이 급박하게 돌아가겠습니까? 만약 그럴 생각이었다면 회합 전에 각 문파에 충분한 전력을 데려오라는 말이 있지 않았겠습니까?"

이장한이 물었다.

"십대천문이 어디 십팔장문이나 삼십육방문을 상대로 무맹의 행보를 일일이 상의하던가? 자기들의 결정하는 대로 따르라는 식이지."

"그렇기는 하지만—"

이장한이 말꼬리를 흐렸다.

검옹의 말대로 십대천문이 마련을 상대할 계획을 미리 세웠다고 해서 십팔장문이나 삼십육방문에 속한 문파에 그 계획을 미리 알려 주기를 기대할 수 없었다.

그러자 시월이 두 사람을 안심시키듯 말했다.

"칠선문에서 대사형과 부리 사형 그리고 장로님 한 분이 금가장주님을 따라 화록산으로 갔습니다. 대사형이 계시니, 이가검문이 위협에 빠지는 것을 그냥 두고 보지는 않을 겁니다. 또 대사형이 이가검문을 도우면 금가장도 나 몰라라 하지는 못하겠지요."

"아참, 칠선문의 무광 대협이 금가장의 사위가 되었다고 했지?"

이장한이 반색을 하며 물었다.

"예. 그래서 이번에 금가장주께서 대사형께 화록산 회합에 동행하길 요청하셨습니다."

시월이 대답했다.

"그래. 그렇다면 조금 안심이 되는군. 이러니저러니 해도 이제 금가장과 본문이 아주 남이라고 할 수 없게 되었으니까. 더군다나 금가장은 다른 십대천문과 달리 무림의 패권에는 큰 야심이 없으니 대하기가 편한 문파지."

이장한이 안심이 되는 듯 말했다.

제 7 장
—
정천삼대

　화록산은 장성 서북쪽 인근에 있는 작은 산이었다. 주변에 험준한 고산준령이 늘어서 있어 북방과 자연스럽게 경계가 만들어지는 것을 생각하면 화록산의 크기는 그야말로 보잘것없었다.

　하지만 산의 크기와는 달리 화록산은 무림에서는 어린아이도 그 이름을 알고 있을 만큼 유명했다.

　무림사에서 빼놓을 수 없는 사건, 삼십육마의 난이 종지부를 찍은 곳이 바로 이 화록산이기 때문이었다.

　이십여 년 전, 의천무맹을 중심으로 결성된 추살대는 이 화록산까지 삼십육마를 추격한 후, 북방으로 도주한 삼십육마의 생존자들에 대한 추격을 끝냈다.

　그리고 이 작고 볼품없는 산, 화록산에서 삼십육마에 대한 의천무맹의 승리를 선포했고 천하 무림인들을 화록산으로 불러 모아 대회합을 함으로서 의천무맹 십대천문의 시대를 열었던 것이다.

이후 무림은 십대천문의 시대가 되었고, 화록산은 무림의 성지로 여겨져 무공 수련자들이 평생 한 번은 꼭 가봐야 하는 순례지가 되었다.

하지만 그렇다고 의천무맹이 화록산에 화려한 건물을 세우거나 큰 세력을 머물게 한 것은 아니었다.

오히려 십대천문은 화록산을 방치하다시피 했다.

그래서 무림의 성지를 순례하기 위해 화록산에 온 여행자 중에는 그 초라함에 실망하는 사람도 적지 않았다.

그나마 화록산이 무림의 대성지임을 증명하는 것은 삼십육마의 난 이후 줄곧 그곳에 머물고 있는 의천단의 존재였다.

화록산 동남쪽 위태로운 경사면에 성이라고 부르기도 초라한 석성을 지어 거주하는 의천단은 삼십육마의 난 이후 의천무맹이라는 거대 세력이 무림에 존재하고 있다는 것을 증명하는 거의 유일한 증거였다.

그들은 지난 세월 끝없이 마인들을 추격했고, 마련이 강호에 출현한 이후에는 늘 마련과의 싸움에서 가장 앞선에 있었다.

그렇다고 의천단이 마련과 직접 충돌하는 조직은 아니었다.

그들은 마련의 움직임을 살피고, 마련 주요 고수들의 행적을 추적했다. 그리고 그 정보를 의천무맹 십대천문의 수장들에게 전하는 것이 주 임무였다.

그리고 또 하나 중요한 임무는, 무림의 성지 화록산에서 의천무맹의 대회합을 소집하고 그 일을 실질적으로 지원하는 것이었다.

대회합을 결정하는 것이야 십대천문의 문주들이 하는 것이지만, 회합의 필요성을 십대천문의 문주들에게 설명하는 것은 지금까지 거의 모두 의천단주 양계초의 일이었다.

그리고 그 양계초가 다시 한번 의천무맹 십대천문의 문주들에게 화록산 대회합을 요청한 것이 석 달 전이었다.

그의 요청은 즉시 받아들여졌다. 무림의 북방에 똬리를 튼 마련 세력의 성장을 더 이상 방치할 수 없다는 십대천문 수장들의 생각과 양계초의 생각이 일치했기 때문이었다.

그리고 석 달, 드디어 변방의 작고 초라한 산, 화록산이 다시 한번 천하 무림의 모든 관심을 끌어들이는 무림의 성지로 변해 있었다.

계절은 봄이었지만, 화록산은 거의 전체가 단풍이 든 듯 화려한 색깔로 뒤덮여 있었다.

그렇다고 그 색들이 정말 때아닌 단풍이 들어 만들어낸 것은 아니었다. 찾아온 것은 단풍의 계절이 아니라 사람들이었다.

의천무맹에 속한 문파 거의 모두가 화록산으로 모여들고 있었다.

십대천문 수장들이 공동으로 화록산 회합을 요구한 이상, 이 대회합에 빠질 문파는 거의 없었다.

향후 무림의 판세는 이 대회합을 통해 결정될 것이고, 그 회합에 참여치 않은 문파는 자연스럽게 무림에서 소외되거나 무시될 것이기 때문이었다.

그렇게 화록산으로 모여든 무림인들이 화록산 곳곳에서 각양각색의 숙영지를 꾸린 탓에 화록산은 때아닌 단풍이 든 것처럼 화려하게 변해 있었다.

그리고 그 천막들 중에 한 곳에 칠선문의 대사형 무광도 머물고 있었다.

"사형, 사형!"

십대천문 금가장의 숙영지 왼편에 작지만 단단한 청색 막사를 세우고 그곳을 거처로 삼은 무광이다. 그런데 막사 문이 열리면서 부리가 급하게 뛰어 들어왔다.

"무슨 일인데 그렇게 급해? 내가 행동을 신중하게 하라고 했잖느냐. 수많은 무림인들이 보고 있어. 행동 하나하나가 본문의 평판에 영향을 미치는 곳이다."

무광이 다급하게 뛰어 들어오는 부리를 타박했다.

이번 화록산행에 동행한 칠선문의 문도는 부리와 장로 소삼공 두 사람, 인원은 작지만 무림 호사가들이 관심을 갖고 지켜보는 칠선문이라 사람들이 시선을 끄는 것은 당연했다.

특히 그동안 칠선문의 대사형 무광이 십대천문의 일문 항주 금가장의 사위가 되었다는 사실을 모르고 있던 무림인들에게는 그 소식과 함께 등장한 무광이 흥미로울 수밖에 없었다.

그동안 칠선문에서 대외적으로 알려진 인물은 시월과 시월의 아내 이화검 정도. 나머지 문도들에게 대해서 알고 있는 사람은 거의 없었다.

그런데 그런 칠선문의 대사형이라는 사람이 항주 금가장의 사위로서 모습을 드러냈으니 관심을 끄는 것은 당연한 일이었다. 그래서 무광은 부리에게 특별히 행동을 조심할 것을 당부했었던 것이다.

"죄송해요. 사형! 죄송은 한데, 급한 일이 생겨서요."

"무슨 일인데 그러는가?"

무광 옆에서 소사공이 물었다.

소사공은 비록 얼굴을 바꾸고 입고 있는 옷도 달라져 그가 과거 개방의 기인 토왕개라는 사실을 알아챌 사람이 없다고 자신했지만, 그래도 혹시나 하는 마음에 화록산에 도착한 이후에는 줄곧 칠선문의 막사에서 벗어나지 않고 있었다.

하지만 그래도 호기심 많은 그로서는 부리가 외부에서 가져오는 소식에 관심을 갖지 않을 수 없었다.

"이가검문의 문주님이 도착했어요."

"이가검문!"

부리를 타박하던 무광도 눈을 크게 뜨며 관심을 보였다.

"예, 사형! 방금 모용세가 고수들과 함께 도착했어요. 화록산 동쪽에 숙영지를 만들고 있어요."

"음… 문주께서 직접 오셨단 말이냐?"

"그렇다니까요."

"그렇다면 막내 사제와 길이 엇갈렸겠구나."

"뭐, 아무래도 그렇겠죠. 막내는 얼마 전에야 환무산에 도착했을 테니까요."

"그럼 가서 인사를 드려야겠군. 아직 외손주가 태어난 소식도 모르실 테니."

"나도 사형과 함께 가야 하나요?"

"그럼 넌 시월의 사형이 아니냐? 당연히 함께 가야지, 장로님도 가시지요."

무광이 소삼공에게 말했다.

"음… 좀 꺼려지긴 하지만 가긴 가봐야겠지. 그래도 명색이 칠선문의 장로인데 인사를 하지 않을 수 없으니까."

소삼공이 약간 망설여지는 표정으로 말했다.

자신의 과거 신분을 알아볼 사람이 있을까 걱정이 되는 모양이었다.

"걱정 마십시오. 지금 장로님을 뵙고 과거의 장로님을 떠올릴 사람은 없으니까요."

"그렇다고 해도 나도 모르게 조심스럽게 되는군. 아무튼 가세."

소삼공이 걱정을 하면서도 자리에서 몸을 일으켰다.

*   *   *

"칠선문의 무광! 이가검문의 문주께 인사드립니다."

이제 막 세워진 막사, 그래서 아직은 손볼 곳이 많은 막사였지만, 그래도 이장춘은 기쁘게 무광을 맞았다.

이미 칠선문의 도움으로 여러 차례 위기에서 벗어난 이가검문이었다. 비록 그 일의 대부분을 시월이 한 것이지만, 그렇다고 칠선문에 대한 고마움이 없을 리 없었다.

그래서 한창 숙영지를 구축하는 와중에 온 무광 일행이지만 전혀 불편한 기색 없이 그들을 환대하는 이장춘이었다.

"어서 오시오. 이렇게 뵙게 되어 정말 반갑소이다. 그동안 칠선문의 대협들을 본문으로 초대해야지 하면서도 먼 곳에 계시어 미처 초대를 하지 못했소이다. 그런데 이렇게 뜻밖의 곳에서 만나게 되니 정말 반갑소이다. 시월에게 대사형이신 무광 대협에 대한 이야기는 많이 들었소이다."

이장춘이 만면에 웃음을 띠며 마주 포권을 했다.

나이로 보자면 이장춘이 무광에 비해 훨씬 윗대의 사람이었지만, 칠선문의 실질적인 수장이 무광임을 알고 있는 이장춘이어서 최대한 무광을 정중하게 대하고 있었다.

"환대해 주셔서 감사합니다. 먼저 소개해 드릴 사람들이 있습니다. 이 분은 본문의 세 장로님 중 한 분이신 소삼공 어른이시고, 이 친구는 제 사제 부리입니다."

"아! 그러셨구려. 이가검문의 이장춘이 노사께 인사드립니다. 부리 대협도 만나서 반갑소이다."

이장춘이 소삼공과 부리에게 얼른 인사를 했다. 겉으로만 봐도 소삼공의 나이가 이장춘에 비해 윗배로 보여서 이장춘도 소삼공에게는 예를 갖춰 대했다.

"이가검문의 명성은 이미 오래전부터 듣고 있었습니다. 만나게 되어 영광입니다."

"부리라고 합니다. 문주님 이야기는 제수씨께 많이 들었습니다."

소삼공과 부리가 함께 인사를 하자 이장춘이 부리의 말에 반색을 했다.

"아, 화검이 내 이야기도 하곤 하오? 하하하, 그 녀석 참… 그래, 화검은 사고 안 치고 잘 지내고 있소?"

이장춘이 이화검 이야기가 나오자 미소를 띠며 서둘러 물었다. 그러자 그의 곁에 서 있던 아우 이장종이 조심스럽게 입을 열었다.

"형님! 손님들께 자리라도 권하시고……"

"아, 그렇군. 내가 화검 이야기에 정신이 나가서 그만… 실례했소이다. 자자. 이쪽으로 앉읍시다."

이장춘이 무광 등에게 급하게 준비한 자리에 앉기를 권했다.

무광 등이 자리를 잡고 앉자. 이장춘이 입을 열기 전에 이장종
이 먼저 입을 열었다.

"형님께서 화검 이야기를 꺼내기 전에 먼저 인사를 해야 할 것
같소이다. 난 화검의 숙부되는 이장종이라 하오. 그리고 이 두 아
이는 화검의 두 오라비인 봉검과 광검이라오. 너희들도 칠선문의
대협들께 인사를 해라!"

이장종의 말에 막사 한쪽에 서 있던 이봉검과 이광검이 무광
등 세 사람에게 포권을 해보였다.

"뵙게 되어 영광입니다. 화검을 맡겨 놓고 이제야 인사를 드리
게 되었습니다."

이봉검과 이광검이 인사를 하자 무광이 자리에서 일어나 마주
포권을 했다.

"이가검문의 세 형제분께서 평소 시월을 많이 아껴주신다고 들
었습니다. 감사드립니다."

"하하하, 저희뿐 아니라 이가검문의 모든 사람이 매제를 아끼고
있습니다. 그런데 이번에 함께 동행을 하지 않았다니 조금 서운하
군요. 칠선문의 영웅들께서 화록산에 오셨다는 말을 듣고 매제도
함께 왔나 싶었는데……."

이봉검이 아쉬운 표정으로 말했다.

그러자 무광이 미소를 지으며 대답했다.

"사제와 제수씨는 지금쯤 요동 환무산에 있을 겁니다."

"어? 화검이 본가로 갔습니까?"

이봉검이 놀란 표정으로 물었다.

"그렇습니다. 그런데 문주님과 길이 엇갈린 모양이군요."

"화검에게 무슨 일이 있습니까? 갑자기 본가에는 왜……?"

이봉검이 걱정스러운 표정으로 물었다. 그러자 이장춘도 얼굴색을 굳히며 무광을 바라봤다.

"물론 일이 있기는 합니다. 하지만 걱정하실 일은 아니고 기뻐하실 일입니다."

"기뻐할 일이라면……?"

"먼저 문주님, 축하드립니다. 시월과 제수씨께서 아이를 낳았습니다. 남자아이고, 이름은 외람되지만 제가 무종이라 지었습니다."

"아!"

이가검문의 사람들이 일제히 탄성을 흘렸다.

"정말 화검이 아이를 낳았습니까?"

이봉검이 믿지 못하겠다는 듯 되물었다.

"그렇습니다. 사실 벌써 일 년이 되었습니다. 그동안 본문의 형제들이 칠선문을 벗어나지 않아 알려드리지 못했습니다. 이젠 무종이 돌이 되어 배를 타고 황해를 건널 수 있게 되었기에 인사를 드리러 사제와 제수씨가 환무산으로 간 것입니다. 문주께서 화록산에 직접 오실 줄은 몰랐던 거지요."

"아! 그게 참 그렇게 되었군. 이럴 줄 알았으면 장룡 아우를 오게 하는 건데……"

이장춘이 아쉬운 듯 입맛을 다셨다. 그에게는 화록산의 회합보다 외손자를 만나는 게 더 중요한 일인 듯 보였다.

"연락을 먼저 할 수도 있었는데, 제수씨께서 문주님을 놀래드리고 싶다고 하셔서……."

"아. 그렇소이까? 하하하! 화검 그 녀석은 아이를 낳고서도 장
난기가 사라지지 않았군. 하하하!"

이장춘이 기분이 좋은지 너털웃음을 터뜨렸다.

이장춘은 이미 여러 명의 손주 손녀들이 있었다. 이해검 등 세
명의 아들이 나이가 이미 서른을 훌쩍 넘은 상태여서 그들은 모
두 혼인을 하고 자식을 보았기 때문이었다.

하지만 그런 이장춘에게도 이화검의 아이는 특별했다. 부인과
사별 후 이화검에게 특별한 애정이 있던 이장춘이기 때문이었다.

"아마 회합이 끝나고 환무산으로 돌아가실 때까지는 검문에
머물 것입니다."

"음, 그렇긴 하지만 이 회합이 언제 끝날지, 그리고 어떻게 끝날
지 종잡을 수가 없으니 그게 걱정이오."

이장춘이 의천무맹의 화록산 대회합이 어떻게 진행될지 예측할
수 없어 답답하다는 듯 말했다.

"어찌 됐든 일단 검문으로 돌아가 아이를 만나야지요."

이장춘의 아우 이장종이 말했다.

"물론 그래야지. 그래도 지금의 무림은 하루 앞을 예측하기 힘
드니 하는 말일세."

이장춘이 걱정스러운 표정으로 무림 각파의 막사로 화려하게
변한 화록산 산비탈을 보며 중얼거렸다.

*   *   *

화록산 대회합이 시작된 지 칠 일이 지나갔다.

무림 천하가, 하물며 장성 이북의 마련조차도 화록산 대회합에 온 신경을 집중했다.

어떻게 보면 의천무맹의 고수들이 화록산에 모여 있을 때 몇몇 문파를 공격할 기회를 노릴 수도 있는 마련이었지만, 그들은 의천무맹의 화록산 대회합 동안 정파 무림인들을 공격하지 않았다.

마련의 공격이 있을 경우, 화록산에 모인 의천무맹의 고수들이 일거에 장성을 넘어 마련의 땅이 된 북방 무림으로 진격할 수도 있기 때문이었다.

만계지마 중산은 여전히 전면전을 벌어지면 마련이 의천무맹을 이겨낼 수 없을 거라고 생각하고 있는 듯했다. 그래서 어렵게 한곳에 모인 의천무맹 고수들이 한꺼번에 신검산으로 몰려올 빌미를 굳이 자신이 만들어 줄 생각이 없었다.

그리고 그런 만계지마의 판단은 어느 정도 효과를 거뒀다.

처음 화록산 대회합이 성사되었을 때만 해도 화록산에 모인 고수들을 중심으로 즉시 마련 토벌대를 구성해 일거에 북방으로 진출할 거란 예상이 지배적이었다.

그러나 사람들의 예상과 달리 의천무맹의 행보는 그렇게 전격적이지 않았다.

십대천문 문주들은 느리지만 확실하게, 그리고 자신들의 피해를 최소화하면서 마련을 밀어내고 강호를 장악하자는 쪽으로 의견을 모으는 듯했다.

그렇게 해서 결성된 것이 정천삼대였다.

십대천문은 마련을 상대하기 위해 정천대라는 새로운 무련 조직을 만들었다. 그동안 의천무맹의 유일한 조직이었던 의천대 외에 새로운 조직이 구성된 것이다.

그런데 십대천문은 정천대를 만들면서도 맹의 주도권을 놓지 않기 위해 정천대의 통제권을 고스란히 자신들 손아귀에 틀어쥐었다.

정천대를 세 개의 대(隊)로 나눈 십대천문은 각 대에 각기 다른 임무를 부여한 후, 십대천문이 세 개의 대를 나누어 통솔하기로 결정했다.

정천일대는 십대천문의 전통 강자들인 천무문, 지황문, 모용세가가 관할하며 장성 이북에서 직접적인 마련 세력 토벌에 나선다.

정천이대는 중부 무림의 기둥인 동산 신선문, 평산 철혈가, 안휘 남궁세가가 관할하며 중원 무림에 남아 있는 마련의 잔존 세력이나 북방에서 침투한 마련의 마인들을 주살한다.

정천삼대는 개방, 창해문, 항주 금가장이 관할하며 마련과의 싸움에 필요한 물자를 육로와 해로, 양로를 통해 북방으로 이동시키고, 또한 정천대 간의 긴밀한 연락망을 구축한다.

이렇게 세 개의 무리로 나뉜 정천대의 출범은 십대천문 문주들이 공동으로 발의했기에, 그들의 의견에 반대할 문파들은 없었다.

하지만 뒤에서는 정천대의 출범이 십대천문의 지위를 더욱 공고하게 만들었다는 불만들이 적지 않았다.

정천대가 출범함으로써 십팔장문이나 삼십육방문에 대한 십대천문의 통제력이 훨씬 강화될 것이기 때문이었다.

그런데 그렇게 화록산에 모인 정파 무림인들이 정천대의 출범을 두고 각자의 이해득실을 따지고 찬성과 불만의 감정을 토로하고 있을 때, 무광과 부리는 그들이 전혀 예상치 못했던 사건으로 곤혹스러운 상황에 처해 있었다.

                    *   *   *

"미리 알고 있어야 할 것 같아서 회합 중에 이렇게 먼저 나왔네."

금가장의 숙영지에 한곳에 거처를 마련한 무광 일행을 갑자기 찾아온 금가장의 장로 우사공이 굳은 표정으로 말했다.

그러자 우사공이 전한 소식에 당혹스러운 표정을 짓고 있던 부리가 물었다.

"정말 다른 십대천문들이 월문의 십대천문 잔류에 동의한 것입니까?"

"그렇다네."

우사공이 고개를 끄떽였다.

"이해할 수가 없군요. 월문의 처지에 어떻게 십대천문의 지위를 유지할 수 있단 말입니까? 신검산은 만계지마에게 빼앗기고, 월문 신룡은 폐인이 되었는데… 문도 수만 해도 과거에 비하면 일 할도 되지 않고 말입니다. 다른 십대천문이 아니라 그들의 자리를 노리는 십팔장문 중에서도 반발이 나왔을 텐데요?"

부리가 고개를 저으며 중얼거렸다.

정천대의 발족이 화록산에 모인 무림인들의 모든 관심을 끌어모으고 있는 상황에서 작지만 사람들의 호기심을 자극하는 일이 벌어졌다.

대세에 큰 영향을 미치는 것은 아니지만, 이번 화록산 대회합에서 월문의 몰락으로 비게 된 십대천문 중 한 자리를 누가 차지할 것인가에 대한 궁금증이 무림인들 사이에 널리 퍼져 있었다.

월문을 대신해 새로 십대천문 자리에 오를 문파들의 이름도 심심찮게 거론되었다.

그중 가장 앞선 문파는 당연히 요동의 이가검문이었다.

이가검문은 마련을 상대로 큰 싸움을 벌인 문파 중 가장 놀라운 승리를 거둔 문파였다. 마련의 일파인 일월문을 절멸시키고, 과거의 삼십육만, 마련이 출범한 이후에는 마련십천마에 들어 있는 혼천마와 화중마를 죽인 이가검문의 명성은 만계지마에 패배한 월문의 명성을 훨씬 능가하고 있었다.

또한 섬서 도산문이나 사천의 당문 역시 월문을 대신할 문파로서 이름을 거론되는 전통의 명문이었다.

그런데 정천대 구성을 마치고 월문의 지위를 논하기 위해 다시 모인 십대천문의 회합에서 놀랍게도 월문이 계속해서 십대천문의 자리를 유지한다는 결정이 나온 것이었다.

그 결정은 월문과 악연을 가진 칠선문에 제법 영향을 미치는 일이었다.

그래서 금가장의 장로 우사공이 문파들의 회합 중에 급히 빠져나와 그 소식을 무광에게 전했던 것이다.

"처음에는 모두의 예상한 대로 일이 진행되었네. 애초에 월문주 백문보가 이 화록산 대회합에 나타난 것 자체도 의외였으니까."

"그렇죠. 대부분의 사람들은 문주가 수모를 당할 것이 뻔한 화록산에 오지 않을 거라 생각했지요."

부리가 고개를 끄떡였다.

두 사람의 말처럼 월문주 백문보가 일단의 무인들을 데리고 화록산에 도착했을 때, 사람들은 모두 의외라는 반응을 보였었다.

십대천문에서 물러나야 하는 회합에 자처해서 찾아왔다는 것을 이해할 수 없었기 때문이었다.

"결국 나름대로 계획이 있었던 거지. 십대천문의 자리를 지킬 수 있다는……."

소삼공이 침묵 끝에 입을 열었다.

"이유가 무엇이었습니까? 월문이 십대천문에 남게 된……."

무광이 우사공에게 물었다.

"정확하게 두 가지 이유가 있었네. 하나는 첫 번째는 명분이었는데, 그가 북방 무림을 장악한 마련 세력을 공격하는데 선봉에 서야 한다는 것이었네. 백문주만큼 북방의 지형과 기후에 대해 잘 아는 사람이 없으니까. 그가 알고 있는 지식을 이용하면 정천일대의 북방 공략이 한결 수월할 거란 데 모두 동의했네."

"하지만 그것만으로 십대천문의 지위를 유지할 수는 없지요. 단순히 길잡이 노릇이라면 그를 대신할 사람이나 문파를 충분히 찾을 수 있을 텐데요."

무광이 고개를 갸웃하며 말했다.

"맞네. 그 정도로 십대천문의 지위를 유지할 수는 없지. 결국 결정적인 것은 그 자신들의 힘이었네."

"힘… 이라시면……?"

무광이 언 듯 이해가 되지 않는다는 듯 우사공에게 되물었다.

"말 그대로네. 예상외로 월문에 숨은 저력이 남아 있었다는 말이네. 회합에서 그가 십대천문에서 물러나는 것을 거절했을 때 십팔장문 중 일부가 반발했네. 그런데 그는 태연하게 그들의 도전을 받아주겠다고 선언했다네."

"비무를… 말하시는 겁니까?"

무광이 놀란 표정으로 물었다.

"그렇다네. 사람들이 모두 놀랐지. 본래 삼십육마의 난 이후 여러 번 화록산 회합이 열렸지만, 무공을 겨뤄서 각 문파의 지위를 정한 적이 없었거든. 그런데 갑자기 백 문주가 누구든 월문의 십대천문 자리를 원하면 비무를 통해 실력을 증명하라고 하니 다들 당황할 수밖에."

"그래서 어떻게 되었습니까?"

월문에 대한 적의도 잊은 듯 부리가 급히 물었다. 무인에게 무공의 겨룸은 언제 호기심이 동하는 일이었다.

"일단 십대천문들은 백 문주의 요구에 반대하지 않았네. 사실 그들은 누가 십대천문이 되는 상관없다는 태도였지. 이미 의천무맹에서 기존 십대천문의 입지는 공고하니까. 오히려 그들도 흥미롭다는 듯 천문의 자리를 원하는 십팔장문의 반응을 지켜보았다네."

"비무에 나선 문파가 있습니까?"

"있었네."

우사공이 대답했다.

"혹 이가검문입니까?"

무광이 걱정스러운 표정으로 다시 물었다. 이미 월문이 십대천문의 자리를 지켰다는 것을 알고 있으므로 이가검문이 비무에 나섰다면 비무에서 패했다는 의미기 때문이었다.

"아닐세. 사실 회합에 참여한 사람들은 이가검문과 월문의 비무를 원했었지. 무척 흥미로운 일이니까. 그런데 이가검문주께선 본래부터 십대천문의 명예 따위에는 흥미가 없으셨네. 사실, 이가 검문이 원한다면 지금의 명성으로 볼 때 비무를 하지 않더라도 십 대천문의 자리에 오를 수 있었을 걸세. 그런데 이가검문은 천문의 자리에 욕심을 내기는커녕 그 자리를 부담스러워하는 것 같았네. 아마도 그건 이가검문이 무(武)를 숭상하는 검문이지, 세상의 권세 를 탐하는 곳은 아니기 때문일 걸세. 그게 이가검문의 전통이지."

"그렇긴 하지요. 늘 요동의 강자로 군림하지만 무림의 패자가 되고자 한 적은 없었으니까요."

무광이 고개를 끄떡였다.

"결과만으로 놓고 보면 현명한 처신이지. 그런 전통으로 인해 이가검문이 수백 년 동안 문파를 지켜왔으니까. 아무튼 이가검문 은 관심이 없었고, 비무에 나선 문파는 예상대로 섬서 도산문과 사천의 당문이었네. 비무는 각 문파당 세 명의 고수를 내어 진행 하기로 했는데, 누가 봐도 월문이 불리해 보였지."

"월문에선 문주 말고는 제대로 된 고수가 없으니까요."

부리가 말했다.

"모두 그렇게 생각했다네. 그런데 놀랍게도 그 두 문파는 비무 에서 패했네."

물론 그렇기 때문에 월문이 십대천문의 자리를 지켰을 것이다. 하지만 월문이 비무에서 이겼다는 것은 확실히 뜻밖의 일이 아닐 수 없었다.

"문주 말고는 월문에 사람이 없을 텐데… 월문 삼장로도 동행 치 않았다고 들었습니다만."

"음, 그들은 없더군. 하지만 월문은 세상에 알려지지 않은 고수들을 데리고 있었네. 월문주는 아예 비무에도 나서지 않았지. 그가 데려온 사람들은 그동안 무림에 전혀 알려지지 않은 사람들이었는데, 그들 중 넷이 비무에 나서 도산문과 사천당가의 고수들을 모두 꺾어 버렸네. 두 문파 모두 세 번째 비무는 필요도 없었지. 회합에 참여했던 모든 사람이 경악할 만한 결과였네."

"한 판도 지지 않았다고요?"

부리가 화들짝 놀라며 되물었다.

"그렇다네. 물론 그렇다고 그들의 무공이 월문신룡처럼 압도적인 것은 아니었네. 하지만 힘겹게라도 도산문과 사천당문 고수들을 이겨냈다네."

"이상하군요. 삼장로님을 제외하고는 월문에 그런 무공을 가진 고수는 없었는데……."

"모두들 같은 의문을 가지고 있을 걸세. 그렇게 강한 자들이 있는데 왜 만계지마에게 그렇게 허무하게 당했을까 하는 의문도 들고. 물론 만계지마와의 싸움은 계책에서 당한 것이지만……."

우사공이 지금 생각해도 이해할 수 없다는 듯 말꼬리를 흐렸다.

그러자 소삼공이 오랜만에 다시 입을 열었다.

"아마도 월문이 누군가의 도움을 받는 모양이군요."

"그들이 월문 사람들이 아니라고 보시는군요?"

우사공이 공손하게 물었다.

단지 소삼공이 칠선문의 장로여서가 아니라, 소삼공에게서 자연스럽게 묻어나오는 노회한 고수의 기운을 느낄 수 있기 때문이었다.

"그렇지 않고는 월문이 갑자기 어디서 그렇게 강한 고수들을 십여 명이나 만들어낼 수 있었겠소. 그런데 그들 무공에 특징이 없었소이까?"

소삼공이 물었다.

본래 무림에선 무공의 특성으로 그 사람의 내력을 알아보는 것이 보통이기 때문이었다.

"그것이… 알 수가 없더군요. 더군다나 비무에 나선 여섯 명 모두 무공이 각기 달랐습니다. 그러니 사람들이 더욱 혼란스러워할 수밖에요."

"그래도 십대천문의 고수 중 누군가는 그들의 무공을 알아봤을 것이오. 아마 하루 이틀 지나면 그들의 정체에 대해 이런저런 말들이 들려오게 될 것이오."

"아무래도 그렇겠지요. 무림에 완벽한 비밀은 없으니까. 아무튼 일이 그렇게 되자 장주께서도 걱정이 되나 봅니다. 혹, 월문주가 칠선문에 어떤 시비를 걸지 몰라서 말입니다. 그래서 필요하다면 지금 화록산을 떠나도 좋다는 말을 전하라 하셨습니다."

우사공이 말은 소삼공에게 했지만, 말끝에 시선은 무광에게로 향했다. 소삼공이 칠선문의 장로지만 칠선문의 행보는 무광이 결정한다는 것을 알고 있기 때문이었다.

하지만 무광은 가볍게 고개를 저었다.

"괜찮습니다. 이제 더 이상 월문주는 저희 사형제들에게 두려운 존재가 아닙니다. 만약 그가 시비를 건다면 그때는… 결국 천문의 자리를 내놓아야 할 겁니다."

순간 우사공은 평소 진중하고 예의 바른 금가장의 사위가 사실은 세상에 자신을 드러내지 않은 한 마리 사자(獅子)임을 깨달았다.

                    *   *   *

　월문의 기이한 행보는 화록산을 작은 술렁임에 빠지게 했다.

　월문주 백문보가 화록산에 데려온 문도 수는 겨우 열다섯, 그
런데 그중 일부가 십대천문의 지위에 도전한 도산문과 사천 당문
이 자랑하는 고수들을 물리칠 만큼 강한 자들이라는 것은 확실
히 놀라운 일이었다.

　월문이 백문보와 월문신룡 백유검, 그리고 세 장로의 힘으로 십
대천문의 반열에 오른 것은 무림인들 사이에 널리 알려진 일이었다.

　그런데 월문 패망 과정에서 삼대 장로가 흩어지고, 월문신룡은
폐인이 되었다는 소문이 파다하게 퍼진 와중에 예상치 못한 또
다른 월문 고수들의 등장은 당연히 사람들의 호기심을 자극할 수
밖에 없었다.

　누군가는 월문에 숨겨 놓은 고수들이 있었다고 말하기도 하고,
또 누군가는 월문 패망 과정에서 그들이 나타나지 않은 것을 들어
월문이 강호의 숨은 야심가들과 손을 잡았다고 말하기도 했다.

　하지만 십대천문의 자리를 지켜낸 월문주 백문보는 그가 데려
온 고수들의 정체에 대해 철저하게 함구했다.

　다만 그는 자신과 월문이 정천일대에 포함되어 북방 무림을 장
악한 마련 세력 토벌에 깊이 관여할 자격이 있다는 것을 주장하
고, 다른 십대천문의 수장들에게서 동의를 받아냈다.

　사실 십대천문의 수장들로서는 그의 요구가 나쁠 것이 없었다.
월문의 권위를 인정해 주는 것 말고 그들이 손해볼 것은 없기 때
문이었다.

더군다나 월문주가 십여 명의 뛰어난 고수들을 데려오긴 했지만, 월문의 전력은 여전히 다른 십대천문에 비할 수 없을 만큼 약해져 있었다.

만약 비무가 아니라 전면전을 벌였다면 월문은 결코 사천당문이나 도산문으로서부터 천문의 자리를 지켜내지 못했을 터였다.

그러고 보면 월문주 백문보의 지모는 여전히 뛰어나다고 할 수 있었다.

십대천문의 자리를 지키기 위해 수모를 견디며 화록산 회합에 참가해 비무로서 십대천문의 자리를 지킬 수 있는 기회를 만들었기 때문이었다.

그렇게 월문이 뜻밖의 존재감을 발휘하는 와중에 화록산의 대회합은 어느덧 십여 일째에 이르고 있었다. 그리고 그즈음 드디어 화록산 대회합이 끝이 났다.

          *   *   *

화록산을 벗어나도 길은 여전히 험하다. 화록산은 첩첩산중 한가운데 위치한 작은 산이어서 보통 사람이라면 감히 접근조차 할 수조차 없는 곳이었다.

의천무맹 역시 삼십육마 추격전이 아니라면, 이런 외진 곳 작은 산을 무림의 성지로 삼을 이유가 없었다.

그래서 화록산을 오가는 길 역시 험준하기 이를 데 없었다. 그 길 위에서 칠선문의 대사형 무광이 이가검문주 이장춘을 배웅하고 있었다.

화록산 대회합이 끝나자 각 문파는 초기 정천대에 포함될 고수들을 남겨두고 각자의 문파로 복귀하고 있었다.

정천대의 구성은 단시간에 이뤄질 수 없었다. 각 문파가 자신의 본거지로 복귀한 후, 강호에 나갈 무인들의 선발해 정천대에 보내야 그 본 모습을 갖추게 될 것이었다.

적어도 한 달 이상이 걸리는 일이었고, 정천삼대의 집결지도 제각기 달랐다. 마련과의 싸움은 그 이후에나 본격적으로 시작될 예정이었다.

그래서 이가검문의 고수들도 서둘러 본가로 복귀하기 위해 길을 떠나고 있었다.

"그나마 다행입니다. 이가검문의 특수한 상황을 인정받았으니 말입니다."

무광이 진중한 목소리로 말했다.

그러자 이장춘이 고개를 끄떡이며 말했다.

"정말 그렇소. 이가검문으로서는 요동에서 멀리까지 본가의 무인들을 보내는 것이 사실 무척 부담스러웠다오. 그런데 동쪽에 고립된 요동 무림의 사정을 맹에서 이해를 해줬으니 다행스러운 일이 아닐 수 없소."

이가검문과 모용세가는 정천일대에 속해 있었다. 그래서 문파에서 고수를 내어 정천일대에 파견해야 했지만, 두 문파와 의천무맹의 중심지인 중부 무림 사이인 요서 지역을 마련이 차지하고 있어서, 두 문파가 장성 중부에 집결할 정천일대에 고수들을 파견하는 것은 위험한 일이었다.

자칫 두 문파의 정예들이 빠져나간 상황에서 마련이 그들의 본가를 공격하면 두 문파 존립이 위험해지기 때문이었다.

그 사정을 알고 있는 십대천문의 수장들은 두 문파가 요동에서 정천일대의 분대를 운용하는 것을 승인했다.

그렇게 되면 마련을 서남쪽과 동쪽에서 동시에 압박할 수 있고, 두 문파의 본산을 지키는 것도 수월하기 때문이었다.

"이번 일에는 무 대협의 도움이 컸습니다. 감사드립니다."

문득 이장춘의 둘째 아들 이봉검이 무광에게 포권을 하며 고마움을 표시했다.

"제가 딱히 한 일이 없습니다만……."

무광이 어리둥절한 표정을 지으며 말했다.

그러자 이장춘이 웃으며 입을 열었다.

"봉검의 말은 무광 대협의 존재만으로도 우리 이가검문이 큰 도움을 받았다는 의미외다. 회합에서 금가장이 본가의 사정을 특별하게 지지해 주었기에 이런 결정이 내려졌으니 말이오. 무광 대협이 아니었다면 금가장이 그렇게까지 적극적으로 본가의 입장을 대변해 주지는 않았을 것이오."

"그런 일이 있었군요."

이제야 알았다는 듯 무광이 고개를 끄떡였다.

"애초에 모용세가가 요동에 정천일대의 분대를 운용하자는 제안을 했을 때, 다른 십대천문은 그 제안을 탐탁지 않아 했소. 모용세가가 마련과의 싸움에서 발을 빼 자신들의 전력을 지키려 한다고 생각했기 때문이오. 그런데 금가장주께서 모용세가가 아니라 본가의 입장을 들어 그 의견을 적극 지지해 이런 결정이 나게 된 것이오."

이장춘이 회합에서 이가검문과 모용세가가 중심이 되는 정천일 대의 요동 별동대가 승인된 과정을 자세하게 설명했다.

"장인께서 그리하신 것이 저 때문이겠습니까. 그리하는 것이 의천무맹에 도움이 된다고 생각하셨겠지요."

무광이 미소를 지으며 고개를 저었다.

그러자 이장춘도 마주 고개를 저으며 말했다.

"그렇지가 않소. 부끄럽지만 여전히 의천무맹 내부에서는 치열한 신경전이 벌어지고 있소. 그런 면에서 보자면 이가검문과 모용세가가 요동에 있는 것보다 정천일대의 본진에 합류하는 것이 다른 문파들에게는 유리했을 것이오. 그래야 마련과의 전면전에서 자신들의 피해를 줄일 수 있을 테니 말이오. 요동에서 본문이나 모용세가의 본가가 당할 위협은 그들의 안중에 없는 일이라오."

이장춘이 씁쓸한 미소를 지으며 말했다.

"여전하군요. 무림은……."

무광도 우울한 표정으로 대답했다.

"사람 사는 세상이 다 그런 것일지도 모르겠소. 어쨌든 그런 상황에서 금가장이 힘을 보태주지 않았다면, 아마도 본문은 이 먼 곳까지 본문의 문도를 보내야 했을 것이오. 그러니 내가 무광 대협께 고맙다 하지 않을 수 있겠소?"

이장춘이 사람 좋은 미소를 지으며 말했다.

"저로서는 이가검문이 이 혈풍에서 안전하기를 바랄 뿐입니다."

무광이 담담하게 말했다.

"고맙소이다. 자 이제 난 외손주를 만나러 빨리 가 봐야겠소. 솔직히 그래서 이렇게 서둘러 화록산을 떠나는 것이라오. 하하하!"

이장춘이 외손주 무종을 만날 생각에 호탕한 웃음을 터뜨렸다.

"알겠습니다. 편히 돌아가시길 바랍니다. 그리고, 사제를 만나거든, 한동안 이가검문에 머물라고 전해주십시오."

"오? 그래도 되겠소?"

이장춘이 반색을 하며 되물었다.

"황해 외딴섬에 있는 저희 칠선문은 이 혈풍에서 어느 정도 자유롭습니다. 반면 요동 무림에선 어떤 일이 일어날지 모르니까 역시 사제는 이가검문에 머무는 것이 좋을 것 같습니다. 어쩌면… 만계지마가 후방을 안정시키기 위해 요동을 먼저 공격할 수도 있으니까요."

"음, 맞소이다. 사실 그게 가장 걱정이 되는 일이오. 그래서 굳이 본가와 모용세가가 요동에 정천일대의 별동대를 만들기를 원했던 것이라오."

이장춘이 고개를 끄떡였다.

"위험이 사라질 때까지 사제를 검문에 머물라고 하십시오. 제가 그리 권했다면 제 말을 따를 것입니다."

"알겠소. 그리고 정말 고맙소! 시월과 검웅님이 함께 있는 이가검문은 천하의 그 누구도 두려울 것이 없소이다."

이장춘이 자신감을 드러냈다.

"두 사람이 없어도 이가검문의 영웅들께선 어떤 어려움도 이겨내실 겁니다. 전 그리 생각하고 있습니다."

"그렇게 말해주시니 힘이 나는구려. 알겠소. 두 사람에게 의지하는 마음이 크지만, 나 역시 검문 스스로 이 위기를 헤쳐 나갈 수 있다는 자신감을 갖고 돌아가겠소. 그럼!"

이장춘이 훌쩍 말에 올랐다.

그러자 무광이 이장춘을 향해 정중하게 포권을 해보였다. 그러자 옆에서 이봉검이 큰 소리로 말했다.

"대협! 언제 한 번 본문을 방문해주십시오. 기다리고 있겠습니다. 사실 시월 매제는 검문에 와서도 화검하고만 있으려고 해서 재미가 없답니다. 하하!"

"알겠습니다. 조만간 한 번 들르겠습니다. 사제가 재미가 없으니 이 사형이라도 가서 벗을 해드리지요."

"감사합니다. 다시 뵙기를 기다리겠습니다. 그럼!"

이봉검이 무광에게 가볍게 고개를 숙여 보이고는 말을 몰아 이가검문의 문도들 가장 앞으로 달려 나가 길을 열어나가기 시작했다.

잠시 후 이가검문의 문도들은 순식간에 위태로운 산길 사이로 자취를 감췄다.

"이가검문의 사람들은 언제 봐도 참 호방한 것 같아요."

무광과 함께 배웅을 나온 부리가 말했다.

"그렇지? 시월 사제가 좋은 처가를 둔 것 같다."

"대사형도 못지않으시잖아요."

부리가 말했다.

그러자 무광이 씁쓸한 표정으로 고개를 저었다.

"그게 꼭 그렇지만은 않구나."

"왜요? 금가장이 마음에 들지 않아요?"

"마음에 들지 않는다기보다는 장인께서는 내가 좀 더 무림의 전면에 나서기를 바라시는 것 같아서……."

"…직접 말씀하셔요?"

"그런 건 아니지만 말씀하지 않아도 느껴지는 것이 있지 않느냐."

"뭐… 무림에서 명성을 얻으면 좋은 일이죠."

"후후, 너도 알지 않느냐? 내가 그런 사람이 아니란 걸. 내가 검을 들 때는 오직 칠선문의 식구들을 위해서다. 난, 사실 검을 들고 사람을 베는 것이 썩 내키지 않아."

"그야… 예전부터 그러셨죠. 사람들은 대사형께서 타고난 무인이라고 말하지만, 그건 무공에 대한 재능을 두고 하는 말이고. 저희 사형제들은 대사형께서 꼭 필요한 일이 아니면 검을 뽑지 않는다는 걸 알고 있지요."

"그래서 하는 말이다. 장인께서는 내가 앞장서서 정천삼대의 일을 맡아주기를 바라시는 것 같아. 그런데 그건… 할 수 없는 일이지. 난 금가장이 항주로 돌아가면 만화도에 들어가 한동안 나오지 않을 생각인데 말이야."

"그렇게 될까요? 정천대가 구성된 마당에."

"애초에 우리 칠선문은 무림 일에 적극적으로 나서는 게 부담이 되지 않느냐? 존중을 받을 수는 있어도 관심이 많아지는 것은 결코 좋지 않아."

무광이 고개를 저었다. 여전히 무광은 칠선문 사형제들의 과거에 대해 부담을 갖고 있었다. 그래서 그는 무림인들의 관심이 칠선문에 모이는 것을 원치 않았다.

"금가장주께서 대사형을 그냥 놓아두실지 모르겠군요."

무광의 뜻을 이해한 부리가 걱정스러운 표정으로 중얼거렸다.

"그렇다 한들 직접적으로 금가장의 일에 관여하지는 않을 생각이다. 혹시 마련과 전면전을 벌인다면 모를까."

"형수님은 어찌 생각하실지 모르겠군요."

"그 사람은 애초에 내가 화록산에 오는 것조차 반대했었어. 칠선문의 입장을 누구보다 잘 알고 있으니까."

"그럼 다행이군요."

부리가 고개를 끄떡였다.

그런데 그때 두 사람이 전혀 예상치 못한 목소리가 들려왔다.

"잘 생각했다. 너희들은 결코 무림의 주목을 받아서는 안 되는 사람들이다! 그건 내가 용납하지 않을 테니까."

차가운 경고가 들려오자 무광과 부리가 경계의 빛을 보이며 재빨리 시선을 돌렸다. 그러자 숲속에서 백문보가 모습을 드러냈다.

제 8장

—

사자가 된 어린 늑대들

　무광이 못마땅한 표정으로 머리를 좌우로 비틀었다. 그러자 그의 목에서 두둑 거리는 마찰음이 일어났다.

　"어쩐 일이십니까?"

　목을 움직여 긴장을 푼 무광이 무덤덤하게 물었다.

　"반갑지 않느냐? 오랜만인데."

　"그럴 사이는 아니지요."

　백문보의 물음에 무광이 차갑게 대답했다.

　"그렇게 키우지 않은 것 같은데 참 버릇이 없구나. 옛 주인을 만나고도 인사조차 하지 않다니."

　"주인이라… 예전엔 제자라 부르셨었지요. 아니, 가족이라고 했던가요? 아무튼 늑대가 예의를 알겠습니까? 원한이라면 모를까."

　무광이 굳은 얼굴로 대답했다.

무광의 대답에 백문보가 눈살을 찌푸렸다.

"원한이라니. 결국 너희들은 이렇게 칠선문이라는 번듯한 문파를 차리지 않았느냐? 반면… 난 아들을 잃었지!"

갑자기 백문보의 눈빛이 변했다. 마치 불구대천의 원수를 만난 것 같은 살기가 그의 눈에서 뿜어져 나온다.

월문신룡 백유검이 폐인이 된 것에 대한 분노를 억누르고 있다가 무광이 원한을 언급하자 참지 못하고 분노를 드러낸 것이다.

"아들을 잃으셨다고요? 유검이 죽었습니까?"

"팔다리를 잃고, 내공을 상실했다. 그건 무인에게 죽음보다도 더 못한 형벌이다!"

"유검이 불쌍하군요. 숨 쉬고 말할 수 있으면 살아 있는 것인데, 다만 무공을 잃었다고 아들을 죽은 사람 취급을 하니… 역시 문주의 비정함은 자식을 가리지 않는군요. 가족이라던 저희를 버릴 때처럼! 천성이 각박한 사람이 얼굴에 정인의 금칠을 하고 살았으니 참 답답하셨겠습니다."

무광이 백문보의 살기에 맞서 진기를 끌어올리며 말했다.

"이놈! 감히 네놈이 날 모욕하느냐?"

"자업자득! 유검이 폐인이 된 것도, 문주께서 오늘날 신검산을 잃고 곤궁한 처지에 빠진 것도 모두 스스로 자초한 일입니다. 그러니 타인을 원망치 마십시오. 특히 저희을 원망할 일은 더더욱 아니지요. 오히려 원한이라면 우리 사형제의 팔 년이 더 깊지 않겠습니까? 그걸 묻어 두는 것도 쉬운 일은 아닙니다."

무광이 경고했다.

그러자 백문보가 눈꼬리를 한 번 꿈틀거리더니 살기 어린 목소리를 내뱉었다.

"좋다. 그렇다면 이 자리에서 그 원한을 한 번 풀어볼까?"

순간 무광의 눈에 뜨거운 전의(戰意)가 스치고 지나갔다.

철컥!

"문주께서 어떤 인간들을 길러 내셨는지 확인해 보시겠습니까? 아주 만족하실 겁니다. 문주께서 생각했던 것 그 이상의 제자를 보시게 될 테니까요."

무광이 엄지손가락으로 검집에서 검신을 밀어 올리며 말했다. 백문보와의 대결 따위는 전혀 두려워하지 않는 모습이다.

"너 따위 사냥개로 키운 놈을 내가 직접 상대할 가치가 없지. 놈을 죽이시오!"

백문보가 명령하듯 그의 뒤에 서 있는 세 명의 무인에게 소리쳤다. 그런데 그 순간 예상치 못한 일이 일어났다.

"그를 벨 때는 아닌 것 같군요."

백문보를 뒤에 서 있던 세 명의 무인 중 검을 가슴에 품은 중년 사내가 말했다.

순간 백문보의 얼굴이 당혹감으로 물들었다.

"그게 무슨 말이오? 저놈을 벨 때가 아니라니?"

"이곳은 화록산입니다. 함부로 피를 뿌릴 곳이 아니지요. 그를 이 화록산에서 벤다면 금가장주가 가만히 있겠습니까? 애써 지켜 낸 십대천문의 자리를 한순간에 잃을 수도 있습니다. 그럴 수는 없지요. 모두에게 손해 아닙니까?"

중년 검객이 무광조차 당황스러울 정도로 차갑게 대답했다.

"저놈은 월문의 가장 큰 원수란 말이오! 이런 기회는 다시 오지 않소. 지금 당장 저놈을 베시오!"

백문보가 분노에 차서 소리쳤다.

그러자 가슴에 검을 품은 검객이 백문보에게 시선을 돌렸다. 그리고 냉정한 말투로 말했다.

"우리가 문주를 돕는 것은 문주 개인의 원한을 풀어주기 위해서가 아닙니다! 그를 베는 것은 우리의 일에 도움이 되기보단 방해가 될 겁니다. 우린 의천무맹 안에서 분란을 일으키고 싶지 않습니다. 더군다나 그와의 승부는… 승패를 예측할 수 없으니 굳이 위험한 도박을 할 이유가 없지요."

"…그게 무슨 말이오?"

백문보가 놀란 얼굴로 되물었다.

"말 그대로입니다. 그와 싸우는 일은 우리로서도 승패를 예단할 수 없다는 겁니다. 그런 위험을 왜 우리가 감수해야 합니까? 만약 원한을 갚으시겠다면 문주께서 직접 손을 쓰십시오. 우린 월문이 십대천문의 지위를 유지하고, 마련과의 싸움에서 문주를 지키라는 지시만 받았습니다. 그 이상의 일을 원하시면 곤란합니다."

중년 검객이 냉정하게 백문보의 요구를 거절했다.

그러자 백문보가 당황한 표정을 짓다가 재차 물었다.

"그대들이 저놈에게 질 것 같아서 하는 말이오?"

순간 중년 검객의 표정이 차갑게 굳었다.

"지금 저희를 모욕하는 겁니까?"

"스스로 말하지 않았소. 자신이 없다고."

백문보가 중년 검객의 심기를 긁어댔다.

그러자 중년 검객이 얼굴을 굳히더니 단호하게 말했다.

"문주… 이런 식으로 우릴 모욕하겠다면 우린 지금 떠나겠습니다."

"아니! 당신들을 그럴 수 없어. 왜냐하면 그건 나와 운… 그들과의 약속이니까!"

백문보가 발악하듯 말했다.

그러자 중년 검객이 한숨을 쉬었다.

"후… 문주께서 오해를 하신 모양이군요. 물론 우린 그분들의 부탁을 충실히 받아들이는 사람들입니다. 하지만, 그분들조차 저희를 모욕할 수는 없습니다. 왜냐하면 우릴 그렇게 대하면 우린 그분들 곁을 떠날 자유가 있는 사람들이기 때문입니다. 하물며… 문주의 곁을 못 떠날 이유가 없지요."

"약조를 파기하겠단 말이오?"

백문보가 따지듯 물었다.

"그 문제는 그분들에게 따지시면 됩니다. 하지만, 그분들도 우리가 떠난 이유를 알게 되면 우릴 탓하지는 않을 겁니다. 오히려 문주와의 관계를 다시 생각해 보시겠지요. 선택은… 문주께서 하시면 됩니다!"

검객이 마지막 경고를 하듯 말했다.

그러자 백문보가 자신이 전혀 예상치 못한 쪽으로 이야기가 전개되는 것에 당황해 중년 검객을 노려볼 뿐 아무런 대꾸도 하지 못했다.

그러자 그 모습을 지켜보고 있던 무광이 입을 열었다.

"문주! 아무래도 이 자리는 우리가 있을 곳이 아닌 것 같습니다. 자리를 비켜 드릴 테니, 대협들과 좀 더 깊이 이야기를 나누시기를 바랍니다. 절 베고 싶으시다면 언제든 찾아오세요. 문주께서 저와 대결하길 원하신다면 언제든 싸워드리겠습니다. 다만… 그 경우 애써 유지한 십대천문의 자리는 물론 문주님 목숨조차 잃게 될 것입니다. 우린 예전의 그 칠랑이 아닙니다. 그럼! 기다리겠습니다! 가자. 사제!"

무광이 무서운 경고를 남기고 숲으로 걸음을 옮겼다. 그러자 부리가 백문보를 한 번 노려보고는 서둘러 무광의 뒤를 따라붙었다.

무광과 부리가 사라지자 백문보가 분노로 부들부들 몸을 떨다가 중년 검객을 향해 소리쳤다.

"날 이런 식으로 무시하고도 월문이 운중오문을 도울 거라 생각하시오?"

"문주, 아무라 화가 나셔도 말은 바로 하셔야지요. 월문이 운중오문을 돕는 것이 아니라, 운중오문이 월문을 돕는 것입니다. 도움을 청할 때의 심정을 잊으셨습니까? 그리고! 운중오문을 입에 올리다니 지금 제정신입니까? 다시 한번 운중오문을 입에 올린다면 그 역시 우릴 떠나게 할 겁니다!"

중년 검객이 경고했다.

"다, 당신들이… 감히……."

"또 하나, 우린 문주를 돕기 위해 온 사람들이지 문주의 수하가 아닙니다. 우리에게는 항상 명령이 아니라 부탁을 하셔야 한다는 뜻입니다. 또한 그 부탁을 들어드릴지 말지는 우리가 결정합니다. 이 사실을 명심하십시오."

"……."

계속되는 중년 검객의 경고에 백문보가 할 말을 잃은 듯 멍한 시선으로 중년 검객을 바라봤다.

그의 모습은 마치 만계지마에게 신검산을 잃었을 때의 공황 상태로 되돌아간 것 같았다.

요 며칠 백문보는 십대천문의 지위를 지켜내고, 자신의 곁에 운중오문이 비밀리에 키워낸 고수들의 있다는 사실 때문에 과거의 화려했던 시절로 돌아간 것 같은 기분을 만끽하고 있었다.

그런데 오늘 그는 자신이 결코 과거의 영광스러운 시절로 돌아갈 수 없다는 사실을 뼈저리게 깨닫고 있었다.

이 운중오문의 비밀 고수들은 자신의 수하도 아닐뿐더러, 칠랑 앞에서 자신의 체면조차 지켜줄 생각이 없는 타인일 뿐이었던 것이다.

아니 단순한 타인이 아니라 오히려 운중오문이 자신을 감시하고 통제하기 위해 보낸 사람들이라는 것이 더 맞는 상황이었다.

"알겠소. 당신들의 뜻이 그렇다면 원하는 대로 하시오. 다만 나도 경고 하나 하겠소."

"말씀하시지요."

"당신들이 운중오문의 명을 따르지 않을 수 있다고 하지만, 나역시 운중오문과의 약속을 지키지 않을 수 있소. 그런 일이 벌어져도 날 원망하지 마시오. 그건 당신들이 자초한 일이니까."

"…그렇게 되면 월문은 더 이상 무림에서 살아남아 있기 어려울 겁니다."

"후후, 무슨 상관이오. 겨우 운중오문이 숨겨 놓은 일개 검객에게 이런 모욕을 당하고 사는 것보다 못할 게 없지. 물론 나 역시 간단하게 죽지는 않을 것이오. 내가 죽는 순간 천하가 알게 될 것이오. 그동안 운중오문이 월문과 어떤 일들을 함께했는지. 아! 당

신들은 모를 수도 있겠구려. 그런 은밀한 이야기를 알고 있을 정
도의 위치는 아닐 테니. 궁금하면 지금 즉시 운중오문에 오늘 나
와 한 이야기를 전하고 물어보시오. 내가 할 수 있는 일이 뭔지.
그리고 그 이후에 다시 한번 이야기해 봅시다. 당신들과 내가 어
떤 관계여야 하는지!"

침착함을 회복한 백문보는 거침이 없었다.

한 명 한 명의 무공으로는 운중오문에서 지원해 준 이 비밀 고
수들에게 밀리지 않는 백문보였다. 그런 그가 겨우 운중오문에서
보내준, 숨겨진 무인들에게까지 모욕을 당하며 이 관계를 유지할
필요는 없었다.

백문보가 반격에 나서자 중년 검객의 표정이 살짝 변했다. 그는
이 월문의 문주가 과거 한미한 무가였던 월문을 십대천문의 반열
에 올려놓았던 대효웅임을 새삼스레 떠올렸다.

만약 그가 만계지마에게 패하지만 않았다면, 아마도 지금 자신
이 이렇게 그를 마주 보고 대화할 수조차 없었을 것이다.

그런 자이니만큼 그만한 독심이 있을 것이고, 변심을 한다면 운
중오문이 무척 곤경에 처할 거란 걸 중년 검객은 모르지 않았다.

"제 말이 지나쳤다면 사과드리지요. 저로서는 다만 우리와 문
주님 사이에는 서로 지켜야 할 선이 있다는 것을 말씀드리고 싶었
을 뿐입니다."

중년 검객이 한발 물러섰다.

그러자 백문보가 잠시 그를 바라보다가 입을 열었다.

"알겠소. 지켜야 할 선! 나도 그 선을 넘지 않도록 하겠소. 그대
들이 내 수하가 아님을 확실히 깨달았으니 말이오. 그래서 나도

한 가지 양해를 구하겠소."

"말씀하시지요."

"지금까지는 월문의 모든 일을 그대들과 상의했지만, 앞으로는 필요한 것들만 말해주겠소. 그 선이라는 건 나에게도 필요하니까 말이오."

"…여전히 화가 풀리지 않으시나 보군요?"

중년 검객이 씁쓸한 표정으로 물었다.

"화가 나서라기보단 내 위치를 정확히 깨달았다고 해둡시다. 나도 나 나름대로 준비를 해야 할 것 같으니까."

"…알겠습니다. 그렇게 하지요. 다만 한 가지 더 말씀드리고 싶은 것이 있습니다."

"또 무엇이오?"

백문보가 귀찮다는 듯 물었다.

그러자 중년 검객이 조금 우울한 표정으로 말했다.

"조금 그와의 싸움을 거절했을 때, 문주께서 제가 그에게 패할 것을 두려워하는 것 아니냐고 하셨지요."

"그 말에 대한 사과를 받고 싶소?"

"그게 아니라… 사실 문주의 말씀이 맞습니다. 만약 겨뤘다면 난 그에게 패했을 겁니다."

"……."

중년 검객의 말에 백문보가 물끄러미 그를 바라봤다. 전혀 예상 밖의 대답이어서 다시 한번 할 말을 잃은 것이다.

"문주께서 어떻게 생각하시는지 모르겠지만, 그의 무공은 우리 중 상대할 사람이 없을 만큼 강합니다."

"말도 안 되는 소리! 그놈은 내가 기른 늑대일 뿐이오!"

백문보가 강하게 반박했다.

그러자 사내가 고개를 저었다.

"문주께선 예전에 그들을 데리고 있던 시절의 기억 때문에 그의 진면목을 제대로 보지 못하셨군요. 죄송하지만 그는 더 이상 늑대가 아닙니다. 제 눈에는 그는 이제 사나운 무림의 사자로 보이더군요. 무림에서 쉽게 적수를 찾을 수 없는 사자 말입니다."

"사자(獅子)……."

백문보가 사내의 말에 당혹스러운 표정으로 중얼거렸다.

그러자 사내가 다시 말을 이었다.

"부끄럽지만 반면 우리는 사자로 키워진 자들이 아닙니다. 우리야말로 늑대에 가깝지요. 그런 우리가 어떻게 무림의 사자를 상대할 수 있겠습니까."

"정말 그놈이 그렇게 강해 보이시오?"

백문보가 동의할 수 없다는 듯 물었다.

그러자 지금까지 침묵을 지키던 다른 무인이 한 걸음 앞으로 나오면서 말했다.

"제가 보기에도 고 대형의 말씀이 맞는 것 같습니다. 외람되지만 칠랑에 대한 원한은 이제 거두시기 바랍니다. 무광이란 그자는… 정말 큰 사자(獅子)더군요. 거기에 삼십육마를 쉽게 꺾은 시월이라는 인물까지… 죄송하지만, 지금의 월문으로서는 절대 그들을 상대할 수 없을 겁니다. 당연히 저희 역시 마찬가지고 말입니다."

*　　　　　*　　　　　*

"뭘 하는 자들일까요?"

부리가 무광에게 물었다.

두 사람은 백문보에게서 벗어난 후 숙영지로 돌아가지 않고 산중턱에서 백문보와 운중오문의 비밀 고수들을 지켜보고 있었다.

화록산에 모인 무림인들은 하나 같이 백문보가 데려온 고수들의 정체를 궁금해하고 있었다. 무광과 부리 역시 마찬가지였지만, 오늘은 더욱 그들의 정체가 궁금했다.

"확실한 것은 그들이 문주의 수하들은 아니란 거다. 그것만으로도 우리에게는 다행스러운 일이지."

무광이 대답했다.

"그렇죠? 그들이 문주의 요구를 거부할 때는 참… 뭔가 다행이다 싶으면서도 안쓰러운 마음도 들더군요. 문주가 그런 지경에 처했다는 것이… 예전이었다면 상상도 할 수 없는 일인데요."

"누구와 손을 잡았는지는 모르지만, 주도권을 완전히 빼앗긴 듯 보였어. 물에 빠진 사람은 지푸라기라도 잡는다지만 그렇게까지 해야 할까 싶은 생각은 들더구나."

"그래도 십대천문의 지위를 지켰잖아요."

"그 지위가 월문에 득일지 실일지는 아직 모르지. 지킬 힘이 없는 자리는 오히려 월문을 공격받기 쉬운 상태로 만드니까. 당장 화록산 대회합이 끝나면 십대천문 자리를 노리는 자들이 월문을 공격하지 않으리란 보장이 없지."

"당장은 어렵지 않을까요? 의천무맹의 모든 문파가 마련과의 싸움에 집중해야 하니까."

"그렇게도 하구나. 하여튼 저들의 정체를 알아보는 게 우리에게
도 중요할 것 같은데……."

무광이 백문보 곁을 지키는 운중오문의 호천밀사들을 뚫어지게
바라보며 말했다.

"그래도 우리에게 반감은 없는 사람들 같아서 다행이에요. 대
사형과의 싸움을 거부했으니까요."

"음, 그건 정말 다행이었다. 적어도 이 화록산에서 칼부림을 하
고 싶지는 않았거든."

무광이 고개를 끄떡였다.

"무공은 어때 보였어요? 대회합에서의 비무는 사람들을 놀라게
할 만했다고 하던데……."

"글쎄, 겨뤄보지 않고 판단할 수는 없겠지만… 적어도 내가 질 것
같지는 않아. 그리고 만약 그들이 날 충분히 이길 수 있다고 생각했
다면 나와의 비무를 그렇게 완강하게 거절하지는 않았을 거야."

"그럼 뭐 걱정할 필요는 없겠네요."

부리가 안심이 된다는 듯 말했다.

"문제는 저들이 아니라 그 배후가 문제인 거지. 저런 고수들을
백문보에게 내어줄 정도라면 보통 세력은 아닐 테니까."

무광이 백문보와 손을 잡은 세력의 정체를 몰라 답답한 듯 말
했다.

"금가장도 모를까요?"

"장인께서도 무척 궁금해하시더구나."

"비무를 보셨으면 무공의 내력을 추측하실 수 있었을 텐데요."

"그들의 무공을 알아본 사람도 없다고 해."

"거참 이상한 일이네. 하늘에서 떨어진 자들도 아니고."

부리가 고개를 갸웃했다.

"일단 돌아가자. 계속 지켜본다고 그들의 정체를 알 수 있을 것 같지는 않으니까."

"예, 대사형! 그런데 금가장은 언제 화록산을 떠나나요?"

걸음을 옮기며 부리가 물었다.

"이틀 뒤에 떠날 것 같더라."

"다행이에요. 빨리 떠나서. 화록산 집회라고 해서 재밌는 일이 있을까 큰 기대를 하고 왔는데 심심하기만 하고."

"다행이지. 큰 분란이 없었으니까."

무광이 대답했다.

*   *   *

쏴아아!

초원의 끝, 불쑥불쑥 야산이 솟아오르기 시작했다. 초원에서 불어오던 강풍이 야산에 막혀 큰 울음소리를 만들어냈다.

그런 야산들이 점점 늘어나다가 급기야 아득한 산봉우리들이 모습을 드러냈다. 홍안령이다.

홍안령이 모습을 드러내자 문득 순백의 피풍의를 걸친 여인이 걸음을 멈췄다.

그러자 그의 곁에서 검은 무복을 입은 사내가 조금은 화가 난 표정으로 입을 열었다.

"아무래도 만계지마가 마중할 사람을 내보내지 않을 모양입니다. 신검산에 똬리를 튼 후 스스로 마도의 중심이라 자처하고 있다는 것이 사실인 듯합니다. 그렇지 않다면 감히 천마후님을 마중할 사람을 보내지 않았을 리 없습니다."

"그럴 만하지요."

천마후라 불린 여인이 무감정하게 대답했다.

"그럴 만하다니요. 어찌 감히 천마성의 권위에 도전한단 말입니까?"

"마련이 결성된 후, 그는 늘 마도의 중심에 있었어요. 마도의 인물 중 천마성의 존재는 잊었어도 그의 존재를 모르는 사람이 없지요. 하물며 월문을 무너뜨리고 마도의 중심을 신검산으로 가져간 그예요. 아마 지금 마련의 그 누구를 붙들고 물어봐도 마련의 중심은 만계지마라고 할 거예요."

"감히 그런 자가 있다면 그 자리에서 목을 벨 것입니다."

검은 무복의 사내가 단호하게 말했다.

그러자 천마후가 차가운 미소를 흘렸다.

"굳이 그러실 필요 없어요. 때가 되면… 그들은 결국 본 성 앞에 달려와 다시 자신들의 목숨을 살려달라고 빌게 될 테니까요. 삼십육마가 그랬듯이……."

천마후가 말했다.

"결국 그가 패할 거라 보시는군요?"

검은 무복의 사내가 물었다.

"마도가 왜 매번 정파와의 싸움에서 패하는지 아세요?"

"……."

"바로 정파의 힘을 과소평가하기 때문이에요. 무림을 정사 양도로 나누는 것은 어리석은 일이지만, 굳이 나누어 구분하자면 정도를 자칭하는 자들의 숫자가 칠 할이 넘죠. 그런데 마도 천하를 선언하고 강호 제패에 나선 마도인들은 하나같이 한순간의 승리에 도취해 정파의 저력이 얼마나 깊은지를 잊게 돼요. 그래서 시간이 흐르면 마치 모래성이 파도에 쓸리듯 왜인지도 모르게 마도는 몰락하게 되는 거예요."

"그래서 천마께서 마련의 일에 개입하지 않으시는 거군요."

"삼십육마의 난 때 초기의 우세를 믿고 기고만장해 스스로 무너졌던 마도의 현실을 직접 목격하셨으니까요. 당시 그들이 욕심만 부리지 않았다면, 아마 지금 무림은 정사 양도가 균형을 이루고 있었을 거예요. 삼십육마 중 칠 할이 죽을 필요도 없었고요."

"옳으신 말씀입니다. 당시 삼십육마는 천마님의 뜻을 거부하고 천하 제패를 노렸기에 그런 파국을 맞았지요. 결국 천마님의 품으로 도망쳐 온 자들만이 살아남았고 말입니다. 그런데 그랬던 그자들이 다시 그 기억을 잊었으니… 과연 그들을 도울 가치가 있는지 모르겠습니다."

검은 무복의 사내가 말했다.

그러자 천마후가 무감정한 목소리로 대답했다.

"난 마련을 돕기 위해 강호에 나온 게 아니에요. 이번 강호행은 다만 나의 수련의 일부일 뿐이에요."

"…천마후께도 더 이상 수련할 것이 남아 계신지요?"

검은 무복의 사내가 조심스럽게 물었다.

"스승님께서 말씀하시더군요. 무공은 끝없는 바다와 같다고, 그 거대한 무공의 바다에서 인간은 겨우 아주 작은 부분만 항해할 수 있다고 말이에요. 그러니 따지고 보면 제 재주가 얼마나 보잘것없겠어요."

"…그럼에도 인간 중에 가장 강하실 겁니다."

검은 무복의 사내가 머리를 조아리며 말했다.

"그러길 바라지만 또 모르죠. 내가 모르는 세계에 도달한 무인이 있을지. 아무튼 이번 수련행에서 그런 인물을 만나 봤으면 하는 기대도 있어요."

"죄송하지만 그 기대는 버리시는 게 좋겠습니다. 천마후님보다 강한 인물이 무림에 있을 수는 없으니까요."

검은 무복의 사내가 확신하듯 말했다.

"천마사께서도 아부를 하실 줄 아는군요."

"아부같은 것은 전 모릅니다. 다만, 제가 확신하는 바를 말씀드린 것뿐입니다."

천마사라 불린 중년 무인이 이때만큼은 단호하게 말했다.

그러자 천마후가 다시 무슨 말을 하려다가 문득 고개를 들어 남쪽 계곡을 바라보며 중얼거렸다.

"만계지마가 아주 예의가 없는 것은 아니었군요."

그녀의 말에 그녀를 수행하는 다섯 무인이 계곡으로 시선을 돌렸다. 그러자 다급하게 그들을 향해 달려오고 있는 만계지마의 수하 마정사 오라가 보였다.

"천마후께 인사 올립니다. 마중이 늦은 것을 용서 바랍니다!"

천마후 앞에 도착하자마자 마정사 오라가 그 자리에 부복하며 죄를 청했다.

그러자 천마후가 가볍게 손짓을 하며 말했다.

"백 리 밖으로 마중을 왔으니 늦은 것이라 할 수는 없군요. 일어나세요!"

천마후의 손짓에 오라가 마치 그녀에 손에 딸려 일어나듯 몸을 일으켰다.

그런데 몸을 일으킨 오라의 표정이 당혹감으로 물들었다. 그가 몸을 일으킨 것이 자의가 아니라 천마후가 무형의 기운으로 부복한 오라의 몸을 일으킨 것이기 때문이었다.

마정궁에서 만계지마가 가장 신뢰하는 수하 중 한 명이 오라였다.

그는 만계지마가 자랑하는 마정사 중에서도 가장 윗자리에 있는 인물이었다. 그만큼 무공도 고강했다.

그럼에도 비록 진기를 끌어올려 맞서지 않았다 해도 부복한 자신을 공간을 격하고 공력의 힘으로 끌어올리는 천마후의 무공은 전율적인 것이었다.

"지금부터는 제가 길을 안내하겠습니다. 만, 만계지마께서 마정궁 십 리 밖에 나와서 마정후님을 마중할 것입니다."

오라가 천마후의 기운에 압도되어 말까지 더듬으며 말했다.

"그렇게까지 하실 필요는 없는데… 만계지마님의 초대가 있기는 했지만 사실 이번 여행은 조용히 강호나 돌아보자고 나온 거예요. 그렇다고 강호에 나왔는데 마도의 큰 기둥이신 만계지마님을 뵙지 않을 수도 없고 해서 신검산에 들린 겁니다. 그런데 제가 만계지마님을 번거롭게 만든 모양이군요."

"아닙니다. 천마성은 마도 무림의 종주! 어찌 천마후께서 강호에 나오셨는데 마중하지 않을 수 있겠습니까? 만계지마께서도 그리 말씀하셨습니다."

"고마운 말씀이군요. 그럼··· 안내를 부탁하죠."

천마후의 말에 오라가 정중하게 고개를 숙여 보인 후 서둘러 온 길을 되짚어가기 시작했다.

*   *   *

만계지마 중산은 멀리 신검산이 보이는 북방의 산 중턱에서 천마후를 기다리고 있었다.

마정궁을 나올 때부터 가져온 두 개의 태사의 중 하나는 비어 있었고, 다른 하나에는 만계지마가 앉아 있었다.

외모로만 봐서는 절대 마련을 움직이는 사람이라고 생각할 수 없을 평범한 노인, 하지만 그의 눈을 본 사람이라면 두 번 다시 그와 시선을 마주치고 싶지 않을 만큼 차고 냉정한 기운을 가지고 있었다.

"반 시진 안쪽에 들어왔습니다."

바람처럼 달려온 마정궁의 마인이 만계지마에게 고개를 숙이며 보고했다.

"음……."

만계지마가 고개를 끄떡이자 보고를 한 마인이 그 자리에 없었던 것처럼 사라졌다.

그러자 기다렸다는 듯이 다시 한 명의 마인이 산 뒤쪽에서 달려와 만계지마에게 고개를 숙이며 입을 열었다.

"의천무맹 화록산 대회합이 끝났다고 합니다. 정천삼대가 발족되었고, 각 문파의 문주들이 직접 정천삼대를 통솔하기로 하였답니다."

"결국 그렇게 되었군. 문제는 바로 마주치게 될 정천일대인
데… 정천일대에 대한 더 자세한 소식은 없느냐?"

만계지마가 물었다.

"모용세가와 이가검문이 정천일대 본대에 합류치 않고, 요동 쪽
에 별동대를 만들기로 했다고 합니다. 그래서 모용세가와 이가검
문의 문도들이 다른 문파들보다 먼저 화록산을 떠나 자파로 복귀
하고 있다는 소식입니다."

"의외군. 천무문과 지황문이 세력의 분산에 동의하다니. 자신
들이 내놓아야 할 전력이 더 많아져서 반대할 일인데……."

"금가장 등 일부 천문들이 그 안을 지지했다고 합니다."

"또다시 내분인가? 후후… 역시 어쩔 수 없는 것들이야. 정파의
무리는."

"그리고… 월문이 십대천문의 자리를 유지했다고 합니다."

"뭐?"

이번만큼은 예상치 못했다는 듯 만계지마가 되물었다.

"월문이 십대천문의 자리를 지킨 것은 물론, 정천일대에 속해
본련과의 싸움에 나선다고 합니다."

"…이해할 수 없군. 다른 문파들이 동의했단 말이냐?"

"십팔장문 도산문과 사천당가가 반대를 했지만 월문이 그들이
도전을 물리쳤다고 합니다."

"도전을 물리쳐?"

"천문의 자리를 두고 비무를 했고, 비무에서 월문이 도산문과
사천당가 양 문파의 고수들을 물리쳤다고 합니다."

"…백문보에게 그런 고수들이 있었던가?"

"백문보가 화록산으로 올 때 기존의 월문도가 아닌 십여 명의 정체 모를 고수를 데려왔는데, 그들이 비무를 주도했다고 합니다. 백문보가 데려온 자들의 정체에 대해선 의천무맹 내에서도 의견이 분분하다고 합니다. 오가장의 무인이 아닌 것은 확실하고, 월문도 는 더더욱 아니라고 합니다."

"그럼 뭘까? 제삼의 세력이 있다는 건가?"

만계지마가 눈살을 찌푸렸다. 그는 자신이 예상치 못한 변수가 발생하는 것을 못 견뎌 하는 사람이었다.

"천마후가 이 각 안쪽에 도착했습니다."

한순간 다시 한 명의 마인이 나타나 보고했다.

그러자 만계지마가 자리에서 일어나며 말했다.

"화록산에 나가 있는 마정사들에게 전하라. 반드시 월문주가 데려온 자들의 정체를 파악하라고!"

"예, 궁주!"

화록산 대회합의 소식을 전한 마인이 대답을 하고 물러났다. 그 러자 만계지마가 걸음을 옮기며 중얼거렸다.

"그럼 이제 천마궁의 고귀하신 공주님을 만나볼까."

*   *   *

몇천 리 밖에서 벌어진 일도, 그 소식은 며칠 만에 바람을 타고 수천 리 밖까지 전해 온다. 특히 전서구를 이용해 전달하는 무림 의 소식은 더더욱 빠르다.

이가검문에 머물고 있는 시월과 이화검에게 화록산 대회합의 소식이 들어온 것은 이가검문주 이장춘이 화록산을 떠난 지 채 닷새가 되지 않아서였다.

이장춘이 화록산을 출발했다는 소식이 전해지자 시월은 자청해서 이장춘을 마중 나가겠다는 말을 꺼냈다.

이화검은 굳이 멀리까지 이장춘을 마중 나갈 이유가 있냐며 말렸지만, 마련과의 전면전을 밝힌 화록산 대회합의 결과 때문에 이가검문 문도들이 귀환 길에 혹시라도 마련의 공격을 받을 수 있다고 걱정한 시월의 출행을 끝까지 만류할 수는 없었다.

그래서 시월은 일단의 이가검문 문도들과 함께 이장춘을 마중하기 위해 서둘러 이가검문을 나섰다.

*   *   *

끼룩끼룩!

요하 하구의 포구, 강과 바다가 만나는 지점에 갈매기 떼가 가득하다. 본래 하구에는 어족이 풍부해서 먹이를 찾는 갈매기 떼가 자연스럽게 모여들 수밖에 없었다.

또한 고깃배를 모는 어선들도 적지 않게 모여들곤 하는데 한순간 그 어선들이 고기잡이를 포기하고 급히 하구에서 멀어졌다.

그리고 잠시 후 어선들이 사라진 곳으로 한 척의 배가 무겁게 파도를 가르며 밀려왔다.

배는 하구를 지나 동쪽에 위치한 포구로 향했는데, 포구의 사람들도 배가 들어오는 모습에 하던 일을 멈추고 정박을 시도하는 배에 시선을 집중했다.

누가 봐도 한눈에 알아볼 수 있는 배의 정체, 배 중앙에 세워진 돛대에 매달린 깃발이 배의 주인이 누구인지를 말해준다.

모용(慕容)이라는 글씨가 선명하게 새겨진 깃발은 이 배가 대 모용세가의 배임을 말해주고 있었다.

쿠웅!

배는 거침없이 포구로 들어와 묵직한 소리를 내며 접안대에 이르러 멈춰 섰다.

그러자 포구에서 기다리고 있던 일단의 무인들이 일제히 배 위에 서 있는 한 인물에게 고개를 숙여 인사를 했다.

"문주님을 뵙습니다!"

포구를 뒤흔드는 목소리, 무인의 기백이 느껴지는 인사다.

그러자 배의 선수에 서 있던 두 명의 인물 중 나이가 조금 더 많아 보이는 검객이 입을 열었다.

"뭣 하러 번거롭게 마중을 나왔는가. 마련의 마졸들이 호시탐탐 기회를 엿보고 있을 텐데."

타박을 하는 것 같지만 자신을 마중한 모용세가의 무인들을 꾸짖는 말투는 아니다.

"문주께서 먼 외유를 마치시고 돌아오시는데 어찌 마중하지 않을 수 있습니까. 어서 오십시오. 형님!"

포구에서 기다리던 무인 중 한 명이 큰 소리로 외쳤다.

"아우님도 오셨군. 그래 세가에는 별일 없는가?"

모용세가의 가주 모용황이 그의 두 아우 중 한 명인 모용형을 발견하고는 반가운 듯 물었다.

"별다른 일은 없습니다. 아직은 신검산의 마정궁이 완성되지 않아 만계지마도 움직일 여력이 없는 듯 합니다."

모용형이 대답했다.

"만계지마는 꾀가 많은 자네. 그런 자의 행보를 함부로 예측하는 것은 좋지 않아. 아무튼 별일 없다니 다행이군. 아! 여기 이가 검문주께 인사드리게!"

모용황이 배 위에 같이 서 있던 이장춘을 가리키며 말했다.

그러자 모용형이 이장춘에게 정중하게 포권을 했다.

"검문주께 인사드립니다. 먼 길 수고하셨습니다."

"모용 대협! 만나서 반갑소이다."

이장춘이 모용형에게 마주 인사를 했다.

그러자 모용세가주 모용황이 이장춘을 보며 말했다.

"자, 내립시다. 곧 날이 저물 테니 포구에서 하룻밤 머물러 가시는 게 어떻겠소? 이대로 헤어지려 하니 아쉽소이다."

"하하하! 그럼 그럴까요? 아무래도 정천대 구성에 대한 논의도 필요할 듯하니……."

이장춘이 모용황의 제안에 동의했다.

"하하, 고맙소이다. 자, 내립시다!"

모용황이 말을 한 후 자신이 먼저 배에 걸쳐진 사다리를 향해 걸어갔다.

＊　　　　＊　　　　＊

술자리는 흥겨웠다.

화록산에 다녀온 모용세가와 이가검문의 문도들은 요동에 도착해서인지 긴장을 풀고 마음껏 술을 마시고 있었다.

화록산에서 육로로 황해에 이른 후, 다시 배를 타고 바다를 건너는 동안 언제라도 마련의 마인들이 공격할 수 있다는 걱정에 제대로 휴식을 취한 적이 없기 때문이었다.

이장춘과 모용황도 이번 화록산 행을 통해 깊은 친분을 쌓았기에 마치 오래된 벗처럼 술잔을 기울였다.

"그런데 만계지마가 앞으로 어떻게 나올 것 같소?"

한참 기분 좋게 술잔을 기울이던 모용황이 문득 이장춘에게 물었다.

"글쎄요. 그자가 워낙 음흉한 자여서 솔직히 나로서는 그의 행보를 예측하기가 쉽지 않군요."

이장춘이 고개를 갸웃하며 말했다.

모용황은 이장춘보다 십여 세 나이가 많아 이장춘은 검문주의 신분임에도 불구하고 이장춘에게 깍듯하게 존대를 했다.

본래 이가검문의 사람들은 오해를 받을 만큼 호방한 성정을 가지고 있지만, 사실 예의를 모르는 사람들은 아니었다.

모용황은 그런 이장춘의 행동을 무척 고맙게 생각하고 있었다.

"난 사실 걱정이 되오. 그자가 후방을 안정시킨다는 목적으로 요동을 먼저 공격할까 싶어서 말이오."

"충분히 가능성이 있는 말씀입니다. 하지만 한편으로 생각하면 그렇게 되면 결국 정천일대의 본대에게 뒤를 보이게 되는 꼴이니 쉽게 선택할 수 없을 겁니다. 다만, 우리가 경계해야 하는 것은 그자가 성동격서의 계책을 쓰는 것이겠지요."

"음, 정천일대의 본대와 싸우는 척하면서 우리를 기습할 수도 있단 뜻이구려?"

"그렇습니다. 그로서는 아마도 최선의 선택일 겁니다."

"만약 그렇다면 과연 우리 두 문파가 그자의 기습을 막아낼 수 있겠소?"

"철저하게 준비를 한다면 막지 못할 것도 없지요. 다만, 그가 과연 어떤 자들을 보낼지 그게 문제가 될 것 같습니다."

"음… 소위 말하는 마련십천마를 말씀하시는 거구려?"

모용황이 되물었다.

"그렇습니다. 그들 중 두셋만 와도 쉽지 않은 싸움이 되겠지요. 또, 화록산을 떠나기 전 천산에서 온 급보도 걱정이 되긴 합니다."

"천마성이 움직이는 것 같다는 소식은 소식을 전한 의천단주마저 확신하지 못하지 않았소이까. 대규모의 무인들이 움직인 것도 아니고……."

"그래도 천마성에는 절정의 경지에 이른 거마들이 많으니 소수라도 그들이 강호로 나오면 무시할 수 없지요."

이장춘이 걱정스럽게 말했다.

"그래도 난 크게 걱정하지는 않소. 우리 두 사람이 직접 싸움에 뛰어들면 마련십천마라고 상대하지 못하겠소? 더군다나 이가검문에는 검옹께서 계시니……."

모용황이 빙그레 미소를 지었다.

경쟁자일 때 이가검문의 검옹 천복은 어느 문파에서도 극히 경계해야 할 인물이었다.

하지만 동료일 때 검옹 천복은 무림에서 가장 믿을 만한 고수였다. 더군다나 그 검옹 천복이 있는 이가검문은 스스로 의천무맹 십대천문의 지위마저 마다했다.

요동 무림의 패자(霸者)를 자처하는 모용세가로서는 그런 이가검문이 고마운 존재가 아닐 수 없었다.

"검옹 어른께 도움을 청하는 일이 없기를 바라야지요."

이장춘이 말했다.

"나도 바라는 바요. 검옹께서 싸움에 뛰어드신다는 것은 우리가 수세에 몰렸다는 의미가 될 테니 말이오."

모용황도 고개를 끄떡였다.

그런데 그때 갑자기 양파의 고수들이 머무는 객잔의 밖이 소란스러워지더니 이장춘의 둘째 아들 이봉검이 뛰어 들어왔다.

"아버님, 매제가 왔습니다."

"누구?"

"시월 매제 말입니다. 매제가 마중을 왔습니다."

"어! 정말이냐?"

"그렇습니다."

"하하하! 시월이 왔다고! 하하하!"

이장춘이 모용황이 있음에도 불구하고 기쁨을 감추지 않고 호탕한 웃음을 터뜨렸다.

그리고 그 와중에 시월이 이가검문의 고수들과 함께 객잔 안으로 들어왔다.

"아버님! 시월 인사드립니다!"

객잔으로 들어온 시월이 이미 자리에서 일어나 있는 이장춘에게 고개를 숙여 인사를 했다.

"어서 오게. 하하하! 환무산에서 기다려도 되는데 뭘 여기까지 마중을 왔는가. 하하하!"

말은 그렇게 하면서도 이장춘은 웃음을 멈추지 못했다.

"화록산 대회합에서 마련과의 전면전을 선언했다는 소식을 듣고 혹 돌아오시는 길에 마련의 기습이 있을까 걱정이 되어 이렇게 왔습니다. 물론, 모용세가의 고수분들과 동행을 하시니 큰 걱정을 하지는 않았습니다만… 모용가주께 인사 올립니다. 칠선문의 시월이라 합니다."

시월이 이장춘의 말에 대답을 하고 나서, 급히 몸을 돌려 모용세가주 모용황에게 정중하게 인사를 했다.

그러자 이장춘을 따라 자리에서 일어나 있던 모용황이 가볍게 고개를 끄떡이며 대답했다.

"반갑네. 강호 후기지수 중 군계일학이라는 자네를 꼭 한번 만나고 싶었는데, 오늘 이렇게 만나게 될 줄은 몰랐군, 더군다나 장인을 위해 이렇게 먼 곳까지 마중을 오는 효심을 가졌다니… 허허, 문주, 오늘은 정말 문주가 부럽소이다."

모용황이 이장춘을 보며 말했다. 그의 얼굴에는 진심으로 이장춘을 부러워하는 기색이 묻어났다.

"그렇게 말씀해주시니 고맙습니다. 사실 이가검문이 사위에게 큰 도움을 받은 것은 사실이지요. 하지만 그런 도움보다도 더 나를 기쁘게 하는 것은 외손주가 태어났다는 사실입니다. 하하하!"

이장춘이 너털웃음을 터뜨렸다.

"아버님께서도 무종이 이야기를 들으셨군요?"

시월이 물었다.

그러자 이장춘이 얼른 대답했다.

"음, 화록산에서 무광 대협이 말해주더군."

"사형도 참… 아버님을 놀라게 해 드리려고 미리 연락을 드리지 않았던 것인데 그사이를 못 참으셨네요."

시월이 실소를 흘리며 아쉬운 듯 말했다.

"그 말도 들었다. 하지만 무광 대협도 입이 근질거려 참지 못한 거지. 그래, 우리 외손주는 건강하냐? 아, 이름이 무종이라 했지?"

"예. 지금 동죽헌에서 검옹 어르신과 잘 놀고 있습니다."

"하하하! 검옹 어르신과? 그래, 아마 그럴 거야. 검옹님은 화검을 특히 아끼셨으니까."

이장춘이 다시 한번 호탕하게 웃음을 터뜨리며 말했다.

그러자 모용황이 말했다.

"자자, 자리에들 앉읍시다. 시월, 자네도 이리와 앉게. 자네에게 듣고 싶은 이야기들이 참 많다네."

*   *   *

사실 시월에게는 모용황과의 자리가 그리 편하지 않았다. 모용황은 시월에게 여러 가지 질문을 던졌고, 그중에는 시월이 대답하기 곤란한 질문도 섞여 있었다.

하지만 시월은 불편한 마음을 드러내지 않고 모용황을 상대했다.

이미 모용세가와 이가검문이 힘을 모아 요동에 정천일대의 별동대를 만든다는 사실을 알고 있기에 가능한 모용황의 기분을 상하지 않게 하고 싶었기 때문이었다.

이장춘도 그런 시월이 내심을 알고 무척 고마워했다. 이가검문에 처음 왔을 때부터 이장춘은 시월이 타인과의 교류를 즐기지 않는 성정이란 것을 알고 있었다.

그런 시월이 자신과 이가검문을 위해 모용황의 질문에 최대한 정중하게 대답하는 것이 여간 고마울 수밖에 없었다.

하지만 그렇게 시월을 불편하게 만들던 자리도 결국은 밤이 깊어지자 끝이 났다.

그리고 늦은 술자리를 마친 이가검문과 모용세가의 무인들은 객잔에서 하룻밤 잠을 청한 후 다음 날 아침 일찍 각자의 가문을 향해 급히 길을 떠났다.

시월 역시 이장춘과 함께 이가검문을 향해 발걸음을 재촉했다.

제 9장

─

삼룡협(三龍峽)

"수련행이라고 하셨소?"

만계지마 중산이 눈을 가늘게 뜨며 물었다.

그러자 천마후가 말없이 가볍게 고개만 끄떡였다.

"의천무맹에서 삼대의 정천대를 결성했고, 그중 정천일대는 곧 장성을 넘어와 마련의 형제들을 추살하겠다고 하오. 전면전이 멀지 않았다는 뜻이오. 그런데 수련행이라… 설마 천마성은 이 싸움에 관여치 않겠다는 것이오?"

만계지마 중산에게서 은은한 분노가 느껴진다.

그러자 천마후가 무감정한 목소리로 물었다.

"누가 이 싸움을 시작했나요?"

"그야……."

"만계지마께서 마련을 결성하고 삼십육마의 난에서 겪은 수모를 설욕하겠다고 하셨을 때, 천마께선 분명히 말씀하셨지요. 아직은 때가 아니라고. 하지만 만계지마께선 천마님의 말씀을 따르지 않았어요. 오히려 다른 마문들을 설득해 마련을 강호에 드러냈지요. 그게 벌써 십 년이 넘었어요. 그래서 지금 그 결과가 어떤가요?"

"난 강호를 이분하는 성과를 냈소."

만계지마가 자신이 이룬 결과를 폄훼할 수 없다는 듯 힘주어 말했다.

"강호 이분이요? 장성 이북, 그것도 신검산 주변과 요서 지역을 차지한 것이 강호 이분인가요? 요동에는 여전히 모용세가와 이가검문이 있고, 장성 이남의 무림의 중심부에선 마련의 형제들이 설 자리가 없어졌어요. 마도의 모든 형제는 신검산 주변으로 모여들고 있지요. 이게… 만계지마께서 원하시던 결과였나요?"

"그렇소. 애초에 무림에서 마도 형제들이 안심하고 살 수 있는 세력권을 만드는 것이 마련을 만든 목적 중 하나였소."

"안심하고 살아갈 땅이라면 천산 부근, 아니, 서역에서도 얼마든지 찾을 수 있죠."

천마후가 덤덤하게 말했다.

"하지만 그건 마도의 패배를 의미하는 것이오. 그런 수모를 겪지 않기 위해 이 땅에 마도의 세력권이 필요한 것이고 말이오."

만계지마가 단호하게 말했다.

"천마궁은 천산에 있지요. 소위 말하는 강호에서 멀리 떨어진 변경, 그 너머라고 불리는 곳이죠. 그런 곳에 천마궁이 있다고 해서 천마궁의 권위가 떨어지고 패배한 자의 수모를 느껴야 하나요?"

천마후가 차갑게 물었다.

"그건… 천마궁은 애초에 천산이 본산 아니오. 누구도 천마궁이 천산에 있다고 무시할 사람은 없소. 특히 마도의 모든 형제들은 천마궁에 대한 존경의 마음을 가지고 있소."

"지금 말씀하신 대로 강호인의 존중을 받는 것은 어디에 있느냐가 아니라 어떻게 사느냐의 문제죠. 그런 의미에서… 후우……! 그만하죠. 이런 언쟁을 하려고 마정궁에 온 것이 아니니. 다만 천마님의 뜻을 전하는 것으로 제 소임을 다하겠어요. 어쨌든 천마께선 만계지마께서 마도의 형제들을 이끌고 이뤄낸 성과에 찬사를 보내셨어요. 다만 공을 이루는 것보다 지켜내는 것이 더 힘든 일이다 하시면서 의천무맹과의 싸움에서 꼭 이곳을 지켜내시길 바란다 말씀하셨습니다."

"결국 천마궁의 지원은 없다는 것이구려."

"지난 삼십육마의 난에서도, 또 그 이전의 정사 대전이 벌어졌던 순간에도 천마궁이 궁인들을 대거 강호에 내보내는 일은 없었어요. 얼마간의 특별한 고수를 내어 마도를 돕게 하는 것 정도였지요. 그리고 그런 천마궁의 선택은 언제나 마도에 도움이 되었어요. 무림사 이래 정사 대전에서 마도가 장기적인 승리를 한 적이 없고, 처참한 패배를 겪을 때마다 살아남은 마도인들은 늘 천산의 본 궁에 의해 구원받았지요. 천마궁은 이번에도 그 전통을 깰 생각이 없습니다."

천마후가 만계지마만큼이나 단호하게 말했다.

"설마 이 싸움에서 마련이 패할 거라 생각하는 것이오?"

"천마님 말씀처럼 그런 일이 없기를 바라요. 다만 천마궁은 만약을 대비해 마도 최후의 보루로서 천산에 머문다는 뜻이지요."

"천마궁에서 얼마간의 천마사만 지원해주면 절대 이 싸움에서 패할 리가 없소."

만계지마가 끝까지 욕심을 버리지 않았다.

그러자 천마후가 갑자기 싸늘한 표정으로 말했다.

"만계지마께서는 진정 천마님의 진심을 모르시는 건가요? 아니면 모르시는 체하시는 건가요?"

"…천마님의 진심… 그것이 무엇이오?"

"끝내 제 입으로 그 이야기를 듣기를 원하시니 말씀드리죠. 천마궁은 오직 천마께서 결정한 싸움에만 관여합니다. 그런데 이 싸움은 만계지마께서 결정하고 계획한 싸움일 뿐 아니라, 천마께 어떤 동의도 구하지 않으셨어요. 그것만 해도 마도의 종주인 천마궁을 모욕한 행위인데, 감히 만계지마님의 싸움에 천마궁의 궁인을 보내지 않는다고 천마님을 비난하시는 건가요?"

한순간 천마후의 눈에서 섬뜩한 안광이 번쩍였다. 그녀의 눈빛이 번뜩이는 순간 만계지마 중산은 자신이 차가운 빙하 속에 갇혀 버린 듯한 느낌을 받았다.

그 느낌을 지워 버리려고 진기를 끌어 올렸으나 그는 쉽사리 천마후가 만들어낸 진기의 올가미 속에서 벗어날 수 없었다.

그런 만계지마를 잠시 바라보다 천마후가 가볍게 한숨을 쉬며 진기를 거뒀다.

"후… 천마궁은 마정궁과 불편한 관계를 만들 생각이 전혀 없어요. 만계지마께서 마정궁을 마도의 종주로 만들고 싶어 하신다 해도 천마궁은 비난하거나 방해하지 않을 겁니다. 다만 본 궁은 이 싸움은 만계지마님의 싸움이란 생각이고, 그래서 이 싸움에 깊이 관여치 않겠다는 것입니다. 천마궁의 궁인들이 마정궁의 싸움 도구로 쓰일 수는 없는 일이니까요."

"음……."

진기의 사슬이 풀리자 만계지마가 나직하게 침음성을 흘려냈다. 그리고 분노와 당혹감이 교차하는 시선으로 마정후를 바라봤다.

강호에서는 만계지마를 무공보다 천재적인 지모의 소유자로서 두려워하고 있었다. 그 또한 자신의 무공이 천마 석제에 비해 한 수 아래라는 것을 인정하고 있었다.

하지만 적어도 그는 천마 석제를 제외하면 무공으로도 마도의 그 누구에게도 양보할 생각이 없었다. 다른 마련십천마들조차도 무공이 자신을 능가할 거로 생각지 않는 만계지마였다.

당연히 천마 석제의 제자인 천마후에 대해서도 마찬가지였다. 비록 천마 석제의 제자이지만 나이를 생각하면 마련십천마의 경지 에 도달했을지도 의문이었던 만계지마였다.

그런데 그의 생각은 단 한 번, 천마후가 본색을 드러내자 여지 없이 깨져버렸다.

단지 진기의 그물을 던졌을 뿐인데 그는 천마후의 기운에 갇혀 옴짝달싹할 수 없었던 것이다.

그건 그가 전혀 예상치 못했던 수준의 무공이었다. 그리고 그 순간 만계지마 중산을 깨달았다. 왜 천마 석제가 그 자신이 아닌 자신의 제자를 마정궁에 보냈는지.

천마 석제는 만계지마에게 경고를 하고 있었던 것이다. 내 제자 조차 널 한참이나 능가하는데 감히 너 따위가 날 거스를 수 있느 냐고.

천마의 의도대로 만계지마는 천마후의 무공에 압도되어 자신도 모르는 사이에 천마에 대한 근원적인 두려움을 머릿속 깊은 곳에 각인시키고 있었다.

"그래도 기왕에 강호에 나왔으니 한두 가지 일은 도와드리지요. 제게 원하시는 바가 있으면 말씀해 보세요."

얼음처럼 굳은 표정으로 침묵을 지키는 만계지마 중산을 보며 천마후가 선심 쓰듯 말했다.

그러자 만계지마 중산이 퍼뜩 정신을 차렸다.

"과연 천마궁의 무공은 무섭구려. 감히 이 만계지마가 대항할 수 없는 신묘한 경지요. 좋은 가르침을 받았소."

"저 역시 만계지마께 세상살이에 대해 많이 배우고 있습니다. 한두 가지 일을 도와드리는 것은 그에 대한 답례라고 생각해 주세요."

천마후가 다시금 무심함을 되찾은 목소리로 말했다.

그러자 만계지마 중산이 잠시 생각에 잠겼다가 입을 열었다.

"의천무맹 정천대가 장성을 넘어 신검산으로 진격해 오면 난 모든 마련의 형제들을 이끌고 나가 그들과 정면 대결을 벌일 생각이오. 십대천문 모두가 몰려오는 것이 아니라면 이 싸움은 본련에 큰 기회가 될 거라 생각하기 때문이오."

"그럴 수도 있겠군요. 장성을 넘는 자들은 정천일대이고, 정천일대는 천무문과 지황문, 모용세가와 월문으로 구성되어 있으니 마련의 전력으로 일전을 겨룰 만하죠. 승리한다면 일거에 강호의 판세를 뒤집어 놓을 수도 있고요. 그런 의미에서 의천무맹이 왜 전력을 세 개로 나누었는지 이해가 가지 않는군요. 십대천문이 한 번에 장성을 넘었다면 마련으로선 견디기 힘든 싸움이 될 텐데요."

"운이 좋게도 그들은 여전히 마련의 전력을 얕보고 있는 것 같소이다. 아무튼 정천일대와 일전을 벌이려는 내 계획에 한 가지 위험 요소가 있소이다."

"요동의 모용세가와 이가검문이겠군요."

"맞소이다. 애초에 난 천마후께 장성을 넘어오는 정천일대의 고수 몇을 베어 달라고 부탁드릴 생각이었소. 그런데 천마후께서 이 싸움의 전면에 나서실 생각이 없다 하시니 본련의 후방을 지켜주시는 것은 어떠신지 묻고 싶소."

"모용세가와 이가검문이 상대라면 이 싸움의 전면에 나서지 않는다고 말할 수 없는 것 아닐까요? 모용세가는 십대천문이고 이가검문은 혼천마와 화중마를 베고 일월문을 몰락시킨 곳인데……."

"그들과의 싸움은 다른 마련의 형제들이 맡을 것이오. 나 또한 그들에 대한 나름대로 준비를 해둘 것이고 말이오. 다만, 내가 바라는 것은 천마후께서 두 문파의 고수 중 한두 명을 미리 제거해 주셨으면 하는 것이오."

"적의 머리를 베라?"

"그렇소이다. 특히 이가검문의 검옹 천복 같은 인물이 전장에 나온다면 사실 마련에서 그를 상대할 고수가 만만치 않소이다."

"…소문을 들은 것 같기도 하군요. 혼천마가 실패한 이유도 그 노인 때문이라는……."

"그렇소이다. 물론 칠선문의 시월이라는 애송이도 있기는 하지만 그래도 검옹이라는 노괴 만큼은 아닐 것이오. 물론 그가 이가검문을 돕기 위해 출두할지는 알 수 없소. 다만 그 경우에도 모용세가의 수뇌 한두 명을 베면 그들의 도발을 막는 데 큰 도움이 될 것이오."

"그자의 무공을 직접 보셨나요?"

천마후가 물었다. 그녀는 모용세가의 고수 따위에는 관심이 없어 보였지만 천복에 대해서는 달랐다. 그를 입에 올리는 순간부터 그녀는 검웅 천복에 대한 호기심에 빠져들고 있었다.

그러자 만계지마의 입가에 살짝 미소가 드리워졌다. 드디어 천마후가 자신이 던진 미끼를 물었다고 생각한 것이다.

애초에 천마성의 마인들은 강호의 패권보다는 더 강한 무공 추구에 몰두하는 자들이었다. 그런 자들을 이용하기 위해선 강한 상대에 대한 호기심과 투쟁심을 자극하는 것이 가장 효과적이었다.

그런 면에서 천마후가 검웅 천복의 무공에 관심을 보였다는 것은 그녀가 만계지마의 의도대로 움직이게 될 것이란 걸 의미했다.

"내 눈으로 직접 보지는 못했소. 하지만 혼천마를 두 번이나 무릎 꿇렸으니 보지 않아도 그자의 강함을 짐작할 수 있는 것 아니겠소? 현재 본련에 마련십천마가 있다고 해도 천마께서 천산에서 나오시지 않는 이상 검웅을 상대로 승리를 장담할 사람은 없소. 그런데 오늘 천마후님을 만나니 천마후님이라면 그자를 상대할 수 있을 거란 생각이 드는구려."

"날 부추길 필요는 없어요. 그러지 않아도 그 정도 일은 하겠다고 생각하고 있었으니까. 알겠어요. 그자가 전장에 나온다면 내가 상대하도록 하죠."

당신의 속내는 모두 읽고 있다는 듯 천마후가 말했다.

그러자 만계지마가 겸연쩍은 표정을 지으며 나직하게 웃음을 흘렸다.

"후후, 이것 참, 천마후께 내 속을 들켜 버렸구려. 그런데 기왕에 이렇게 된 것 하나만 더 부탁해도 되겠소?"

"또 뭐가 더 있나요?"

"천마후께선 이번 기회에 조용히 천하를 여행하고 싶으시겠지만 천마후님의 존재를 무림에 알렸으면 해서 말이오."

"내 이름을 이용해 저들의 움직임을 무겁게 만들겠다는 뜻인가요?"

"그렇소이다. 천마후께서 본련의 후방을 지키고 있다는 것을 알면 모용세가나 이가검문의 우두머리들도 감히 쉽게 본련의 후방을 공격하지 못할 것이오."

"…그렇게 되면 반드시 검옹 천복이 전장에 나오겠군요. 혹, 그걸 바라고 하시는 말씀인가요?"

천마후가 깊은 눈으로 만계지마를 응시하며 물었다.

"아, 오해하지 마시오. 그렇게까지 생각한 것은 아니니까. 하지만 듣고 보니 일이 그렇게 될 수도 있겠구려."

만계지마 중산이 짐짓 고개를 끄떡였다.

만계지마가 어떻게든 검옹 천복을 끌어내 천마후와 싸우게 하려 한다는 것은 쉽게 짐작할 수 있었다.

하지만 천마후는 설혹 만계지마가 그런 계략을 일부러 꾸민 것이라 해도 검옹과의 싸움을 마다할 생각이 없었다.

강함을 추구하는 천마성 무인의 기질상 검옹 천복과의 싸움은 오히려 그녀가 원하는 것이기 때문이었다.

"좋아요. 동의하죠. 기대되는군요. 그 노인이 어떤 무공을 보여줄지."

"역시! 천마님의 후계자답소."

만계지마가 만족한 표정으로 고개를 끄떡였다.

그러자 천마후가 천천히 자리에서 몸을 일으키며 말했다.

"이 싸움에서 반드시 승리하시기 바라겠어요. 혹시라도 패한다면… 아마 천마님께서 더 이상은 만계지마님의 독선을 용납하지 않으실 테니까요. 그럼!"

천마후가 강렬한 경고를 남기고 어둠 속에 스며들듯 만계지마의 거처를 벗어났다.

천마후가 나가자 만계지마 중산이 얼굴을 굳히며 나직하게 뇌까렸다.

"건방진 계집… 너희 천마궁의 무리들은 내가 이 싸움에서 패하길 바라야 할 것이다. 내가 이 정사 대전에서 승리하면 가장 먼저 천산으로 달려가 네 사부를 죽이고, 너희들을 모두 내 노예로 만들어 버릴 테니까."

저주하듯 혼잣말을 중얼거리는 만계지마 중산의 몸에서 검은 기운이 일어나기 시작했다.

등을 타고 일어난 검은 기운은 마치 살아 있는 생물처럼 한순간에 만계지마의 몸을 휘감았다.

그러자 그 검은 기운 속에서 만계지마의 두 눈이 번쩍 떠졌다. 눈동자가 사라진 것 같은 검은 동공, 사람의 것이 아닌 듯 보이는 그 동공 속으로 그를 에워쌌던 검은 기운이 순식간에 빨려 들어갔다.

*　　　*　　　*

이가검문으로 돌아온 이장춘은 큰 싸움을 앞둔 사람답지 않게 전혀 긴장한 모습을 보이지 않았다. 그는 한동안 외손주 무종과 노느라 정신이 없었다.

모용세가와 구축할 정천일대의 요동 별동대에 관련된 일도 모두 아우 이장룡에게 밀어둔 이장춘이었다.

하지만 그를 제외하고 다른 이가검문의 문도들은 긴장감 속에서 바쁜 나날을 보내고 있었다.

모용세가와 약속한 날짜는 겨우 열흘, 그 안에 정천대에 파견할 문도를 정하고, 모용세가와 약속한 요하의 요충지인 삼룡협으로 이동해야 하기 때문이었다.

하지만 그런 분주한 문파 사정에 아랑곳하지 않고 이장춘은 아침부터 저녁까지 거의 모든 시간을 동죽헌에 머물면서 외손주 무종과 노는데 정신이 빠져 있었다.

대나무 숲을 거닐며 손주와 놀고 있는 이장춘의 모습은 마치 강호에서 은퇴한 사람처럼 느껴질 정도였다.

"문주, 이제 충분히 놀지 않으셨소?"

동죽헌 마루에 무종을 앉혀 놓고 주전부리를 조각내 무종에게 건네주고 있는 이장춘에게 검옹 천복이 말을 건넸다.

그러자 이장춘이 고개를 저으며 말했다.

"나이가 드니 손주와 노는 재미가 새삼스럽군요. 왜 검옹께서 화검이 어릴 때 줄곧 화검과 시간을 보내셨는지 이제 이해가 됩니다. 이런 재미를 어떻게 포기하겠습니까?"

"삼룡협에 가야 한다고 하지 않았소?"

"뭐, 생각해 보니 그곳에 굳이 내가 갈 필요가 있나 싶습니다.

장룡 아우와 해검을 보내면 되지요."

"문주, 상대는 마련이오. 또한 모용가와 약속한 일이기도 하고 말이오. 이 일을 너무 가볍게 생각지 마시오."

검옹 천복이 무거운 표정으로 말했다.

그러자 이장춘이 미소를 지으며 검옹 천복을 돌아봤다.

"검옹께서 이렇게 강호의 일에 깊이 관심을 보이시는 것은 처음 보는군요. 늘 제게 문파의 안전을 위해서는 강호의 싸움에 깊이 관여하지 말라 하지 않으셨습니까? 그래서 전 십대천문이 될 기회가 왔는데도 그걸 포기했습니다만……."

이장춘의 대답에 검옹 천복이 잠시 이장춘을 바라보다가 고개를 저으며 중얼거렸다.

"무슨 생각이 있는 모양이구려. 내가 괜한 걱정을 했소. 오지랖 넓게… 후후, 생각하고 계신 바가 있다면 지금은 무종과 마음껏 노시구려."

"하하, 역시 어르신을 속일 수는 없군요."

"무슨 생각이시오?"

검옹 천복이 호기심이 동한 얼굴로 물었다.

"음… 검옹께서 세상사에 관심을 두셨으니 아이들을 데리고 삼룡협에 가 주셨으며 합니다만……."

"응? 문주의 계획이 내게 이 싸움을 미루는 것이었소?"

"만계지마가 서쪽의 정천일대를 상대할지, 혹은 우리 요동의 별동대를 공격할지 알 수 없는 상황입니다. 하지만 어느 경우든 마련십천마 중 일부를 요동으로 보낼 겁니다. 후방을 안정시키는 것이 중요하다는 걸 알 테니까요."

"그렇겠구려."

검옹 천복의 고개를 끄떡였다.

"만약 그렇다면 요동으로 오는 자들을 압도할 만한 고수가 필요할 겁니다. 그럼 큰 피해 없이 저들을 상대할 수 있을 테니까요. 지금 요동 무림에 그런 정도의 능력을 지닌 사람은 오직 검옹님뿐이지요."

"요동 무림에 사람이 그렇게 없겠소? 모용세가도 있고……."

"모용세가주라 해도 마련십천마를 압도하는 것은 어렵지요. 아마 평수를 유지하거나, 운이 좋으면 어렵게 승리할 정도일 겁니다. 그래서는 결국 전면으로 이어질 가능성이 큽니다. 그러니… 검옹께 부탁드릴 수밖에요. 어르신 부탁드립니다!"

이장춘이 갑자기 자리에서 일어나 검옹 천복에게 포권을 하며 고개를 숙였다. 그러자 검옹 천복의 얼굴이 일그러졌다.

"에이, 이제 보니 그래서 문주께서 요 며칠간 무종이 핑계를 대며 동죽헌에 와 있었던 것이구려? 이 늙은이에게 삼룡협으로 가 달라는 말을 하려고."

"염치없는 부탁인 줄 아니 어쩔 수 없지 않습니까? 이렇게 검옹께서 먼저 말씀을 꺼내 주시길 기다렸지요. 하하!"

"이제 보니 문주의 지모도 만계지마 못지않은 것 같소."

"강호에서는 미련한 사람으로 여겨지는 절 그렇게 봐주시니 고맙습니다."

이장춘이 넙죽넙죽 검옹 천복의 말을 받아넘겼다.

"흠, 이것 참! 문주가 이렇게 나오니 안 갈 수도 없고. 그런데 그 잘난 사위를 놔두고 왜 날 귀찮게 하는 것이오?"

천복이 갑자기 따지듯 물었다.

"당연한 일 아닙니까. 검옹께선 우리 문 내의 어른이시고, 시월은 아무리 가까워도 칠선문의 사람이니."

"설마 그래서겠소."

갑자기 천복이 빙그레 미소를 지었다.

"제게 다른 생각이 있다고 생각하시나 보군요?"

"굳이 문주가 말하지 않아도 시월이 삼룡협을 갈 거라 생각하는 것 아니오? 기왕이면 하나 보다 둘이 나으니까 날 먼저 설득하는 것이고."

"…이제 보니 어르신이야말로 놀라운 지모를 숨기고 계셨군요. 제 마음을 속속들이 읽고 계시다니. 만계지마나 저따위는 감히 흉내도 내지 못하겠습니다."

"지모가 대단한 게 아니라 늙어서 눈치가 빨라진 것이오. 에이, 어쩔 수 있나. 뒷방에 물러앉아 밥이나 축내지 말고 나가 싸우라는 문주의 명을 받았으니 삼룡협으로 갈 밖에."

검옹 천복이 길게 한숨을 내쉬며 신세를 한탄했다.

"아이고, 왜 그런 말씀을! 명이라니요. 전 언제나 어르신께 부탁을 드릴 뿐입니다."

"됐소이다. 이 늙은이는 삼룡협에 가서 그 극악한 마인 놈들과 드잡이질을 할 테니 문주는 이곳에 남아서 외손주와 즐거운 시간 보내시구려!"

검옹 천복이 손을 저으며 말했다. 그러자 이장춘이 대답 없이 빙그레 미소를 지었다.

＊　　　　　＊　　　　　＊

　삼룡협으로 가기로 결정된 오십여 명의 이가검문 무인들의 사기가 한순간 높아졌다.

　그들은 처음에는 마련의 마인들과 정면으로 충돌할 수도 있다는점 때문에 무척 긴장하고 있었다. 살면서 하루 이틀 싸움을 한 것도 아니었고, 또 이가검문 특유의 호방한 성정을 가져 싸움을 두려워하지 않았지만, 그런 그들에게조차도 본격적으로 벌어질 마련과의 전면전에 대한 압박감은 생각보다 무겁게 다가왔기 때문이었다.

　그런데 그런 그들이 한순간에 그 무거운 부담감을 떨쳐내고 강렬한 전의를 불태우기 시작했다. 그들에게 검웅 천복이 자신들과동행한다는 사실이 알려졌기 때문이었다.

　어디 그뿐인가. 그동안 이가검문을 수차례 위기에서 구한 시월까지 동행한다는 소식까지 더해지자 이가검문의 무인들은 단번에 요하를 건너 신검산까지 진격할 것 같은 투지로 불타오르기 시작했다.

　하지만 그런 이가검문 문도들의 흥분과 달리 이화검의 불만은대단했다. 그녀는 시월이 삼룡협으로 가는 것을 강하게 반대했다.

　이 싸움은 의천무맹과 마련의 싸움이지 칠선문의 싸움이 아니라는 이유에서였다. 그런 이유로 시월의 출행을 막을 때는 그녀가이가검문주의 딸이 맞나 싶을 정도로 단호했다.

　이장춘은 그런 이화검에게 서운한 기색을 보이기도 했지만. 이화검은 자신은 이가검문의 딸 이전에 칠선문의 사람이라면 끝까지시월의 합류를 반대했다.

　하지만 그래도 결국 결정은 시월이 내리게 되어 있었다.

"검옹 어르신이 가시는데 제가 안 갈 수는 없어요."

출발을 하루 앞둔 날 저녁, 식사를 마친 시월이 말했다.

"두 다리 달린 사람이 자기 발로 가겠다는데 내가 어떻게 말리 겠어요. 하지만 난 여전히 반대에요. 검옹 할아버지가 가시니까 굳이 당신까지 갈 필요는 없다는 생각이에요."

"검옹 어르신의 연세가 지금 몇인 줄 알아요?"

시월이 이화검을 보며 물었다.

"물론 검옹 할아버지 연세가 칠십 넘기는 하셨죠. 하지만 할아 버지는 나이가 드실수록 점점 더 강해지고 계시다고요. 당신도 지 난번에 비무를 해봐서 알 것 아니에요. 내 생각에 이제 검옹 할아 버지를 상대할 수 있는 고수는 무림 천하를 샅샅이 뒤져도 거의 없을 거예요. 그런 사람이 나타난다면 그게 더 놀라운 일이죠."

이화검의 말에는 시월도 반박할 수 없었다.

이가검문에 오자마자 이뤄졌던 검옹과의 비무에서 시월은 검옹 천복의 무공이 일월문의 마인들과 싸울 때와는 또 다른 경지에 이르러 있음을 확인했었다.

그래서 그런 검옹의 놀라운 무공을 상대할 자가 과연 무림 천 하에 있을까 하는 생각을 그 역시 하기도 했었다.

시월 자신이라도 검옹과 싸우면 패하지 않을 수는 있지만, 이긴 다고 자신할 수 없는 것이 검옹의 무공이었다. 그런 검옹이 이가 검문의 문도들과 함께 삼룡협에 간다면 이화검의 말처럼 시월까지 갈 필요는 없을 수도 있었다.

하지만 시월은 이화검과 조금 다른 생각을 하고 있었다.

"물론 검옹 어르신의 무공은 적수를 찾기 힘들죠. 하지만 강호의 싸움에는 변수가 많아요. 생각지 못한 변수가 발생하면 검웅 어르신 홀로 검문의 식구들을 모두 지켜내기 어려울 수도 있어요. 화검, 당신도 알다시피 만계지마는 예상 밖의 계략을 자주 쓰니까요."

시월이 신중하게 말했다.

그러자 이화검이 얼굴색을 굳히면서 걱정스럽게 물었다.

"만계지마가 장성을 넘어오는 정천일대가 아니라 삼룡협의 별동대 쪽으로 검 끝을 돌릴 거라고 생각하는 건가요?"

"신검산을 지키는 것이 그의 목적이라면 그럴 리 없겠지만, 이번 기회에 북방을 완전한 마련 세력권으로 만들려고 생각한다면 그로서도 한번 해볼 만한 모험이죠. 사실 북방 무림을 완전히 자신의 권역으로 만들려면 가장 먼저 요동 무림을 장악해야 하니까요. 그 이후에는 뒤를 걱정할 필요 없이 장성을 넘을 수도 있겠죠."

"흠… 그럴 수도 있겠네요."

시월의 말에 이화검이 고개를 끄떡였다.

"그러니까 가게 해줘요."

"말린다고 안 갈 것도 아니면서 허락을 구하는 시늉이나 하고! 정말 내가 끝까지 말리면 안 갈 거예요?"

"……"

이화검의 말에 시월이 대답 없이 미소만 지었다.

"그것 봐요. 내 생각과 상관없다는 거 아니에요. 그러니 내가 어쩌겠어요. 묶어 놓을 수도 없고. 하지만 가기는 가는데, 가서는 꼭 필요할 때만 나서겠다고 약속해요. 그 싸움에서 당신은 가장 뒤에 있어야 해요."

"나도 그럴 생각이에요. 나 역시 내가 이 싸움에서는 제삼자라는 입장이니까."

"…에이, 무종이만 아니면 나도 가는 건데……."

이화검이 아쉬운 표정을 지으며 말했다.

"설마… 날 못 가게 하는 것이 당신이 못 가는 게 억울해서였던 거예요?"

시월이 눈을 크게 뜨며 물었다.

"그런 생각이 아주 없지는 않죠. 난 여기서 무종이를 돌봐야하는데 당신은 마인들과 신나게 싸우고 있을 테니까."

"……"

시월이 어이없는 표정으로 말없이 이화검을 바라봤다.

"왜요?"

"그냥… 내가 참 대단한 여장부랑 사는구나 싶어서요."

"흠, 그걸 이제 알았어요? 당신을 만나기 전 나는 요동이 좁다할 정도로 곳곳을 휘젓고 돌아다녔다고요. 그러니까 고마운 줄 알아요. 아이도 낳아주고, 늘 당신 곁에 있으니까."

이화검이 도도하게 말했다.

"물론 나야 늘 화검 당신에게 고맙죠."

시월이 가벼운 미소를 지으며 얼른 대답했다.

                    *   *   *

이장룡이 이끄는 이가검문의 오십인 고수들은 이장춘이 장원으로 돌아온 지 칠 일 만에 이가검문을 나섰다.

오십 필의 말이 지축을 울리며 이가검문을 떠나는 모습은 장관이었다.

이가검문의 모든 문도들이 세가 밖으로 달려 나와 마련과의 싸움을 위해 떠나는 형제들을 배웅했다.

일부는 말을 타고 출전하는 무인들이 환무산 경계를 벗어날 때까지 같이 달리기도 했다.

"별일 없겠죠?"

아들 무종을 안고 멀어지는 이가검문의 무인들을 바라보며 이화검이 입을 열었다.

"시월을 믿지 않느냐?"

이장춘이 되물었다.

"그 사람 이야기가 아니에요. 다른 사람들을 말하는 거예요. 그 사람이야 어딜 가도 반드시 살아 돌아올 사람이라고요. 아마 지금 신검산에 다녀오라고 해도 여행하듯 유유히 다녀올 사람인걸요."

"…대체 그런 믿음은 어디서 나오는 거냐?"

옆에서 듣고 있던 이광검이 물었다.

"싸우는 걸 한두 번 본 것이 아니니까요. 그리고 그 사람이 어려서부터 살아온 이야기를 들어보면 자연스럽게 이런 확신을 갖게 돼요. 그거 알아요? 월문주도 그 사람의 생존본능을 알아보고 그를 제자로 들였다는 거요."

"그래? 그랬데?"

"노예상에게 버려진 후 물도 없이 사막을 수일 동안 걸었다고 해요. 당시 버려진 아이들이 전부 죽었는데 오직 그 사람만 살아남았데요. 그 모습을 본 월문주가 그 사람을 칠랑의 마지막 자리로 데려온 거죠.”

“그런 일이 있었구나. 월문주가 사람 보는 눈은 있네.”

“하지만 필요한 제자를 찾기 위해 어린아이들이 사막에서 죽어
가는 것을 지켜보았다는 것은 그가 얼마나 참혹한 성정을 가진 사
람인지 말해주는 것이지. 그런 자는… 세상에 해악만 될 뿐이다.”

이장춘이 단호하게 말했다.

“그의 심성이야 이젠 천하가 다 알고 있지요. 아무튼, 검웅님과
시월까지 갔으니 걱정할 필요가 없을 것 같습니다.”

이봉검이 호기로운 목소리로 말했다.

“그래도 변수가 생길 수 있으니 언제라도 구원을 갈 수 있게 문
도들을 준비시켜라.”

이장춘이 굳은 표정으로 명을 내렸다.

*　　　　*　　　　*

모용세가 북서쪽으로 백여 리를 가면 제법 큰 협곡이 나온다.
삼룡협이다.

북쪽으로는 그리 높지 않은 산들이 보이고 남쪽으로는 협곡 위쪽
으로 너른 초원이 펼쳐져 있는 삼룡협은 평원과 산지를 가르는 경계
선이기도 하고, 요하를 건너 요동으로 들어가는 길목이기도 하다.

협곡의 길이가 십여 리 정도 되는데, 그 사이 세 번의 굴곡이 있
어 삼룡협이라는 이름을 가지게 되었다.

그리 험하지 않은 지형에, 산지와 초지의 경계가 만들어내는 그
림 같은 풍광으로 평소에도 적지 않은 여행객들이 찾아드는 명소

였다.

그러나 요 며칠 사이에는 삼룡협의 풍광을 구경하기 위해 찾아오는 여행객의 발걸음이 뚝 끊겼다.

풍광은 여전히 아름다웠지만, 그 아름다움 속에서 서슬 퍼런 전장의 기운이 느껴지기 때문이었다.

얼마 전부터 삼룡협의 서쪽 출구 앞쪽으로 적지 않은 막사들이 세워지고, 요동 무림인들이 속속 모여들었다.

가장 먼저 숙영지를 구축한 문파는 모용세가였다. 삼룡협이 마련의 마인들에게 뚫리는 순간 채 하루도 안 걸려 모용세가 본가에 마련의 마인들이 진입할 수 있었다. 당연히 모용세가로서는 삼룡협을 지키는 것이 세가의 안위를 위해 절대적으로 중요할 수밖에 없었다.

모용세가가 삼룡협에 진영을 구축한 이후 요동의 무인들도 속속 삼룡협으로 모여들었다.

그리고 그중 가장 주목을 받으며 삼룡협에 들어온 사람들은 이가검문의 무인들이었다.

대략 오십여 명으로 구성된 이가검문의 문도들은 문주 이장춘의 아우인 이장룡이 수장을 맡고 있었고, 이가검문주의 장자이자 후계자로 거론되는 이해검도 동행하고 있었다.

하지만 삼룡협에 모인 무인들은 이장룡이나 이해검이 아닌 다른 사람을 볼 수 있을까 하는 기대감으로 삼룡협으로 들어오는 이가검문의 문도들 주변으로 몰려들었다.

최근 몇 년간 강호십대고수의 반열에 오른 고수로 인정받는 두 명의 무인, 시월과 검옹 천복이 그들이었다.

마련의 도발이 시작된 이후, 마련을 상대로 가장 큰 승리를 거둔 두 사람이 삼룡협으로 오고 있다는 소식은 이미 요동 무림인들 사이에 파다하게 퍼진 상태였다.

당연히 두 사람의 모습을 가까이에서 볼 수 있는 기회를 놓치지 않기 위해 요동 무림인들은 이가검문도들의 주변으로 모여들 수밖에 없었다.

하지만 실망스럽게도 삼룡협에 진입한 이가검문의 무인들 사이에서 두 사람의 모습은 찾아볼 수 없었다.

삼룡협 인근까지는 이가검문의 무인들과 동행했던 두 사람이 삼룡협 진입 전에 길을 달리해 북쪽 조용한 산속에 거처를 만들어 지내기로 했기 때문이었다.

시월도 시월이지만, 검옹 천복은 오래전부터 은거의 삶을 살아와서 사람들의 주목을 받는 것을 무척이나 부담스러워했던 것이다.

싸울 때는 이런저런 사정을 가릴 바 아니지만, 적어도 삼룡협에 머무는 동안은 사람들의 시선에서 자유롭고 싶은 검옹 천복이었다.

그런 검옹의 성정을 잘 알고 있는 이장룡이어서 그 역시 검옹 천복의 결정을 만류하지 않았다.

그렇게 두 사람을 만나길 학수고대하던 무림인들의 실망을 뒤로 하고 시월과 검옹 천복은 삼룡협에서 북쪽으로 십여 리 떨어진 작은 야산으로 들어갔다.

산지의 지형이 시작되는 지점에 위치한 야산은 삼룡협을 한눈에 바라볼 수 있고, 무슨 일이 생기면 단숨에 달려갈 수 있기 때문에 두 사람이 사람들의 이목을 피해 지내기에 안성맞춤인 곳이었다.

하지만 두 사람이 북쪽 야산에 거처를 정한 것이 꼭 그런 이유 때문만은 아니었다.

"이곳이 적당하겠구나."

검옹 천복이 삼룡협의 정천대 숙영지와 초원과 산지의 경계가 붓으로 그은 선처럼 바라보이는 산 중턱 커다란 바위 아래서 걸음을 멈추며 말했다.

"그들이 정말 북쪽 산지를 이용해 기습할까요?"

시월이 타고 온 말에서 내리면서 물었다.

"쉽지 않은 일이기는 하지. 산지도 험하고, 어차피 산을 통해 비밀리에 이동한다고 해도, 결국에는 평지로 나와서 진격해야 하니까. 하지만 많은 사람을 보내는 것이 아니라면 충분히 가능한 일이다."

"소수의 뛰어난 고수들을 보낼 수도 있단 말인가요?"

"음."

검옹 천복이 고개를 끄떡였다.

"아무리 대단한 고수라도 몇 사람 보내는 것이 효과가 있을까요?"

"목적이 삼룡협에 모인 무인들의 심기를 흔드는 일이라면 효과가 있지 않을까? 몇몇 중소 문파를 공격해 주요 고수들을 살해하거나 하면 삼룡협 무인들이 동요하게 될 테니까."

검옹 천복의 말에 시월이 잠시 생각에 잠겼다가 고개를 끄떡였다.

"그렇겠군요, 아마 일부는 자신들의 본가가 걱정되어 되돌아갈 수도 있을 거고요. 만계지마가 신검산 월문을 공격할 때도 먼저 북왕산에 함정을 파는 성동격서의 수법을 썼으니까요."

"만계지마로서는 장성을 넘어오는 정천대와 삼룡협의 별동대를 동시에 상대하는 것이 가장 버거운 일이지. 그래서 한 쪽의 전열을 흩트리는 방법을 쓰지 않을까 싶은 거다."

검웅 천복이 말에서 싣고 온 짐을 내리며 말했다. 그러자 시월이 얼른 검웅 천복에게서 짐을 받아들며 말했다.

"쉬고 계세요. 제가 할게요."

"같이 하면 쉽고 편한데 뭘."

"나중에 화검에게 잔소리를 듣게 되니까요."

시월이 웃으며 말하고는 천복에게서 뺏어 들은 천막을 가지고 큰 바위 아래로 이동해 천막을 치기 시작했다.

능숙하게 천막을 친 시월이 천막 앞에 작은 구덩이를 파고 불을 피웠다.

칠랑으로 살 때 북쪽 초원으로 마적들을 공격하기 위해 나갈 때면 늘 노숙을 했기에 이런 일에 익숙한 시월이었다.

"같이 오길 잘했구나."

시월이 통나무를 베어 만든 간이 의자에 앉으며 검웅 천복이 말했다.

그로서는 시월이 잡다한 일을 해주니 마치 유람을 나온 느낌인 모양이었다.

"잠깐만 기다리세요. 식사 준비할게요."

"괜한 일 하지 말거라. 전쟁터에서 식사를 준비하는 것은 번거로운 일이다. 그냥 육포와 건량이나 먹으면 족하지. 음, 차 한 잔 우려내는 것은 괜찮겠고."

"알겠습니다. 차는 충분히 가져왔어요."

시월이 대답을 하고는 차를 우릴 물을 끓이기 시작했다.

건량과 건포로 요기를 하고 차를 마시며 바라보는 석양의 삼룡협은 그림처럼 아름다웠다. 두 사람이 잠깐 그들이 이곳에 마련의 마인들을 상대하기 위해 왔다는 것을 잊을 정도였다,

시월과 검옹 천복은 정말 싸움을 잊은 사람들처럼 두런두런 많은 이야기를 나누었다.

그러다가 또 한순간 눈 앞에 펼쳐지는 아름다움 풍광에 빠지면 한동안 대화를 멈추고 침묵 속에서 자연이 만들어내는 비경을 즐겼다.

그렇게 해가 넘어가고 산에 밤이 찾아들었다.

해가 지자 모닥불을 피워놓았던 구덩이에 돌을 넣고 그 위에 흙을 덮었다. 밤에 멀리서도 볼 수 있는 불빛을 내지 않으려는 의도였다.

모닥불을 흙으로 덮었지만, 땅속에는 달궈진 돌이 들어 있어 하룻밤 동안 약간의 온기를 땅 위로 흘려낼 것이다.

"만화도의 생활은 어떠냐?"

문득 검옹 천복이 물었다.

"평온하기는 하지만 지루하기도 하죠. 늘 같은 일상이 반복되니까요."

시월이 대답했다.

"만화도에서 나올 생각들은 없는 거냐?"

"아직은……"

"여전히 월문이 문제인 거냐?"

검옹 천복이 물었다.

그도 칠선문의 사형제들과 월문과의 관계 때문에 시월과 그 사형제들이 세상에 알려지지 않은 무인도를 터전으로 삼았다는 것을 알고 있었다.

"꼭 월문이 문제가 아니라……."

"그럼?"

"우리 과거를 알고 있는 사람들이 월문만은 아니지요. 특히……."

"운중오문?"

"예, 그들이 언제 변심해서 우릴 강호 공적으로 몰아붙일지 알수 없으니까요. 물론 그렇게 되면 그들 자신의 치부도 드러나겠지만, 그들이야 그런 난관쯤 충분히 극복할 힘과 뻔뻔함이 있잖아요."

"그렇긴 하지. 과거 운중오문에 속한 고수가 살귀가 된 적도 여럿 있었지만, 그때도 늘 능수능란하게 그 위기를 빠져나갔지. 그래서 여전히 그들이 강호의 천외천 존재로 남아 있는 것이고."

"그래서 사형들은 늘 세상에 대한 두려움을 가지고 있으세요. 그런 사형들에게 만화도는 가장 안전한 곳이고요."

"그렇지만 언제까지 섬에서 살 수는 없는 일 아닐까?"

"뭐, 종종 만화도를 나와 여행하는 것으로 만족해야죠."

"어려운 삶이다. 나도 오랫동안 은거의 삶을 살았지만, 그 와중에서도 이곳저곳 사람들 눈에 띄지 않게 여행을 다니기는 했거든."

"그러셨어요?"

시월이 놀란 듯 물었다.

"음, 사실 세상에서 안 가본 곳이 거의 없지."

검옹 천복이 고개를 끄떡였다.

"그러셨군요. 에이, 사형들도 언젠가는 편히 여행할 날이 오겠죠. 마련과의 싸움이 끝나고 시간이 지나면… 그리고 사형들 모두 수련한 마공에서 비롯된 마기를 없애게 되면 그땐 자유롭게 살아갈 수 있을 거예요. 운중오문이나 다른 사람들이 뭐라 해도 마기를 발현하지 않으면 증거가 없는 거니까요."

"마기를 없앤다! 역시 화노님의 의술 덕분에 가능한 일이겠지?"

"화노 어르신이 많은 도움을 주셨죠. 하지만 지금은 화노 어르신이 만들어주신 신단의 도움 없이 마기를 통제하기 위해 노력하고 있어요. 어느 정도 성과도 있고요."

"벌써?"

검옹 천복이 놀란 눈으로 시월을 바라봤다.

삼십육마에 이름을 올린 마인들의 마공은 절대 마공이라 불리는 것들이다. 무공으로서의 뛰어남은 당연한 것이지만, 그 무공에 깃든 마기 때문에서 누구나 쉽게 수련할 수 없는 무공들이었다.

그 마기를 통제하지 않으면 살귀가 되거나 광인이 되기 십상인 무공들, 그래서 그들의 무공이 마공으로 분류되는 것이었다.

그 마기를 통제하는 것은 살아생전의 삼십육마조차도 쉽지 않은 일이었다.

그런데 칠선문의 젊은 사형제들이 화노가 만들어준 신약의 도움 없이 그 마기를 없애는 경지에 도전하고 있다는 것은 놀라운 일이었다.

"마기를 아주 없애는 것이라기보다는 언제든 마기를 통제할 수 있는 방법을 찾는 수련을 한동안 했어요."

"그래서 결과는?"

"나쁘지 않더군요. 사형들은 이제 언제라도 마기를 통제할 수 있을 것 같아요. 곽부 사형은 좀 다르지만… 거기에 화노 어르신의 신단까지 있으니 마기에서 거의 자유로워졌다고 볼 수 있지요."

"대단들 하구나. 하긴 네 사형제들이 보통 사람들은 아니지. 나이는 젊지만 어려서부터 대단한 무공들을 수련했고, 또 그동안 노회한 강호 고수들보다 더 혹독한 시간을 보냈으니까. 그게 아마도 지금에 와서는 큰 도움이 되는가 보구나."

"그런 것 같아요. 하지만 그렇게 준비를 했는데도 여전히 불안한 마음이 한구석에 남아들 있나 봐요. 그래서 만화도에 있는 것을 편안해하는 거고요."

"마음 깊이 잠재된 세상에 대한 상처나 두려움은 정말 치유하기 어려운 것이지……."

검옹 천복이 가벼운 한숨을 쉬며 말했다.

그 자신도 젊은 날 사랑하는 사람을 지키지 못한 마음의 상처를 치유하지 못해 평생을 이가검문의 그늘 속에서 숨어 살아왔던 검옹이었다.

그래서 그런 상처들이 무공의 수련만으로는 치유될 수 없다는 걸 누구보다 잘 알고 있었다.

"그래도 대사형이 혼인을 하고 나니 마음이 좀 놓여요."

"후후, 그렇지. 그렇게 세상과 섞이며 살다 보면 그게 또 상처를 잊게 하는 무형의 약이 되는 거지."

검옹 천복이 고개를 끄떡였다. 그 역시 어린 이화검과의 만남을 통해 과거의 아픔에서 조금씩 벗어났기 때문이었다.

그런데 그때 갑자기 시월의 표정이 차갑게 굳었다.

검옹 천복 역시 한순간에 얼굴에서 미소를 지워 버렸다..

"생각지도 못했군. 첫날부터 손님이라니……."

검옹 천복이 천천히 몸을 일으키며 중얼거렸다.

"그것도 보통 손님이 아닌 것 같아요."

시월 역시 검옹을 따라 몸을 일으키며 말했다.

제 10장

천마후

아무리 작은 산들이라도 산과 산 사이의 거리는 수백 장이다. 그럼에도 불구하고 마치 바로 눈앞에 사람이 있는 것처럼 생생한 기운이 느껴진다.

자세히 보면 어둠에 싸인 산의 동쪽 면에 좀 더 짙은 어둠이 드리운 것처럼 느껴지기도 했다.

사람이 만들어내는 기운이라면 엄청난 기운을 지닌 자가 아닐 수 없었다.

"누굴까?"

검옹 천복이 고개를 갸웃했다. 비록 세상에 알려지지는 않았지만, 수십 년 동안 강호의 검객으로 살아온 그의 머릿속에도 저렇게 강렬한 기운을 만들어내는 고수는 선뜻 떠오르지 않았다.

"마련의 인물 중에 저런 고수가 있을 줄은 몰랐습니다."

시월도 심각한 표정으로 입을 열었다.

"본래 마인들의 기운은 실제 그 인물이 가진 무공 수준보다 더 강하게 발현되기는 하지. 그게 마공의 특징 중 하나니까. 하지만 그걸 감안해도 정말 대단한 기운이다. 혹… 천마가 나온 걸까?"

"천마 석제라면 저런 기운이 가능한가요?"

시월이 물었다.

"아마도… 사실 천마 석제를 실제로 만난 사람은 거의 없다. 삼십육마의 난 때도 그는 삼십육마에 이름을 올렸지만 한 번도 강호에 나오지 않았다. 지금도 그렇고. 그래서 그의 진실된 무공 실력이 어느 정도인지 의견이 늘 분분한데, 난 그가 마도를 넘어 무림 전체를 통틀어도 가장 강한 인물이지 않을까 생각하고 있다."

"어째서요? 그를 만나 보지 못하셨다면서요?"

"세상에는 보지 않아도 알 수 있는 사실들이 있다. 삼십육마의 난 때 의천무맹에게 처절하게 추살당한 삼십육마의 생존자들이 살기 위해 도주한 곳이 천마 석제가 있는 천산이었다. 그들은 마치 어머니 품을 찾아드는 아이들처럼 천산으로 달려갔다. 그리고 의천무맹에서는 그즈음 생존자들에 대한 추격을 멈췄다. 천산까지 가서 천마를 상대하는 것을 두려워했던 거다. 정사 양도를 막론하고 모든 무인이 그렇게 천마를 두려워하고 있다는 것이 그의 강함을 증명하는 것이지."

"깊은 산 중 대호를 다른 동물들이 알아서 피하는 것과 같다는 말씀이군요."

"바로 그런 이치다."

검옹 천복이 고개를 끄떡였다.

"그런데 그런 엄청난 사람일 수도 있는 자가 저기 있다는 거군요."

"저 검은 기운들 하며, 그가 아니면 어려울 것 같은데……."

검옹 천복이 건너편 야산의 검은 기운을 눈여겨보며 중얼거렸다.

"그럼 어떡하죠? 도망이라도 가야 하나요?"

시월이 물었다. 하지만 말과 달리 그리 두려워하는 눈치는 아니었다.

"그게 무슨 망발이냐. 정말 천마가 왔다면 맨발로 달려 나가 반겨야지. 그런 강한 상대와 언제 싸워본다고!"

검옹 천복이 손까지 흔들며 말했다.

"하하, 그렇죠? 그리고 설혹 천마가 왔다고 해도 설마 우리 두 사람이 죽기야 하겠어요?"

"흐흐흐, 이 녀석아. 꼭 그렇게 말할 수만은 없어. 어쩌면 정말 우리가 죽을 수도 있어."

검옹 천복이 나직하게 웃음을 흘리며 경고했다.

"아뇨. 전 절대 죽지 않을 거라고 확신해요. 전 불사(不死)의 운을 타고났다고 사람들이 그랬거든요."

"월문의 문주가 그랬다지?"

"그 사람뿐 아니라, 날 만난 거의 모든 사람이 다 그렇게 말했죠. 지옥에 데려다 놔도 살아 돌아올 사람이라고."

시월이 주먹으로 자신의 가슴을 툭 치며 말했다.

"허허… 이 녀석! 긴장이 되긴 하나 보구나. 그런 농을 다하고……."

"에이, 눈치 채셨네."

시월이 겸연쩍은 표정으로 말했다.

"네 녀석은 어떤 싸움에서건 흥분하는 것을 본 적이 없다. 그런 녀석이 그런 말을 하는 걸 보면 긴장한 거지."

"상대가 어르신까지도 두려워하는 천마라면 당연히 긴장해야죠. 하지만 뭐… 죽지 않을 거란 건 확실해요. 싸움에서 패해도 도망가면 되니까요. 일단 도망가기로 마음먹으면 아무도 절 따라와 죽일 수 없죠."

"그 말은 진심인 것 같구나."

"제가 수련한 무공이 누구의 무공인지 아시잖아요."

"구서령의 불사적공… 결국에는 금강불괴지신을 얻을 수 있다는 무공이지. 그래서 설마 정말 불사의 금강불괴가 된 거냐?"

천복이 물었다.

"사람 몸이 금강석이 될 수는 없죠. 다만, 진기의 막으로 온몸을 보호하는 비술인 건데. 그 막이 점점 강해지면 정말 금강불괴와 다를 바 없이 되는 거고요. 하지만 전 그런 경지는 아니에요. 하지만 뭐 어떤 고수의 공격이든 두어 번의 공격은 충분히 감당할 만한 수준은 되죠. 그 정도면 도주할 시간을 넉넉히 벌 수 있고요."

"후후후, 정말 살아남는 데는 널 따를 사람이 없겠구나."

천복이 실소를 흘렸다.

"그렇다고 어르신을 홀로 놔두고 먼저 도망갈 일은 없을 테니 걱정 마세요."

"네 녀석이 아니라도 나 역시 어떤 상대에게서라도 목숨은 건 사할 수 있으니 내 걱정 말아라."

천복이 자신감을 드러냈다.

"물론 그러시죠. 그런데 이런 우리 두 사람이라면 어쩌면 천마를 잡을 수도 있지 않을까요?"

시월이 눈빛을 빛내며 물었다.

"그게… 글쎄? 그럴 수도 있으려나?"

검웅도 고개를 갸웃했다.

"정말 천마를 잡을 수 있다면 엄청난 일이 되겠죠?"

"뭐. 그 순간 이 정사 대전은 끝나는 거지. 천마의 죽음은 마도가 감당할 수 없는 충격일 테니까."

천복이 대답했다.

"정사 대전의 끝이 이 북방의 한적한 야산에서 결정되면 그것도 아주 특별한 일이겠네요. 무림사에서……"

"재미있는 일이지. 말년에 이런 복이 찾아올 줄 몰랐는데, 천마라니. 하하하!"

천복이 흥분이 되는지 웃음까지 흘렸다.

평생 검을 수련한 무인으로서 무림의 절대 강자로 인정되는 천마 석제와의 싸움은 위험이 아니라 축복이라고 생각하는 것 같았다.

"우리가 저곳으로 갈까요? 아니면 기다려요."

"당연히 기다려야지. 이미 싸움은 시작된 것이나 마찬가지야. 먼저 움직이는 쪽이 기선을 빼앗기는 거다."

"오지 않으면요?"

"그럼 어쩔 수 없는 거지. 그냥 이렇게 천마의 기운이나 한 번 느끼고 끝나는 거지."

"그럼 너무 아쉽잖아요?"

"아쉽다고 불리함을 자처할 필요는 없지 않으냐? 이런 싸움은 단 한 올 기세 차이로도 승부가 결정된다. 자신도 느끼지 못하는 사이에 몸이 먼저 긴장하게 되니까."

"그렇긴 하죠."

시월이 고개를 끄떡였다.

그러자 검웅 천복이 자리를 박차고 일어났던 나무 의자에 다시 주저앉았다. 그리고는 시월을 보며 말했다.

"기왕 이렇게 된 것 우리의 존재를 감출 필요가 없으니까 모닥불을 다시 피우자. 그가 언제 올지도 모르고… 어쩌면 밤을 새워야 할 수도 있으니까."

"알겠습니다."

시월이 대답하고는 천막 옆에 모아 두었던 땔감들을 가져와 모닥불을 피우기 시작했다.

*　　　　　*　　　　　*

"묘한 자들이군요."

천마후 옆에 서 있던 중년 마인이 입을 열었다.

"강한 자들이에요."

천마후가 대답했다.

"그게 느껴지십니까?"

중년 마인이 놀란 얼굴로 물었다.

"내 기운을 읽었고, 나와 싸울 것을 기대하고 있어요."

"그렇다면 왜 이곳으로 오지 않는 것일까요? 두려워하는 것이 아닌지요?"

이번에는 천마후 오른쪽에 서 있는 중년 여인이 물었다. 여인이라고는 하지만 천마후를 따르는 다른 마인들에 비해 오히려 더 강한 기운을 뿜어내는 고수였다.

"두려웠다면 도주했겠지요. 하지만 태연히 다시 모닥불을 지피고 자리를 지키는 것은 내가 오기를 기다리는 거예요. 기세를 빼앗기지 않겠다는 뜻이죠."

"…어떤 자들일까요?"

이번에는 다시 중년 마인이 물었다. 그러자 천마후가 잠시 말을 끊었다가 입을 열었다.

"만계지마는 날 이곳으로 보내면서 한 사람의 절대 고수를 입에 올렸죠. 이가검문의 검웅 천복, 아마도 그일 거예요."

"그라면 이가검문의 문도들과 함께 있지 않을까요?"

"듣기에 그는 평생 은거의 삶을 살았다고 하더군요. 그런 자는 사람들의 시선을 불편해하죠. 마치 우리 천마궁의 수련자들처럼. 그리고… 어쩌면 마련에서 북쪽 산길을 통해 은밀히 고수들을 이동시킬 거라 짐작했을 수도 있고요."

천마후가 대답했다.

"그런 생각을 했다면 지모 역시 뛰어나겠군요."

"그렇겠죠. 하지만 역시 지모보다는 무공이 훨씬 대단해 보이는군요."

"그런데 천마후께서는 어떻게 그걸 알 수 있으십니까? 이렇게
먼 거리에서……."

중년 마인이 처음 가졌던 궁금함을 입에 올렸다.

"저들이 주위에 번지는 기운들이 모닥불 때문만은 아니에요.
그가 일부러 진기를 일으켜 날 부르고 있는 거죠."

"…그게 가능한 일입니까?"

믿지 못하겠다는 듯 중년 마인이 물었다.

"내가 할 수 있으니 그도 할 수 있겠죠."

"하지만 천마후님의 무공은……."

"사부께서 천산을 떠날 때 당부하신 말이 있어요. 천산은 거
대한 땅이지만 그래도 천하의 일부라 하셨죠. 그 말씀은 강호에
는 숨겨진 고수가 많다는 뜻이에요. 천산에서 자란 저에게 천산의
테두리 안에서 보았던 세상과 밖의 세상은 다르다는 말씀을 하고
싶으셨던 거겠죠."

"그래도 전 무림에 천마후님을 상대할 고수가 있다고는 생각지
않습니다."

중년 마인이 단호하게 말했다.

"후후, 고맙군요. 섭 천마사님의 그 생각이 맞는지는 내일이면
확인할 수 있겠죠."

"오늘 밤 싸우실 생각이 아니신가요?"

이번에는 앞서 입을 열었던 여인이 물었다.

"그렇게 간단한 상대가 아니에요. 예의를 지켜야죠. 한밤중에
검을 맞대는 것은 저들에 대한 예의가 아닐뿐더러 저들의 심리

전에 말려드는 일이에요. 내일 아침 날이 밝으면 만나보도록 해요."

"알겠습니다. 그럼 쉴 곳을 마련하겠습니다."

중년 여인의 말에 천마후가 가볍게 고개를 끄떡였다.

*　　　*　　　*

시월과 검옹 천복, 그리고 천마후와 그녀의 수하들은 서로 마주 바라보이는 두 개의 야산 중턱에 앉아서 뜬눈으로 밤을 새웠다. 아니 검옹 천복은 그 와중에 잠시 잠을 잔 것도 같았다. 하지만 그 잠 역시 통나무 의자에 앉은 채였다.

시월은 운기를 하며 부족한 잠으로 인해 밀려드는 피곤을 풀어냈다. 운기를 하면서 그는 건너편 야산에 있는 천마일 수도 있는 고수의 기운을 처음보다 훨씬 더 강하고 생생하게 느낄 수 있었다.

그리고 그 기운을 하룻밤 동안 피부로 느끼고 있으려니까 새벽이 되자 서서히 그 기운에 익숙해지기 시작했다.

그리고 그즈음부터 시월의 얼굴이 한층 밝아졌다. 산 건너편에서 밀려오는 그 압도적인 마기가 익숙해지자 적에 대한 두려움도 옅어졌던 것이다.

상대는 여전히 강한 고수였지만, 하룻밤을 지나면서 이제 시월은 그 기운에 휩쓸리지 않고 온전히 자신의 실력을 발휘할 수 있는 마음과 몸을 준비할 수 있었다.

쪼르르!

산새가 아침 일찍 일어나 만물을 깨우려는 듯 맑은 울음을 울었다.

그러자 시월이 자리에서 일어났다.

"뭘 하려고?"

갑자기 몸을 일으키는 시월에게 검은 천복이 물었다.

"안 주무셨어요?"

"네가 일어나서 깬 거다. 새벽부터 뭘 하려고?"

"차를 끓이려고요. 아침 요기도 해야 하니까요. 건량으로 배를 채운다 해도 따뜻한 차는 있어야죠."

겨우 불씨만 남아 있는 모닥불에 마른 나뭇가지를 던져 넣으며 시월이 말했다.

"이 와중에 식사는 무슨……."

강적을 앞에 두고 아침 식사를 챙기려는 시월이 어이없다는 듯 검은 천복이 말했다.

"먹어야 힘을 내죠. 힘이 나야 제대로 싸울 수 있고요."

시월이 수통을 들어 찻주전자에 물을 부으며 말했다.

"…뭔 일이 있었느냐?"

분주하게 찻물을 데우는 시월을 물끄러미 바라보다가 검은 천복이 물었다. 지난 밤새 시월이 조금 변한 것 같았기 때문이었다.

"아뇨. 왜 그러세요?"

"네가 좀 변한 것 같아서."

"제가요?"

"응, 그래서 지난밤에 뭔 일이 있었나 물어보는 거다."

"별일 없었는데요."

"그래? 그런데 왜 난 네가 변한 것처럼 느껴지지."

검옹 천복이 고개를 갸웃했다.

"그렇게 보이세요?"

"음. 뭐랄까 좀 더 여유로워진 것 같기도 하고."

"그건… 아마도 저자의 그 대단한 기운을 계속 접하다 보니까 처음과 같은 충격은 아니게 되었다는 것 정도일 겁니다. 익숙해지니 제대로 상대할 수 있을 거란 생각이 들었어요. 변화라면 그 정도인데……."

"하하, 잘 됐구나. 하룻밤 기다리기를 잘한 것 같다. 상대 기운에 익숙해지는 것, 그것이야말로 고수와의 승부에서 승리하기 위한 가장 기초적인 일이니까."

검옹 천복이 밝은 표정으로 말했다.

그러자 시월이 씩 웃으며 말했다.

"그렇게까지야… 차나 한잔하시죠!"

*　　　　*　　　　*

천마후가 거침없이 걸음을 옮겼다.

그의 뒤에는 오직 한 명의 수하만이 따르고 있었다. 물론 숲속에는 여전히 그녀의 수하 네 명이 있었지만, 그는 수하 한 명만 데리고 산을 내려와 시월과 검옹 천복이 있는 산으로 향했다.

시월과 천복은 그들이 노숙을 했던 곳에서 천마후가 산을 내려와 자신들을 향해 오는 것을 지켜보고 있었다.

천마후에게서는 더 이상 강렬한 마기의 기운이 느껴지지 않왔다.

지난밤 두 사람을 놀라게 했던 검은 마기는 거짓말처럼 사라지고 두 사람을 향해 걸어오는 천마후는 마치 무공을 모르는 사람처럼 어떤 기운도 드러내지 않고 있었다.

"볼수록 놀라운 자구나. 마기를 자유자재로 다룰 수 있다니……."

검옹 천복이 감탄했다.

"우리 사형제들이 도달하고자 하는 경지군요."

시월이 부러운 듯 말했다.

"무공의 고하와 상관없이 시간의 차이도 있을 테지. 태어나면서부터 마공을 수련한 사람일 테니까. 그런데… 천마가 아닌 것 같구나."

검옹 천복이 이제는 확연하게 그 모습을 확인할 수 있는 천마후를 보며 말했다.

"여인이군요."

시월도 조금은 놀란 듯 대답했다.

"음, 대체 누구일까? 천마 이외에 마도에서 저런 기운을 가진 고수가 있다는 사실은 알려진 바가 없는데. 어떻게 저런 고수가 세상에 알려지지 않을 수 있었지?"

검옹 천복이 믿을 수 없다는 듯 중얼거렸다.

"그래도… 천마가 아니라니까 좀 더 힘이 나네요."

"후후, 녀석 단순하긴. 천마가 아니라도 지난밤 그 마기를 보지 않았느냐?"

"그래도요. 천마라면 조금 버거울 거란 생각을 했었거든요. 그런데 그가 아니라면 누구에게도 주눅들 이유가 없죠."

"하긴 이럴 때는 그렇게 단순하게 생각하는 것이 좋을 수도 있지."

검옹 천복이 고개를 끄떡였다.

스슥!

천마후는 산비탈을 평지처럼 걸었다. 호흡이 거칠어지지도 않았고 속도가 줄지도 않았다.

발끝으로 땅을 밀어낼 때마다 그녀의 몸이 일 장 가까이 이동하는 놀라운 보법이었다.

그렇게 천마후가 미끄러지듯 산을 올라 드디어 시월과 검옹 앞에 도착했다.

"천마성의 천마후이시오. 인사드리시오!"

천마후가 두 사람 앞에 도착하자마자 그를 따라온 중년의 마인이 큰 소리로 외쳤다. 마치 시월과 검옹 천복이 마련의 일원이라도 되는 듯 고압적인 태도다.

"천마후… 역시 천마성 사람이었군."

사내의 외침에 아랑곳하지 않고 검옹 천복이 시월을 보며 말했다.

"천마가 아니어서 실망스럽기는 하지만, 그래도 천마성의 사람이라니 천마를 대신할 수는 있겠네요."

시월이 대답했다.

"후후, 녀석, 천마를 대신할 사람이 세상에 존재할 것 같으냐?"

"천마후라는 별호를 쓸 정도면 천마에 버금가는 사람 아니겠어요? 더군다나 나이도 어린 여인이 어르신께 인사를 올리라고 강요하고 있느니 아마도 어려서부터 천마가 애지중지 기른 사람일 거예요. 그만큼 천마성에 중요한 인물이라는 뜻이겠죠. 안 그렇소?"

시월이 검옹 천복에게 말을 하다 말고 천마후에게 물었다.

그러자 천마후의 눈가가 살짝 흔들렸다.

그녀는 지난밤에도, 그리고 오늘 아침 산을 오르면서도 자신의 무공을 드러내 이 두 사람을 위협했었다.

그랬으니 보통 무인들이었다면 자신이 만들어낸 기운에 대한 두려움으로 몸과 마음이 굳어 있어야 정상이었다. 그런데 노인과 젊은 무인은 전혀 자신을 두려워하는 기색이 없었다.

오히려 자신이 천마 석제가 아닌 것을 안타까워하고 있었다.

하지만 천마후는 그런 두 사람을 결코 무시할 수 없었다. 왜냐하면 두 사람이 자신처럼 특별한 기운을 흘려내지 않아도 자신 못지않은 고수라는 것을 본능적으로 느낄 수 있었기 때문이었다.

"두 분은 의천무맹의 사람인가요?"

천마후가 드디어 입을 열었다.

"그렇소. 천마와는 어떤 관계요? 역시 제자이신가?"

검옹 천복이 부드러운 목소리로 물었다. 그에게선 어떤 적의나 투지도 느껴지지 않았다. 마치 손녀를 대하는 느낌이다.

그런 자연스러움에 천마후가 물끄러미 검옹 천복을 바라보다 대답했다.

"맞아요. 천마께서 제 사부시죠."

"오! 그렇다면 드디어 천마 석제에게 후계자가 생긴 거군. 아니 드디어가 아니라 그동안 세상에 알려지지 않았었다고 해야 하나?"

"…천마님의 무공을 수련하고, 그 후계자가 되는 것은 쉬운 일이 아니죠. 반드시 천마께 인정을 받고 나서야 세상에 그 존재를 알릴 수 있어요."

"그 말은 천마후께서 천마의 후계자가 되기 위해 수많은 난관을 거쳐 왔다는 뜻이겠구려. 가끔 목숨도 위태로웠을 테고. 그럼에도 불구하고 이렇게 초연한 모습을 보일 수 있는 것은 그 무공이 극마의 경지에 이르렀다는 것이겠지. 물론 그래서 천마가 그대를 세상에 내보낸 것이겠지만."

검옹 천복의 말에 천마후의 눈가에 이채가 서렸다.

"천마성에 대해, 아니 천마성의 생리에 대해 아주 잘 아시는군요."

"나처럼 나이 많은 늙은이라면 누구나 알고 있는 일이오. 그런데 나 같은 늙은이라면 또 하나 알고 있는 사실이 있는데… 내가 알기로 천마성은 비록 마도의 종주라지만 정파의 운중오문처럼 천산에 머물며 무도를 추구할 뿐, 마련의 일에는 대부분 관여치 않는 것으로 알고 있소. 그런데 이렇게 천마의 제자분이 강호에 나왔다는 것은 이제 천마성도 마련의 일에 관여키로 한 것이오?"

검옹 천복이 표정을 굳히며 물었다.

"아뇨. 내가 강호에 나온 것은 다만 사부님에게 특별한 허락을 얻어 세상 구경을 하기 위함이에요."

"정사 대전의 와중에 세상 구경이라. 참으로 도도한 천마성답구려. 그런데 그럼 오늘 우리 두 사람에게 온 이유는 무엇이오? 그냥 지나쳐가면 그뿐인데."

"역시 무인이라 호기심이 생기더군요. 또… 만계지마께서 한 가지 부탁을 하셨거든요. 그래도 마련의 구성원인데 그 부탁 정도는 들어줘야 할 것 같아서요."

천마후가 거리낌 없이 자신이 온 이유를 말했다.

"만계지마가 무슨 부탁을 했소?"

천마후의 말이 거리낌 없는 만큼 검옹 천복의 질문 역시 망설임이 없다.

"의천무맹 요동 별동대의 움직임을 막아달라고 하더군요. 서쪽의 정천일대를 상대하려면 후방이 안정돼야 한다면서."

"혼자서 가능하겠소?"

검옹이 다시 물었다.

"처음에는 요동 무림의 주요 고수 몇을 조용히 벨 생각이었어요. 머리를 자르면 뱀은 움직일 수 없으니까. 그런데 오늘 생각이 바뀌었죠. 여러 사람도 필요 없고, 오직 한 사람을 베면 가능하다는 생각이 드는군요."

"그게 누구요?"

"이가검문의 절대검객 검옹 천복이라는 분을 베면 요동의 별동대가 감히 요하를 건너 신검산으로 진격하지 못할 것 같아요. 어르신이 바로 그분이겠지요?"

천마후가 이미 눈앞의 노인이 검옹 천복임을 확신하면서도 물었다.

"잘 찾아왔구려."

검옹 천복도 자신의 정체를 굳이 감추지 않았다.

"역시 그렇군요. 사실 만계지마님의 이번 부탁은 조금 귀찮았는데 검옹님을 만나니 오히려 고마워지는군요. 이런 곳에서 절대 검객을 상대하는 행운을 누릴 줄은 몰랐거든요."

천마후가 검옹 천복과의 대결이 정말 기다려진다는 듯 말했다.

그러자 천복이 대답했다.

"나 역시 마찬가지요. 이번 출행이 무료하다 생각했는데, 천마의 제자를 만날 줄 누가 알았겠소. 늘그막에 참 즐거운 일이지. 허허허!"

천복이 진심으로 즐거운지 너털웃음을 터뜨렸다.

그런데 그때 문득 두 사람의 대화를 듣고 있던 시월이 입을 열었다.

"죄송하지만 어르신께서는 그 즐거움을 누리실 수 없을 것 같습니다만."

"그게 무슨 말이냐? 갑자기."

검옹 천복의 의아한 표정으로 시월을 바라봤다.

"세상의 어느 누가 싸움을 나이 드신 노인께 미룬단 말입니까? 이 싸움은 당연히 제가 맡아야지요."

"그게 무슨 말 같지도 않은 소리냐. 그런 말은 아예 입에 올리지도 말아라. 난 절대 이 싸움을 양보할 생각이 없다."

"그렇게 되면 제가 세상 사람들의 비난을 받는다니까요."

시월이 고집을 부렸다.

"허허, 천마후가 원하는 상대가 나라지 않느냐? 그러니 당연히 내 싸움이지."

검옹 천복이 양보할 수 없다는 듯 천마후를 가리켰다.

그러자 시월이 다시 고개를 저었다.

"그것도 이치에 맞지 않는 말이죠. 연배로 보아도 어르신의 상대는 천마 본인이어야 어울리는 것이죠. 그의 제자라면 당연히 제가 적당한 상대 아니겠습니까."

시월이 재차 고집을 부렸다.

그러자 검옹 천복이 마주 고개를 저었다.

"아니지. 그래도 상대를 결정하는 것은 천마후의 몫 아니겠느냐. 아니 그렇소?"

검옹 천복이 천마후에게 도움을 청하듯 물었다.

그러자 천마후가 차가운 표정으로 입을 열었다.

"천산을 떠날 때는 서로 나와 싸우겠다고 싸움을 벌이는 사람들이 있을 줄은 상상도 못 했었는데 오늘 그런 이상한 광경을 보는군요. 당신은 누구지?"

천마후라는 신분에도 불구하고 모든 사람에게 존대하던 천마후가 처음으로 시월에게 하대를 했다. 시월의 나이 때문이기도 하겠지만, 자신과의 싸움을 고집하는 그의 행동이 가소롭게 보이기도 했기 때문이었다.

그녀는 강호의 후기지수 중 그 누구도 감히 자신의 상대가 될 수 있을 거라고 생각지 않고 있었다.

"아, 내 소개를 안 했군요. 천마후께 인사드리지요. 난 칠선문의 제자 시월이라고 합니다. 감히, 천마궁의 천마후께 일검을 청합니다. 후배에게 한 수 가르침을 주시겠습니까?"

천마후의 외모가 젊어 보인다고는 해도 그녀는 천마 석제의 제자였다. 그렇다 보니 적어도 시월보다 십여 세 이상 더 나이가 있어 보였다. 그래서 시월은 정중하게 존대를 하며 대결을 청했다.

"…당신이군. 그 유명한 칠선문의 젊은 고수가……."

천마후가 놀란 듯한 시선으로 시월을 바라보며 말했다.

"내 이름을 알고 있다니 영광입니다. 그러니 한 수 겨룰 기회를 주시지요."

시월이 재차 대결을 요구했다.

그러자 천마후가 잠시 생각에 잠겼다가 고개를 끄떡였다.

"나쁘지 않군. 그대가 화중마와 혼천마를 꺾었다니 나와 검을 맞댈 충분한 자격이 있다고 할 수 있지. 그런 그대를 베면 요동의 정파인들도 함부로 요하를 건너지 못할 것이고! 미안하군요. 이 싸움은 이 사람과 해야겠네요."

천마후가 검옹 천복을 보며 말했다.

"처음에 한 말과 다르지 않소!"

검옹 천복이 천마후의 결정에 불만을 드러냈다. 그러자 천마후가 차갑게 말했다.

"억울하시면 두 사람을 함께 상대해 드릴 수도 있어요."

"…음, 그건 아무래도 체면이 깎이는 일이니 그리할 수는 없고."

"어르신 그만 양보하세요."

시월이 검옹 천복을 보며 말했다.

"에이, 어쩔 수 없지. 하지만 나중에 내 싸움을 가로챈 대가를 톡톡히 치를 줄 알아라!"

검웅 천복이 시월을 보며 눈을 흘겼다.

"알겠습니다. 어떤 벌이라도 받지요."

"그 말 후회하게 될 거다. 어쨌든 제대로 싸워!"

"양보해 주셔서 고맙습니다!"

시월이 검웅 천복에게 포권을 해 보였다.

그러자 검웅 천복이 몸을 돌려 시월을 지나쳐가며 천마후가 듣지 못하는 낮은 소리로 속삭이듯 말했다.

"심기가 흐트러진 것 같지만, 그래도 조심해라. 위험하면 물러나고."

검웅 천복의 말에 시월이 가볍게 고개를 끄떡였다.

사실 시월과 천복이 서로 천마후를 상대하겠다고 실랑이를 벌인 것은 다분히 의도적인 것이었다. 실랑이를 벌이는 동안 천마후의 예기가 자신도 모르는 사이에 무뎌져 버린 것이다.

또한 자신을 두고 서로 싸우겠다고 다투는 시월과 천복의 모습이 그녀의 자존심을 건드려 미세하게나마 그녀의 평정심이 흔들린 것도 사실이었다.

이런 것들은 무공의 격차가 큰 사람들에게는 아무런 문제가 되지 않지만, 절정의 경지를 넘보는 고수들에게는 싸움의 승패를 결정 지을 수도 있는 요소들이었다.

하지만 그럼에도 불구하고 천마 석제의 제자인 천마후는 시월로서도 상대하기 어려운 인물임은 분명했다.

"준비할 시간이 필요한가?"

천마후가 시월에게 물었다.

"그냥 시작하죠. 지난밤 내내 기다렸는데."

시월이 담담하게 대답했다.

"…그 태도가 오만이 아니길 바라지."

"실망하지 않을 겁니다."

시월이 검을 빼 들며 대답했다.

＊　　　　＊　　　　＊

슥!

시월이 한 발을 한 자 정도 사선으로 내밀었다. 그리고 검을 들어 자신의 몸 앞에 세웠다.

천마후도 가볍게 검을 뽑아 시월을 겨누었다.

스스스!

천마후가 검을 뽑자 그녀의 몸 주위에서 짙은 검은색 기운이 일어나기 시작했다.

지난밤 한때 건너편 야산을 물들였던 바로 그 기운이다. 천마후의 몸이 한순간에 그 어둠 속으로 사라진 것 같았다.

오직 그녀의 눈만이 어둠 속에서 번쩍였는데 은은한 적광을 흘려내는 그 모습은 누구라도 공포를 느낄 수밖에 없었다.

'정말 강하구나!'

시월은 아직 천마후의 공격이 시작되지도 않았는데 온몸이 구겨지는 듯한 느낌을 받았다. 그녀의 검기나 장력도 아닌 단지 그녀가 흘려내는 기운만으로 느끼는 압력이었다.

그러자 슬쩍 어쩌면 패할 수도 있다는 생각이 시월의 머릿속에 떠올랐다.

'그래도 죽기야 하겠어? 검옹 어르신도 계시고……'

시월이 한순간 찾아드는 패배의 두려움을 순식간에 떨쳐냈다. 그리고 다시 검옹 천복에게서 이 대결을 뺏을 때의 마음, 강자와의 대결에 대한 기대와 흥분을 불러일으켰다.

'어디 얼마나 강한가 보자!'

시월이 검을 든 두 손에 힘을 주었다. 그리고 그 순간 자신의 주변을 어둠으로 만든 천마후가 그 검은 기운 속에서 검을 휘둘렀다.

번쩍!

적광이 도는 일검이 어둠을 갈랐다. 뒤를 이어 그 검이 만들어낸 붉은 검기가 시월을 향해 폭사했다.

"핫!"

시월이 기합성을 발하며 모든 진기를 끌어올려 자신을 향해 닥쳐오는 천마후의 붉은 검기를 막았다.

쿠웅!

천마후가 만들어낸 붉은 검기가 파도처럼 시월을 덮쳤다.

'윽!'

시월이 강력한 검기를 막아내며 속으로 신음을 흘렸다. 살면서 평생 경험하지 못한 압력이다. 그 압력에 굴복하는 순간 시월의 몸은 사방으로 찢겨 나갈 것이다.

주룩!

단단하게 땅에 박아 넣었던 시월의 발이 두어 자 뒤로 밀렸다. 그의 발이 밀려난 길을 따라 땅이 밭고랑처럼 길게 파였다.

그러나 여전히 시월의 검은 자신을 향해 밀려드는 천마후의 검기를 막아내고 있었다. 그러자 천마후가 갑자기 검을 회수했다.

팟!

시월을 덮치던 붉은 검기가 순식간에 사라졌다.

"후욱!"

검기가 사라지자 시월이 길게 숨을 내쉬었다.

"괜찮으냐?"

뒤로 물러나서 두 사람의 대결을 지켜보던 검웅 천복이 걱정스럽게 물었다. 여차하면 자신이 대신 싸움에 뛰어들 기세였다.

"괜찮습니다. 이 정도야!"

시월이 큰 소리로 외쳤다.

하지만 그의 몸은 천마후의 첫 번째 공격에 대한 충격을 완전히 떨쳐 버리지 못하고 조금씩 흔들리고 있었다.

"강호의 소문은 항상 과장되었다고 생각했는데 당신에 대한 소문은 과장이 아니었군."

천마후가 자신의 공격을 견뎌낸 시월을 보며 말했다.

"겨우 한 초식의 공격을 막아냈다고 그렇게 말씀하시다니 천마후께서는 스스로의 능력을 너무 과신하는 것 같군요."

시월이 대답했다.

"겨우 한 초식이 아니라는 것을 알 텐데? 천마의 후예는 오직 하나의 검법을 수련하지. 마종삼검이라는 검법인데, 오직 세 초식으로 이뤄진 검법이다. 그런데 천마께서 마종삼검을 수련하신 이후 지금까지 그 누구도 그중 일초식의 검조차 받아낸 적이 없다.

그런데 그대는 그 일초를 견뎠다. 당연히 그대의 무공은 칭찬받아 마땅하다."

천마후가 도도하게 말했다.

"그야 천마께서 천산에 머물 뿐 강호에 나오지 않았기 때문 아니겠습니까?"

시월이 가벼운 미소를 지으며 되물었다. 이렇게 대화를 하는 것은 그가 입은 충격을 회복할 수 있는 시간을 만들 수 있는 소중한 기회였다.

"스승께서 좀체 천산을 벗어나지 않으시지만, 예전에는 한동안 강호를 주유하셨다. 수련자에게 수련행은 반드시 필요한 과정이니까. 그때조차 스승님의 일초를 견뎌낸 자가 강호에 없었다고 한다. 물론 세상에는 알려지지 않았지만."

"뭐… 제대로 된 상대를 만나지 못하셨던 모양이군요."

시월이 그 누구도 일초 만으로 천하제일인이 될 수는 없다는 듯 말했다.

그러자 그런 시월을 차갑게 응시하던 천마후가 물었다.

"이제 충분히 회복되었느냐?"

"기다려줬다는 말입니까?"

"그대가 온전한 상대로 내 검을 받아내길 원하니까. 나도… 스승님과 마찬가지로 지금까지 일초를 견뎌내는 상대를 만난 적이 없었거든. 그런데 그대가 그 일을 냈으니 충분히 쉴 자격이 있다."

"고맙군요."

"좋은 상대가 되어준 것에 대한 선물이라고 해두지. 하지만 두 번의 선물을 받지 못할 것이다."

"하하하! 선물이야 많이 받으면 받을수록 좋지요."

시월이 한바탕 웃음을 터뜨렸다.

그러자 천마후가 싸늘한 음성으로 말했다.

"그 웃음이 그대가 이 세상에서 웃는 마지막 웃음일 것이다!"

쿠오오!

갑자기 공기가 격동하는 소리가 들리더니 천마후의 몸이 재차 검은 기운 속으로 사라졌다.

꿀꺽!

처음보다 더 짙은 천마후의 검은 기운을 보며 시월이 침을 꿀꺽 삼켰다. 자신도 모르게 긴장을 한 것이다. 그런데 그 순간 머릿속으로 뜻밖의 음성이 들려왔다.

'뭐 하는 거예요? 정신 안 차려요?'

갑자기 들려온 이화검의 목소리, 뒤를 이어 사형들의 목소리도 들려왔다.

'시월! 너답게 싸워!'

'그래 넌 더 이상 늑대가 아니야. 넌 이제 호랑이라고!'

'사제, 우린 사제를 믿는다!'

마지막으로 무광의 목소리가 들린다. 그 순간 시월의 얼굴에서 긴장감이 사라지고 가벼운 미소가 떠올랐다.

'그래! 뭐, 죽지만 않으면 되지!'

긴장이 사라지고 투지가 일어났다.

그러자 어릴 때부터 강적과 싸웠던 모든 방법들이 떠올랐다.

'무공 따위……!'

우두둑!

시월이 목을 좌우로 꺾자 목과 어깨의 뼈와 근육들의 긴장이 풀리며 아우성을 질렀다.

시월이 자세를 낮췄다. 마치 먹이를 사냥하는 야수의 모습 같다.

천마후가 싸움을 준비하는 시월을 보며 가볍게 허공으로 도약했다. 그리고 사선으로 검을 그었다.

쿠오오!

천마후의 검에서 다시 검붉은 검기가 일어났다.

그리고 이번에는 앞서와 달리 검에서 일어난 검기가 채찍처럼 길고 유려한 검기를 형성하며 시월을 향해 뻗어나갔다.

촤아악!

천마후가 만든 검기에 따라 시월의 앞쪽 공기가 좌우로 갈라졌다.

그리고 그 기세 그대로 머리를 반으로 가를 듯 시월의 머리 위에 천마후의 검기가 떨어졌다.

팟!

한순간 시월이 땅을 찼다. 그러자 그의 몸이 미끄러지듯 우측으로 이동했다.

쿠오!

하지만 시월이 물러나는 것을 용납하지 않겠다는 듯 천마후의 붉은 검기가 채찍처럼 휘어져 시월의 머리를 향해 따라왔다.

순간 시월이 거의 땅에 엎드리듯 몸을 낮췄다. 그리고 검을 들어 자신의 몸을 보호하면서 한편으로는 벼락처럼 품속에서 비도를 꺼내 천마후를 향해 던졌다.

그 순간 시월의 검 위로 천마후의 검기가 떨어졌다. 시월이 검으로 천마후의 검기를 비껴내며 옆으로 몸을 굴렸다.

콰릉!

시월을 비껴나간 천마후의 검기가 땅에 거대한 구덩이를 만들고는 다시 채찍처럼 휘어져 재차 땅을 구르는 시월을 따라붙었다.

그런데 순간 시월을 따라붙던 천마후의 검기가 흐릿해지면서 그 속도가 눈에 띄게 느려졌다.

천마후의 검을 막아내며 던진 시월의 비도가 땅에 바싹 붙어 날아가 천마후의 다리를 공격했기 때문이었다.

비도 공격 자체는 천마후에게 아무런 위협이 되지 않았다. 하지만 비도를 피하기 위해 천마후의 중심이 흔들렸고, 시월을 공격하던 검기가 조금이나마 흐트러진 것이다.

시월이 그 틈을 놓치지 않고 기다렸다는 듯이 몸을 일으키며 검을 휘둘렀다.

콰아아!

시월의 검에서 강렬한 검기가 뻗어나가 느려진 천마후의 검기와 충돌했다.

콰릉!

뇌성이 숲을 뒤흔든다. 뒤를 이어 시월의 나직한 침음성이 흘러나왔다.

"음……!"

시월이 반 장 정도 뒤로 밀려났다.

천마후를 감싼 검은 기운도 어느새 사라지고 없었다. 그녀는 흔들림 없는 자세로 서 있었지만, 그녀의 얼굴에선 핏기가 사라지고 없었다.

그녀가 비틀거리며 몸을 세우는 시월을 조금 당황스러운 시선으로 응시했다.

"괜찮으냐?"

검옹이 다급한 마음에도 애써 침착한 목소리로 시월의 뒤쪽에서 물었다.

"괜찮겠어요?"

시월이 투덜거리면서도 미소를 지으며 대답했다.

"못 견디겠으면 내가 나머지 일검을 받아보마."

검옹 천복이 당장이라도 나설 듯 말했다.

그러자 시월이 고개를 저었다.

"그럴 수는 없죠. 힘들긴 해도 이제 막 이 싸움이 즐거워지기 시작했는데요."

"…무리할 필요 없다."

"걱정 마세요. 어떻게 하든 죽지는 않을 테니."

"…알겠다."

검옹 천복이 걱정스러운 표정을 지으면서도 더 이상 시월을 만류하지 않았다.

"자, 빨리 마종삼검 중 마지막 초식을 보고 싶군요."

후웅!

들고 있던 검을 가볍게 휘둘러 다시 한번 몸의 긴장을 풀며 시월이 말했다.

그러자 천마후가 물었다.

"그 몸으로?"

"내 몸이 뭐가 어떻단 말입니까?"

"방금 분명히 내상을 입었을 텐데?"

천마후는 비록 시월이 쓰러지지는 않았지만, 자신의 두 번째 공격에서 내상을 입었을 거라고 확신하는 듯했다.

약간의 침음성과 잠시 비틀거렸던 시월의 움직임도 그렇고, 또 자신의 무공에 대한 자신감 때문일 수도 있었다.

"걱정 마시죠. 이 정도로 내상을 입을 사람은 아니니까."

"…설마 허장성세로 날 속이려 하는 것이냐?"

"필요하면 그렇게라도 상대를 속일 수도 있는 나지만, 천마후께서 그런 얕은수에 넘어갈 분은 아니니 그럴 필요가 없지요. 아무튼 난 멀쩡하니 이제 마종삼검의 세 번째 초식을 보여주시지요."

시월이 자신의 말처럼 어느새 생기를 회복한 모습으로 말했다.

그러자 천마후의 얼굴이 굳었다. 시월이 거짓말을 하는 것 같지는 않기 때문이었다.

"내상을 입었든 아니든 마종삼검의 두 초식을 견뎌냈으니 그대의 무공에 경의를 표한다. 아마 현 무림에서 그대를 상대할 무인은 거의 없을 것이다. 하지만, 아쉽게도 그대는 오늘 죽을 운명인 모양이다. 난 마종삼검의 마지막 초식을 견딜 사람이 강호에 존재한다고 믿지 않는다. 그리고 이 마지막 초식은… 죽음의 초식이지."

천마후가 경고했다.

"천마후께선 처음에는 강호에 마종삼검 중 일초식조차 견딜 사람이 없다고 하셨지요. 그런데 전 이미 두 개의 초식을 막아냈습니다. 그러니 세 번째 초식을 막지 못할 거라 어떻게 장담하십니까. 내 걱정은 마시고 세 번째 초식을 보여주시지요. 무인으로서 흥분이 되는군요. 아! 그런데 이번에는 천마후께서도 조심하셔야 할 겁니다. 나 역시 특별한 초식 하나를 보여드릴 참이니까."

시월이 빙그레 미소를 지으며 검을 고쳐잡았다.

『칠마선문』 9권에 계속…